クローデル小喜劇集

クローデル小喜劇集

ティエリ・マレ＝編

PROTÉE
Paul Claudel

水声社

目次

凡例

一、翻訳に際し、ガリマール社〈プレイヤード叢書〉、ポール・クローデル『演劇』に収録されているテクストを底本とした。『プロテウス』（第二版）には一九六五年のプレイヤード版を使用し、その他の作品については二〇一一年の版を用いている。

Paul Claudel, *Théâtre I-II*, édition revue et augmentée, textes et notices établis par Jacques Madaule et Jacques Petit, Gallimard, « Bibliothèque de la Pléiade » (t. I : 1967, t. II : 1965).

—, *Théâtre I-II*, dirigé par Didier Alexandre et Michel Autrand, collaboré avec Pascale Alexandre-Bergues, Shinobu Chujo, Jacques Houriez, Pascal Lécroart, Michel Lioure, Catherine Mayaux et Hélène de Saint-Aubert, Gallimard, « Bibliothèque de la Pléiade », 2011.

一、注は、各作品の末尾にまとめて付し、原注の場合はその旨を注末尾に記し訳注と区別した。

一、ギリシア神話の登場人物については長音を省略した。

石井咲訳

眠れる女

登場人物

夜踊《ヨオドリ》

ヴォルピヤ

詩人

ストロンボー

年老いたファウヌス

若い女のファウヌス

ファウヌスの群れ

舞台はある森の前の芝地。背景は木々が段々に四方八方、上方まで伸びていて、梢の上とその間には月明かりが浸す海が見える。

右と左から舞台奥に向かって低くなった丘がある。観客の正面には岩が積まれていて、中央には洞窟の入り口が見える。芝地全体は枝や葉が漂い、ゆれ動くその影は月の光線によって投影されている。

海の音。――緞帳が開く時、とても遠いところから笛の音が鳴るがわずかしか聞き取れない。ぼんやりと聞こえるざわめき声が海の向こう側から届けられるようである。――一瞬の沈黙。――次いで田舎風の曲を吹いているかのような笛の音が木の上から聞こえてくる。あちこちから叫び声や呼び声、タンバリンの音。

多方向からの声　おおい！　――おおい！　――こっちだよ！　――いらっしゃいな！　――こちらだよ！

入場してくる夜踊　なんと明るい夜じゃろうか、そしてなんとあたたかであろうことか！　(ゆっくり手をこすり合わせながら）ヒッヒッヒ！　こんな風だと、なんとも言えないような喜びを感じられるのう！　今宵のわしゃこの老体にも居心地よく、まるで熟していることを感じる桃のようじゃ！

(舞台を動き回る。再度笛の音が聞こえる。)

こんな風に吹いているのはいったい誰じゃ？　(頭を上げる）おおい！

何者かの声　(高いところから）やあい！　おまえかい、老人夜踊かい？

夜踊　ツグミドリも夜に鳴いているってのか？

同じ声　そうとも！　年老いた雄ヤギでさえ、月の光の伴奏で踊るっていうんだからね！

夜踊　どこにいるんじゃ？

同じ声　浴槽でくつろいでいるのさ、高いところでね、カラスたちが巣を作る場所さ！

もう！　うるさい、だまれ！　こんな穏やかなんだからね！
ぼくがいるここからは、コナラの木のてっぺんが銀の泡に覆われているようにみえるよ。あそこの海は光り輝いて、魚の背のようさ。

牧神ファウヌスの群れ（舞台内部から）　ヤオー！　そこで話しているのは何者だ？

夜踊　誰が来るんだ？

同じ声　若いファウヌスたちだ。群れをなしてやってくるんだ、まるで子供が
イチゴ摘みにでかけるようにね。
けれどやつらが捜しにいくのはイチゴでもなければ、キイチゴでもない。

若いファウヌスの群れ（舞台内側から）　おまえか、夜踊の老人か？　俺たちとともにおまえも来たいか？
そしてそっちのおまえは、上方にいる者よ？

初めの者の声　いいや、ぼくはまだ降りないよ。

夜踊　どこへ行くんじゃ？

若いファウヌスの群れ（遠ざかりながら）　さあー！　湖を探しにいくのだ、それも広い湖、夜がその闇の淀んだ葉を浴びる湖さ。
そこでは、ニンフ、下肢を躍らす陽気な少女たちが
押し寄せ、ひしめきあい、転がったりして、そして、水の中で息を吐きながら大きな音を立てて、楽しんでいるのだ、
湖面に映し出された黄色い満月の姿を乱すことをな。
俺たちはそのニンフたちが、ひげを蓄えた鹿の群れの真ん中で泳いでいるところを見にいくのさ。

夜踊　おまえたちはわしには若すぎるのじゃ！

若いファウヌスの群れ　そっちが老い過ぎているのだ、老いぼれ夜踊よ。

叫び声、太鼓とコルネットの音。

夜踊　こうも頭のおかしなやつらばかりとは！

初めの声　おおい！　――ああ！　おまえたちと一緒に降りるよ！

木々の枝を通して多くの松明がきらきらと光るのが見え、舞台上には人々の大きな影が映し出され、その人影は踊り、タンバリンを振っている。

夜踊　そういえばそうじゃったな、今日は祭りの夜じゃった！
森全体が動きだしておる。ファウヌスは
一匹残らず巣穴から出てきたのう！
ああ！　やつらは林の草場で、踊ったり歌ったりするのじゃろう、
露でしっとりした森のなかに、アトリが
紫色の曙がやって来たことを告げる時まではのう。

ある声（舞台袖から）　誰かヤギのヴォルピヤ[1]を見なかったか？

別の声（舞台袖から）　いいや。森の中を走っているようだけど、どこにいるかは分からないよ。

夜踊　おめでたいな！

リズムに乗ったコーラス、交互に、手をたたきながら、

緑の枝の屋根が覆う森の中を
走っていこう、さあ！　踊りに行こう、声を張り上げよう！

人気《ひとけ》のない道を静かに進む俺たちの歩調で
厩の太った馬車馬を怖がらせてやろう！
さあ行こう、踊りに、踊りに、踊りにだ、――オオ！
俺たち、毛むくじゃらの陽気なファウヌス
眠りし砂浜、森の住人さ。
イウ！　踊ろう、オオ！　素足を打ち鳴らそう、
天の牛乳の川にも酔っぱらっちまう、白き夜だ！
さあ行こう、踊りに、踊りに、踊りにだ、――オオ！
踊ろう、踊ろう、白き林の草場で
踊るのだ、踊るのだ、オオ！　朝が来るまで
木の枝に光が漂うまで
葡萄酒色の黎明の光が漂うまで！
さあ行こう、踊りに、踊りに、踊りにだ、――オオ！

夜踊　わしゃ、もう踊れはしない。わしゃ老いぼれカラスのように老いぼれなんじゃ！　老馬のように散歩をするしかできなくなってしまったのじゃよ。なるほど！　わしも老いぼれの馬のようにたくさんの哲学を知っているがね。（舞台上をゆっくりと歩く）

なんと美しい夜であろうか！　（舞台の右手を見る）

なに、なに？　――ああ、ああ！　――そう！　――そうじゃ！　眠れ、眠れ、いつまでも、ギャラクソール、白く美しきギャラクソールよ、ニンフの中で最も美しい、私の最愛の、かわいい者よ！　ねんねをしており！　のう、安心してお眠り、まだ近くはないんじゃよ、おまえが目覚める日はのう。

ヴォルピヤ（舞台内部から叫びながら）おーい！　ストロンボー！(2)　ストロンボーったら！　ストロンボ

ー！　おーい！　こっちよ！

ストロンボー　（舞台内部から）　行くべ！

夜踊　おお、ばばが来たぞ！

ストロンボー　（舞台内部からしゃがれた声で歌いながら）　ロバは水を飲む！

　雌牛は水を飲むんだよ！

　あたしゃ、飲まないよ、水なんてね、え、え、え！

　どこにいるんだい、おまえさん？

ヴォルピヤ　（舞台内部から）　ここよ、言ったでしょう！　ここにきなさい、こののんべえったら、こっちだってば、ねえあなた、こっちよ、子ブタちゃん！

ストロンボー　（舞台内部から断固とした調子で）　言ったろう、あたしゃ水なんて飲まねえって！

ヴォルピヤ　（舞台内部から）　いいえ、大丈夫、水は飲まないわよ！　おいでってば！

ストロンボー　（舞台内部で歌いながら）

　あたしゃ、飲まないよ、水なんてね、え、え！

　あたしゃ、飲まないよ、水なんてね、え、え、え！

　あたしゃ、飲まないよ、水なんてね、え、え、え！

　あたしを走りまわさせるのそろそろやめてもらえねえか？　いってえ、どこに隠しちまったんだい、どこに埋めちまったんだい、葡萄酒は？

ヴォルピヤ　（舞台内部から）　そこよ！　おまえの目の前！　そのまま目の前を一人前の元気な呑み助のように、まっすぐ行ったら、飲み放題よ！　そのまま目の前をまっすぐよ、あなた！

ストロンボー　（舞台内部から）　葡萄酒か？　そりゃいい！

枝がめきめきとかき分けられる大きな音が聞こえ、次いで重い体が落ちた鈍い音が聞こえる。洞窟から発されているようなうめき声が続き、その後いびきが聞こえる。

夜踊　葡萄酒は見つからんかったとしても、少なくとも酒蔵《ワインカーヴ》は見つかったろう！

ヴォルピヤ（入場して）あら、夜踊！

夜踊　まあったく！　それで、いったいおまえはこの可哀そうなばばになにをしたんじゃ？　またこの女は酔っぱらっているのか？

ヴォルピヤ　あら、彼女はいつだって酔っているわよ！　ラッパみたいなもんで、音が一つしかでないように、荒々しくて朗々としているの。もう一時間も前から葡萄酒をちらつかせながら、この森を歩かせたのよ。そうしたら最終的に彼女は麦の入った袋みたいに倒れてこの穴をふさぐことになっちゃったわけ。（洞窟の入り口を見ながら）ほら！　ここからだって出ることもできるだろうに。だけどそんなことさえも考えつかないのよ、まったく！　彼女はクロフサスグリを食べた鴨のように酔っぱらっているのよ！　さあ！　酔いを冷ませばいいでしょう、月光は酔っ払いによくないしね。聞いているの？　彼女ったらもう暖炉の火みたいに、ぐうぐう寝ちゃったわ。

夜踊　結局おまえはいまだにいたずらに熱中しているわけじゃな？　ほら、なんとまあ、こっそりとその眼差しを巻き毛の下から投げてくることか！　親不知《おやしらず》もまだ生えていないのに、老いぼれカラスよりもよっぽどいたずらっぽくてずる賢いんじゃからのう。

ヴォルピヤ　もし私にあんたみたいな牛の尻尾にそっくりなひげがあったら、それをひっぱるだけで暇をつぶしていたでしょうよ、ねー！

（彼女は舞台の脇を見ようとする。）

よし、いいわね、この調子できたから、あいつは私たちについてこられなかったわ。おそらくどこかの泥のぬかるみにでもはまって身動きが取れないだろうから。

夜踊　誰を探しているんじゃ？

ヴォルピヤ　ほほ！　とてつもなく面白いお話よ……。ストロンボー婆さんに恋人ができたの。

夜踊　ほう！

ヴォルピヤ　本当、本当よ！　だって、どうして彼女が恋人をもったらダメなのかしら、教えて頂戴な。

夜踊　もちろん、言わせてもらうがね、結婚式の日になったら、その男はあの女を洗濯桶のように転がさなければいけなくなるからじゃ。いったいどんなやつがあいつに手を出すことができるじゃろうか？　わしゃあんな落ち着きのない酔っぱらいを見たことはないぞ。あいつはいつだって犬の尻尾につないだフライパンかのように飛び跳ねるんじゃから。

ヴォルピヤ　まあ！　あの女の旦那になるやつは、彼女になにか飲みものさえ与えていれば振られることはないでしょう。葡萄酒という言葉だけでも、あのまん丸な白いほっぺたが、しわしわになって、あの目をも幸福で満たすことができるのよ。――でも、そいつのこと、その恋人のこと、あなた知っている？　なんだか小僧が、いつもここらへんを彷徨っているじゃない……

夜踊　ああ、ああ、知っているとも。それは、それは珍妙な生き物じゃよ。小さくて細いガキじゃ。
くるくるの貧相なひげはネギの根っこのようじゃ。
それにそいつはいつだって走ったり、動きまわったり
歯をきしませたり、眉をおどらせたり
やつの顔から眼をとびはねさせようとでもしているかのようじゃ。
ある時は顔を歪めながら横跳びすることもある
それはまるで発情期のオス猫のようなんじゃ。
またある時には手をぶんぶんと振ることもある
ちょうどヒキガエルを触った直後のようにのう。

わしゃあいつを見ると怖くなりそうじゃ。
それにまた別の時には穏やかに歩いていたりするのに
突然叫び声をあげる、「火事だ!」とでも騒いでいるようにのう。
あの大きな口から言葉が無茶苦茶に投げ出されるのは、
まるで豚小屋を出る時の子豚が押し合いへし合いしているようじゃ。

ヴォルピヤ　本当にその通りよ。あの殿方は、そう、ゆっくりとした足取りで重々しくあそこを歩いていたの。足を上げる様《さま》は、
まさに月で足を拭こうとしたがっていたかのようにね、
そしたら突然にあのデブのストロンボーが
横切って、というより、道に飛びだして彼の前にでたときは
まるで巨大な岩山の怪物が飛び跳ねながら現れるようだったわ。
あいつったら鋭い叫び声をあげて
土に根を張ったかの如く直立不動となって、目を見開いて、呆然としていたわ。
彼の頭のなかでどんな考えがめぐったかなんて分からないけれど、でも知っているでしょ、彼の想像力は
いつだって沸き立っていて、アイデアはそこで踊っているのよ
ポトフの中のカブとジャガイモみたいにね。
あいつはこう思い込んだわ
(思い込みが激しい男だし、それにやっぱり、ものを考えるときは、目も耳も利かないのよ、おまけに彼女はすぐ消え去っていったしね)
彼女が森で生まれた絶世の美女で、
自分を追いかけ捕まえるように誘っているとね。

だからあの男は彼女の後につづいて叫び、追いかけようとしたわ。
轟くようなあの女の騒音に導かれてね。
それで、私は、ストロンボーを駆り立てたわけ、だって私のストロンボーは
見事に走るのよ、葡萄酒の香りを鼻先に匂わせてやるときはね。
普段は、足を大きく広げて歩くのよ、
それも羽をむしっていないガチョウのようにうんと首を伸ばしながらね。
だってね、知ってるでしょ、あれは葡萄酒の為なら本物のシカにも、野ウサギにも化けるのよ！
雑木林を嵐のように吹き抜けて、すごく広い溝だって
彼女は見向きもせずに飛び越えられるの。
たとえ例の若旦那が舌を垂らして、
猟犬のようにいくら激しく走ったとしても、
まさに膝小僧が額にぶつかるほどにだったとしても、
私たちは彼を後ろに置き去りにしてしまうほど凄い速さだったのよ。
私はやつを見失ってしまったわ、
ちょうどかけっこをしていて頭をまえに出した瞬間、
そいつは石みたいにどすんと沼地に飛び込んじゃったわけ。
そこからどうやって出てこられたのかは分からないけど。

叫び声と喧騒が外から聞こえる。

夜踊　なんじゃ？
ヴォルピヤ　ファウヌスの群れでしょうよ、なにか獲物を手に入れたのよ、叫んだり、手足をバタつかせる、

人間かなんかをね、私が思うに。

詩人 （舞台の内部から、叫んで） ひ、ひい、離せ！

ヴォルピヤ ああ、お月さまったら、これは例の青二才そのものじゃないの！ わあ！ どんなに怒っていることかしら、あいつったら！ 身をよじっても、足と手をしっかりと持たれているから逃げられないのね。ええ、でも、ほうら、緩めてあげたわよ！

舞台内部から大きな笑い声。

詩人 （大きな身ぶりをしながら舞台袖から入場） この酔っ払い、酔っ払いども、酔っ払いどもめ、ろくでなしののんべえめ、薄汚いいたずら好きめ、愚かなけだもの、ぬかるみに住む汚い男どもめ！ ふん、臭い雄ヤギたち、毛深いのんだくれ！

ヴォルピヤ （夜踊に向かって） ねえ！ いい案が浮かんだわ！ ギャラクソールのことだけど、もし彼だったら？ 彼女を眠りから目覚めさせることができるという調和のとれた声を持つ者が？

夜踊 なんじゃと！

ヴォルピヤ 試してみたっていいじゃない？

夜踊 だめじゃ！

詩人 （同様の演技で） 木々が倒れておまえらのその忌まわしい獣の口をめちゃめちゃにしてくれたらなあ！ 不愉快なやつらめ！

ヴォルピヤ （夜踊に対して） もう！ 嫉妬するには年をとり過ぎているわよ！ それに、このガキが彼女を目覚めさせることができるわけ？ いいから、今にとても笑えることになるわよ。

夜踊 （突然アイデアを思いついたように） お好きなように！ （詩人に向けて） おい、ヒキガエル！

ヴォルピヤ こっちよ、ヒキガエル！ こっちったら、ヒキガエル！ こっちだってば、ヒキガエル！

（詩人は彼らを見て、逃げようとする。）

さて、好戦的なお侍さん、逃げちゃうのかしら？　怖がらないで、私たちだって悪いようにはしたくないの！

詩人　（彼女を見て）　なんて君は美しいんだ！

ヴォルピヤ　（笑いながら）　本題に入る前から口説いているわ！　それで、どうしてそんなに怒っていたの？

詩人　（いきいきとして）　ああ！　森で生まれた少女の中で間違いなく一番美しい者が私の前を通りすぎたんだ、私の心はいまだに打ち震えているよ！　そんな少女を追いかけていたらやつらの群れに出くわしてしまった、あの狼みたいな牙を持ったがさつな、あのデカい足をしている粗野なやつらの、あの……

ヴォルピヤ　もう、十分よ！

詩人　ああ！　やつらはブラシみたいに毛がもじゃもじゃに逆立っていて、それに靴みたいに臭いったらない！

ヴォルピヤ　そうしてひきつったように言葉を吐きつづけるつもり？　まるで水差しから水があふれ出るようね？　まあ話は最後までしなさいな。それで、彼女はみつかったの？

詩人　誰のことだ？

ヴォルピヤ　もちろんおまえが探し求めていた人よ！　その美しい女、おまえの前を通り過ぎたというね。

詩人　美しかったって？　確かに私はほんのわずかしか見ていないし、それに今となっては完全に忘れてしまったよ。君ほどには美しくなかったね。

ヴォルピヤ　私ほどには美しくなかったって？　どうしてそんなに唇を噛み締めて、うっとりした目で私のことを見ているの？　まるで小さな女の子が、鏡に映るきれいに着飾った自分を見つめるかのようね？

詩人　なんて君は面白い人だろう！　君の身体は銅で出来ているかのように輝いている。どうして頭に角なんかが生えているんだい？

ヴォルピヤ　おまえが角を持っていないのとまったく同じ理由で私には角があるの。バカじゃないの？

詩人　教えてくれ！　君の名前は？
ヴォルピヤ　ヴォルピヤよ。
詩人　ヴォルピヤか、そしてそこで何も言葉を発していない老人は？
ヴォルピヤ　夜踊と呼ばれているわ。なぜかって、夜、この古猫は、芝の上で踊るのが大好きで、しかも月明かりより音を立てずに踊るからよ！
詩人　それで、君のほうは何をしているんだ？
ヴォルピヤ　何をしているかですって？　私は木をのこぎりで切ることもできないし、腹を下した羊を癒すこともできない、半ズボンの尻当てだって繕うこともできないのよ、もちろんね。イウー！　私にできることは走ることと眠ること、これがすべてよ！
詩人　ああ、そして君はものすごくきれいだ。
ヴォルピヤ　あら！　私より美しい人なんてもっといっぱいいるのよ！
詩人（いきいきとして）　一体どこにいるんだ？
ヴォルピヤ　お聞きなさい！　この近くにとっても美しい女性がいるのよ……

遠くで騒ぎ声、激しい叫び声、しゃがれたトランペットの音。

詩人　なんなんだこれは、まったく？
ヴォルピヤ　そんなに大声を出さないで、あの人たちに聞こえてしまったら恐ろしいわ。ああ！　あれは森の女狩人たちよ、非情に叫びながら獣を追いかけて、そして……

騒ぎ声が一層増す。荒々しく枝がかき分けられ、折れる音、トランペットの大きな音、雄叫び。

叫び声（舞台内部から）　オイーオー！　オイーオー！　オイーオー！

声は遠ざかり、聞こえなくなる。――ひと時の沈黙。

夜踊（声の調子を下げてミステリアスに）　一人の女が近くで眠っておってな、
今の今も頭を腕にもたれかけ、
美しい身体と顔をさらけ出し、悲痛な苦悩に満ち満ちて
月の白い光に照らし出されておる。
彼女の名はギャラクソール。
海のニンフで、とてつもなく大きなクジラたちのまわりを踊る赤毛の少女の群れの者、
広大なる黄金の朝が
長いヒスイの波に引っ張られて大海を走る時に踊る者！
しかしある日娘は海からあがってしまってのう、
塩の泡にびっしょりと濡れた身体を芝地で乾かそうとしたのじゃ。
そうしてここで彼女は眠りについてしまった、一輪の花をやさしく噛んでしまったばっかりに、なんということじゃろうか！
ああ、あの花！　彼女の姉妹のニンフたちと年老いた王である父親は
海の緋色の洞穴に暮らしており、
絶えずうめき声あげるのじゃ「ああ、ギャラクソール！」
「ギャラクソールよ、白く美しき者よ、もし天に気に入られることがなければ、花を噛まなかったのなら」とな。
というのもその娘はいまだに眠っておるのじゃ。詩人が

言葉によって彼女を起こすことが出来るまではのう。

彼方から最後の叫び声とトランペットの音。

詩人　あの野蛮なやつらは遠くへ行ったのか？

ヴォルピヤ　山へ向かっているのよ。

詩人　なんておかしなことが起こっているんだ！　昨日はまだ私と同じ人間に囲まれ、くつろいでいた。そして今は

突然、見知らぬ世界へ移されたというのに、少しの恐怖も驚きも感じない。

年老いたファウヌスに不可思議な話を聞かされているとは……ああ！

君の言っていたことは忘れてしまったが、今の話は私の中に呼び覚まされてきたよ。冬の盛りの真夜中に燃える暖炉の炎のようにね！

これは永遠にありつづける魔法だ！

ヴォルピヤ　それでおまえをここまで来させた女のことは、まったくもって忘れてしまったっていうの？

まあ、確かに、この森の少女たちは

皆、我を忘れた子ウサギにすぎないんだけれど。

しかし、私のことを、こんなにも美しく、こんなにも愛しているとおまえは言ったのに、こんな風に放っておくわけ？

ああ！　泣いてしまいたいわ！

詩人　ええい、放っておいてくれ！　誰が君のことを想うのか？

ヴォルピヤ　お月さまったら、彼は私のことも忘れてしまったんだわ！　ああ！　この人の心は

美味しいものに飛びついたかと思ったらすぐに飽きてしまう食いしん坊のよう、

まだ食べていないものの方がずっとおいしいだろうと思いこむようにしてね。
それか、気まぐれで怒りっぽい主人のよう、雇ったばかりの使用人をまもなくクビにして、お尻を蹴って追い出してしまうかのようね。

詩人 おかげさまで思い出したよ
幸せの記憶はいきいきとしている！　この思いは
熟成したワインのように穏やかに私の身体をあたためてくれるようだ！
さあ！　どうだ、早くしてくれ！　早くだ！　彼女がどこにいるのか教えてくれ。

夜踊 （ヴォルピヤへサインを送りながら、ストロンボーがいる洞窟の入り口を見せ）　ここだよ！

ヴォルピヤ （夜踊に向かって）　なあに！　あの悪戯な老人め！

詩人 ここか？　よーし、いざ行こう！

夜踊 バカめ！　おまえもここで眠りたいのか、ただし永遠に終わることのない眠りをのう？　さっき言ったこともこんなに早く忘れてしまったか？　さあ、肺に酸素がいきわたっているのなら、今こそ力を尽くして声を出すのじゃ。目をえぐったアトリのように、夜明けを迎える雄鶏《おんどり》のようにな。声を出せ、雄鶏よ！　声をあげるのじゃ、雄鶏よ！　本当に雄鶏であるならば、おまえがそうであることを証明するのじゃ。トサカもないひな鳥が羽を打ちながら居丈高な態度をとって、小石でも吐きだしたいかのようにくちばしを開け、バカのように鋭い声で鼓膜を突き破るのではないということを！　おまえの声で、最愛の人を眠らせた魔法の影を払ってしまえば良い！　鶏たちのご主人様が鳥小屋いっぱいに、ラッパの声で騒ぎ立てるようにのう。コケコッコー！

詩人 うるさい、だまれ！　いいか、話をするから聞くんだ。しかしどうやったら
言葉だけで彼女を起こすことができようか？

夜踊 この魔法の岩の上へ座るがいい、そうすればおまえの姿は
彼女の精神の前に立ち現れるじゃろう。

こんな風にしばしば、夜の手がわしらの目に置かれるとき、
愛にかきたてられる者が見え、
わしらは笑ったり、涙をこぼしたり、子供のように口を開けたりしながら、
手を伸ばすのじゃが、ああ！　もう目覚めてしまうのじゃ！
だから声を出せばいいのじゃ。幸運な詩人は、
眠たい目をした子供の頭を
穏やかに撫でる母親のように、
耳元で数多《あまた》の優しい言葉を囁いてくれるのじゃ。
声をあげろ、そしてもし愛する人を説得できたなら、
おまえの目の前で彼女は唸りをあげ、ゆっくりと身体を動かすじゃろう、
そして次いで笑い、たどたどしく話し始め、立ち上がりながら
ためらいがちな腕の間におまえを抱きしめるじゃろう、
実際に身体に触れることができたことに驚き、おまえと再会したことへ悦びの叫びをあげながらのう！

ヴォルピヤ　ヒヒヒヒ！

詩人（ヴォルピヤに）君は私に対して怒っているかい？

（ヴォルピヤは詩人に対して舌を出す。）

ならばどうだっていいな！　さて、どう始めたらいいだろうか？　彼女の髪は君みたいにカールしているのかい？　ああ、ニンフ、ニンフよ！　この歌はああ、ニンフ、ニンフよ！　から始めよう。海の波が岸を打つときに、白いカモメが飛びながら発する叫びを真似してみよう。

ヴォルピヤ　いい始まりね。

詩人　そうだろう？　――君もだよ、とてもきれいさ、とりわけ君の肌が好きだね、葡萄の色に近いからね。

君からは枯れ葉や濡れた草木の香りがするんだ、田舎の女の手のようなね。だがわかるだろう、君とここに眠る者の間では、私は迷わない、迷っていられないのだ。——なんと夜が明るいのだろうか！　空気はベッドのシーツのように真っ白だ。

ヴォルピヤ　おお、可愛い詩人さま、おまえはどんな風にも揺れてしまう蜘蛛の糸のようね。さあ、お話しなさい！　見なさい、月はあの空にある五つ星の真ん中にもう入りそうよ。その星は天《あま》の川《がわ》の近くで蝙蝠《こうもり》の形を描いているの。おまえはこのまま朝に捕らわれてしまうのでいいのかい？　イヤなら考えなさい、どれだけ彼女が美しいのか、おまえが目覚めさせたいという女のことを！　ああ！　私がおまえだったら、私の心はうっとりして汗をかいてしまうだろうね！

詩人　ああ、ニンフ、ニンフよ、海のニンフよ！　私の声を聞くがよい、私のかわいいニンフよ！　ああ、私のカモメ、私の金色の魚よ！

ヴォルピヤ（小声で）　ああ、ストロンボー、美しきストロンボーよ、年老いたイノシシ、老いぼれ豚よ！

夜踊（小声で）　なめし革のように古びた尻は、蹄鉄工《ていてつこう》の前掛けよりも硬くなっちまってら！

詩人（ヴォルピヤに対して）　彼女の瞳の色は何色か、知っているかい？

ヴォルピヤ　海に住む者は海の色をした目を持っているのよ！

夜踊（小声で）　猫の目は黄色じゃろう！

詩人　ああ、ニンフ！　——で、髪の毛はどういう風なんだ？

ヴォルピヤ　そうねえ、まあ、彼女は美しいのよ、そう、おまえが想像もできないほど美しいのよ。おまえも運がいい詩人だね、やっぱり！　でも彼女の一番美しいところは髪の毛なのよ。その色は金のように赤いんだから。

夜踊（小声で）　金のように赤いじゃと？　聞いたか、若くてきれいなストロンボーよ？　赤いじゃと？　むしろ、そう、青白いんじゃ、皮をむいたカブのように、もつれた根っこのように、青白いんじゃ、液体に漬け浸した麻のように青白い、まるで月光によって色を失ったかのようにのう！

ヴォルピヤ （夜踊に向かって） 見なさいな！ 文字通り彼の目は恍惚に濡れているのよ！ 洞窟の入り口を歓喜と恐怖が入り混じったように見ているわ。乳母《うば》の乳房におびえた子どもみたい。

詩人 さあ、つづけねば！ 君の魂の目を私に向けてくれ、ああ美しい人、恵み深き夢想のおかげで君の瞳には私が……私が、まあ、ありのままにあらわれますように！

ヴォルピヤ 感動しておりなさいな、眠りの霜がおまえの心をこわばらせていないのならね、まさに眠りがおまえの瞼をぎゅっと閉めあわせる時のように。ああ、私自身も、それが聞けて感動しているわ！ さあ、おまえの魂をその言葉に委ね、ゆっくりと溶かしなさい。いざ、目覚めなさい！

ストロンボーはいびきをかく。

詩人 （逃げるふりをしながら） ライオンだ！

夜踊 違う！ あれはおまえの女神さまがいびきをかいているんじゃよ！ いやはや！ 魅力はまだ施《ほどこ》されていないのじゃ！

詩人 これからもたらされるだろう！ ――ああ、水の女王よ、ああ、君は漂う、
深く碧い海の中のメデューサのように、
運命がここで君が眠りにつくことを決めたように……
永遠の眠り、ああ、私の美しい人よ、気の毒に思うよ。
おお！ 君の頭の中からどこか遠くへ眠りを追い払いたまえ、
髪の毛についた水を払い落とすように、
辛抱しきれずに激しく振るうように！
さあ、いざ！ 私を選んでくれ！ おお！ 私を選んでくれたらどれだけ君のことを好きになるだろうか！ 他の者よりも私は価値があるってわけじゃあないけどな、おそらく。しかし、少なくとも、私

が知っている者よりは価値があると言えよう。まあいい！　過剰な謙遜はやめよう！　ほら！　私がどんな男なのかお分かりだろう。しかし、なんと運がいいんだろうか、私は。だって、結局のところ、君に愛されるには何が足りないのだろうか？　君に愛されるには、いったい何が足りないのだろう？

夜踊　ひげじゃよ！

詩人　さあ、私がこの洞窟に入る時、
ああ！　起きてくれ！　君の手が私の身体をつかむことを願う、
この深き嗜眠状態から抜け出すために、そう、まさに、君がその身体を海から引っ張り上げる時に
浜辺の岩につかまる時のように！
おお！　私の首に君の唇が寄せられる、その時から私たちは幸せに包まれるのだ、ああ、ニンフ、ああ女よ！

夜踊（小声で）女ではないな、あれは跳躍板だ！
もちろん！　両足をそろえておまえがあいつのお腹へ飛びかかったら、
おまえは空中をクレープのように飛び上がるだろう、
両足で踏み切ったかと思えば、おまえは尻から落ちるのじゃ。

ヴォルピヤ（詩人に向かって）十分よ！　その辺でいいわ！　わかる？　おまえのその魔法が効いたかどうか今まさに時間をおいてみないといけないわ。

いきいきとして活気のある曲を吹く口笛が外から聞こえる。

詩人　海は騒がしくなったな！

夜踊　満潮じゃ。そして、今は、風によって押され、海が高い断崖の岩にばしゃばしゃとぶつかる音を立てておる。

詩人　ああ！　生まれてからこんなに感極まったことなんてない！　さっきはなんていい口笛を吹いていただろうか！　私も、よく、春にリンゴの木が花をつける時、畑で口笛を吹いていたよ。しかしこんなに純粋で明快な音は今まで一度も出せたことはない。言葉の魔法は効いたと思うか？

夜踊　答えはここに。入るがよい！

詩人　それじゃあ入るとするよ！　あらゆる神の加護がありますように！

洞窟の中に入る。

ヴォルピヤ　幸運を、ふん、おバカさん！

夜踊　ああ！　ずる賢い女ほど、悪知恵の働くネズミも猿もいないわい！　いつだか、女子《おなご》がその友達と散歩をしているのを見かけたことがある。知っておるじゃろ、幼き女子《おなご》二人、金髪のポニーテールや木材みたいに細い脚を持つあいつらじゃ。さて道を歩いているとひとつのベンチがあった。しかもベンチには七面鳥の大きなフンがあったのじゃ。そうしたら、あのひどい女子《おなご》はその連れを必死にそこに座らせようとし、そのフンにお尻をつけさせるまで、まったくひかないつもりじゃった。おまけにそれは見事な屋敷の女主人かとでもいうような厳粛さと威厳をもって行なわれたのじゃ。おまえとあの詩人はわしにそのことを思い出させるよ。

詩人（洞穴の内部から叫んで）　ひい！

ヴォルピヤ　聞いた？　まるで悪漢に襲われた女のように叫んでいるわ、それか、思いがけずに煮えたぎった湯の中に足を入れてしまった人かのよう。

詩人（洞穴の外に乱暴に飛び出てきて）　はあ！　ああ、ファウヌス、ああ、ファウヌスめ！　おお！　おお！　おお！　おまえたちの誰にも信用なんておけないってことを忘れてはいけなかったのに！　ああ、嘲笑っている女よ、そして古狼のおまえ、とがった耳をした老いぼれヤギめ、首をつられて死んじまえ！

ヴォルピヤ　あはは！　おまえたちのどの話にも真実などありはしなかったということを……ああ！

詩人　笑うな、さもないとおまえのことを……ああ！　水のニンフだって、よく言うよ！　もしあの女を海に投げ入れたとしたら、小舟のようにぷかぷか浮くだろうね！　君はハチミツをつけた指先で私の唇を惑わせたな、あそこの中にいる年老いたモノの話をつくりだしてな！　そして私は、信じてしまったのだ、感嘆のあまり真っ白な目を開けてね。女！　いいや、あれは女なんかじゃない、あれは太鼓腹だ、砂に埋められた樽だ、うとうとしているクジラだ、風でひっくり返った船の底だ！　あいつは寝っ転がっていた、それはまるで年老いた馬がおどけて、背中がかゆいからと夏に干し草のほこりの中で力なく手足をばたつかせているようだった。なんて怪物だ！　ああ！　私が入ったら、あいつの腹には月の光線が一面に降りかかっていて、それが巨人の乳房かと思えたよ。そうしたらやつは目覚めて、なにかもごもご話し始めた。しかし、よぼよぼの鴨よりもしゃがれたあんな声を私は聞いたことがない、カーニヴァルの時に鳴らすコルネットよりもしゃがれているなんて……

突如ファウヌスと女のファウヌスたちが入場し騒ぐ。雄叫びをあげ、踊り、松明《たいまつ》を振り、タンバリンを叩く。長い鎖のように列をなし、周回し、現れては消えながら続々と舞台上へやってくる。ヴォルピヤもその踊りへ混ざり、詩人の前を通るたびに媚びを売る。最後には太鼓を詩人へ投げる。詩人はヴォルピヤに駆け寄るも、ヴォルピヤは逃げる。詩人は叫び声をあげるも、大笑いする女のファウヌスたちの腕に抱かれて退場する。

叫び声とタンバリンの音は次第に弱まって消えていく。

夜踊（離れていきながら）　甘き夜がわしらを眠りへ誘《いざな》うときがきた。
活動の鈍った鳥のように動かない葉も、森の獣たちも、
すべて眠るのじゃ、輝く月の斜光は、もう辺《あた》り一帯を撫でておる。

ああ、ああ！　そう、おまえもじゃ、おお、美しきギャラクソール、眠っているのかい！　――なんとまばゆい月であろうか！

退場。

終

［注］

（1）ラテン語で「キツネ vulpes」を意味する。西洋では、キツネはずるがしこい動物と考えられている。（原注）

（2）「竜巻 trombe」やイタリア・シチリアにある「ストロンボリ火山」に由来すると考えられている。（原注）

プロテウス

石井咲・岡村正太郎・永田翔希・中山慎太郎・前山悠・八木雅子訳

宮脇永吏監訳

登場人物

プロテウス
メネラオス
ヘレネ
ニンフのコヤナギ
執事サテュロス
サテュロスたち
アザラシたち

第一幕

第一場

ナクソス島。クレタ島とエジプトのあいだのどこか。前舞台には、ニンフのコヤナギがみえる。短いチュニックを着て、髪には古代ギリシア風のヘアバンド、羊飼いのもつ先の曲がった長い杖を手にしている。二本の小さな金色の角が耳のちかくに生えている。

彼女が話しだすと舞台奥の背景幕が明るくなる。透けてみえるのは、一本の縄の上にびっしりと長い列をなした、まるで病に侵された猿のように互いにしがみついている、サテュロスの一群である。

ニンフのコヤナギ　サテュロスよ、山羊の脚をもつ哀しき者どもよ、よくお聞き！　プロテウス、あの波の下に伏せ潜む常軌を逸した老いぼれが、

まさによく熟れた葡萄を一粒ずつ房からもぎとるように、一匹ずつ拾い集められた者たちよ、あれはあたしたちの船の一艘から転がり落ちた時だったわね、なるほど、おまえたちのような獣は船酔いにかけちゃ水夫の足元にも及ばないのだし、それにあたしたちがおまえたちを助ける暇なんてありはしなかった！

なにしろたった一度や二度ではない、ゼウスの倅が熱狂にかられてあの海の端から端まで行ったり来たりしたのは。あまりに青く、血だけがなお赤いと言えるほどの、あの青い海を！

インドの方へ向かうと思いきや、テッサリアを見てみたくなる、そう、葡萄酒の神というのは、理性にもどんな秩序にも従わない！

それなのに、その主人がよろけているとあっては、
いったいどこにあるっていうの、可哀想なサテュロスがつかまる救いの糸は、海も船もわれ先にと揺れ踊っているのだから。
そのうえすべてがでたらめに上がったり下がったりしているというのに、あたしたちのほうが酒に酔っ払っているとでも言うのかしら！
そして海のほうが静まると、まるで孔雀のように太陽をうけて燦然《さんぜん》と輝く松かさの大きな花たちがパシャパシャと音をたてて泡のなかに広がっていく！　―あたしの話を聞いているの、弟たち？

サテュロス（舞台の少し後ろにいる）（唱和）　メエエエ！

コヤナギ　なんて惨めな声！　でも約束するわ、おまえたちのその苦痛はもうすぐ終わりを迎えることを、
あたしたちの狭苦しい牢獄となったこの芸術品気取りのプロテウスの島も、馬鹿げたダイエットも、
あの老いぼれの奴隷であることも！
もうすぐ広い世界が、新たにあたしたちに開かれる！　ああ、どれほど心地良いだろう、まだ誰もいないうちに好きなだけ大騒ぎするのは。
誰も責めはしないだろう、歓びにとらわれた神が獣の姿に化けたとしても、彼がそうせずにはいられなかったとしても、
ひとたび土のにおいを、ライオンや砂埃をあげる家畜よりも強いこの土のにおいをかいでしまったのなら、
だって朝なのだから、すべてがまだ自由で、顔色が悪いものにも出くわさない、この世はあたしたちのものなのだから！
さあゆけ、恐れを知らぬ不作法者たち！　地下に埋もれた金塊を探しにいくのは、他の仲間に任せよう！　あたしたちは、大地の血液を生きたままに味見したいのよ！
あたしたちの番がきたわ、スローの木の下に広がる焼けつくような丘の上に、酒樽のひねくれた木栓

を思わせる葡萄の木を植え、硬い火打ち石で火種をまこう！

　今夜、あたしたちは出発するのよ、仲間たち！

サテュロス（唱和）　メエエエ！　メエエエ！　メエエエ！

コヤナギ　メエエ！　メエエ！　そうよ、鳴きなさい！　羊毛の獣たち！　憂鬱な獣たち！　獣でも神でもない者たちよ！　救済は近づいている！

　あたしたちはもう一度、葡萄の房をくすねることができる！　涼しき渓谷よ、あたしたちはまた、紅の果汁で、おまえの動脈を走る冷たい激流の水割りをつくるとしよう！

　あたしはおまえたちのために、クロノス神の脚のあいだにかつて埋めたあの壺を掘りおこそう。中には、アラセイトウの花よりも濃い褐色をした美酒が詰まっている！

　葡萄の収穫祭に、古い大樽が硫黄の灯芯で殺菌されるときには、見ていなさい、あたしはもう一度、おまえたちのために転がる大樽の上で踊ってみせる、両手のたいまつを振り回しながら！

　あたしの名がコヤナギなのは間違いない、生んでくれた雌山羊がそう名付けた、なぜってあたしが男の手首を掴んで、青大将がするようにあっというまに縛りあげてしまえるからよ、
　まるで葡萄農家がエプロンを結ぶあの長いリボンみたいでしょう！

　あの老いぼれプロテウスだけがあたしを捕まえて自分のものにできた、あいつの馬鹿げた真珠の誘惑なんかで！（だけど、これにはいずれ仕返しをするのよ）

　だってあたしは、彼自身もさっぱり理解できていない予言書の巻物、〝未来の記録〟を調べたのだもの、そして、彼も知らないことを垣間見てしまった。

　あたしたちの解放は近い！

　ほらいま、英雄メネラオス、アトレウスの息子であり、ユピテルの娘婿が、

彼に劣らず荒れ狂った船に乗って近づいて来る、
波うつたびに、木造ボルトのたてがみをもつ気高い舳先の馬は、帆も舵もきかずに跳ね回る船を引っ張り、
綿羽のような水泡に頭から突っ込んで、それからすぐまた顔を空に向ける、まるで鶏が水を飲んでいるみたい。
彼が来る！　船から降りてきたわ！

サテュロス（唱和――途中で中断）メエエ！　メエエ！

コヤナギ　道板を敷きなさい！

（二匹のサテュロス――彼らは黒ずくめで毛むくじゃら、黄色で若い雄牛の角、赤土で染められた胸と顔、大きな尻を持ち、脚は黒い体毛でおおわれている――が這いずりながら舞台奥の背景幕の下から出てきて、道板をオーケストラピットの上に敷く。客席の奥から放たれた一本の矢が、シュッと鳴って彼らの上を通過する。彼らは一目散に逃げる。）

メネラオス（客席の奥から）いまや、わたしは大地に両の足をつけた、さあ神へ挑もう！
これだから野蛮人の手助けをしてあげるのは嫌なのよ！

コヤナギ　彼は無事ね。でも、もちろん、最初にするのは神を冒涜することなのよ。

彼女は舞台の端へと引っ込む。

第二場

メネラオスは、弓を背に、右手には剣を、左手にはスペイン風の黒いヴェールで被われた女性ヘレネの手をもち、客席の奥から出てくる。彼はタピスリーに描かれた往年の英雄風の身なりをし、羽飾りのついた兜をかぶっている。ヘレネも同じく古代神話風の恰好をしている。高く結った髪には髪粉をふりかけ、つけぼくろをしている。彼らは慎重にオーケストラピットを渡る。道板は危なげで壊れそうなほどきしむ。

メネラオス（きれいなキャンディ入れからのど飴をとったあと、咳払いをし、観客へ顔を向ける） 神々よ！ わたしに対してあらゆる自然の力を爆発させただけでは飽き足りないのか。

シラ海峡をわたったとき、あの雷によってわが船のマストは棘のように尖らされ、船自体も真っ二つに割れるかと思われた、だがしかし、そうならなかったのは稲妻を投げた射手のせいではないのだ！ わたしのことをまだ馬鹿にするつもりなのか！

今朝となっては、いきなり船が風に逆らって、櫂も舵もないのに、勝手に進み始めるではないか、まるで行先が分かっていたかのようだ、

すると、やあ陸に着いた、まあ、そりゃあよろしい。だが、最初に目に入ったのは、岩山の上から、ぎょろりとした目でわたしを見つめている、

頭から突き出たでかい雄山羊の角をもつ変わり者だ、わたしに向かって舌を出しながら見ていやがる。その怪物に狙いをつけ、わたしは矢を射た、そいつは逃げた、

ぴょんぴょん跳ねて逃げる時に、やつは見せてしまったぞ、股にも尻にも雄山羊のような長い毛がむじゃむじゃ生えているのを！

この不格好な生き物は、わたしをどうするつもりだ？　ああ、わたしに襲い掛かるのに飽き足らず、さらに侮辱したいとは！

というのも、理解できないことについては、わたしには侮辱としか思えないのだ。

雄山羊のケツをもつ人間だなんて、まったく恥ずかしいじゃないか！

よし、わたしは皆に挑もう、あの高い、天空ウラノスにいる一味もろとも！

そしておまえもだ、継父よ！　パリスがわたしからおまえの娘をさらったとき、何をしていたのだ？

その時こそ、お得意の爆竹や雷を振りかざすべきだったのだ！

しかし、まあいい。おまえがいなくとも、このわたしはそこへ行ってこの女を取り返した。

そして、ともにスパルタへ帰るのだ、わたしの花嫁であり、所有物であるこの女を連れて、
おまえが望もうが望むまいが構わん、風が吹こうと、大荒れの嵐になろうと、わけの分からないことがいくらあったとしてもだ！

剣というのは誰にも分かりやすい、あの美男子のアレクサンドロスもこの剣をとくと味わったであろう、親愛なるパリスよ！

来い、ヘレネ、わたしの手をしっかり握っておけ、もうおまえを離さないぞ。

おまえから大したお楽しみを受けたとは言えないけれどな。

まあ、とにかくいずれにせよ、おまえはおまえだし、わたしはおまえを手にしている、皆はおまえのことを覚えているであろうし、おまえを連れてスパルタへ帰ろう。


（コヤナギが舞台に現れる。）

そこへゆくのは誰だ？

コヤナギに対して弓を構える。

コヤナギ　ようこそ、英雄よ！

第三場

メネラオス　おまえは何者だ？
コヤナギ　ごきげんよう、アトレウスの子、ユピテルの婿！
メネラオス　いかにしてわたしとわかるのだね？
コヤナギ　メネラオスと彼が企てたプリアモスへの復讐を知らない人なんていないわ。津々浦々、海もすっかり青ざめちまうほど、あんたの栄光が刻まれているわよ！
弓をおろしてちょうだい。
メネラオス　おまえもあの野獣どもの一味か？
コヤナギ　あたしはただのちっぽけなニンフ、母からはコヤナギと呼ばれていたわ。
あたしの田舎者っぽい作法と、気取らない言葉遣いのせいね。
メネラオス　これはこれは、ニンフとな？
それでは、おまえの髪に隠れて見えるのは角か？
コヤナギ　あらやだ！　これは金色のべっこうでできた、まあ、ちょっとしたトンガリ櫛よ、ただの飾り。
あなた様ともあろうお方が、まさかとは思いますけれど、ニンフに会ったことが生涯一度もないんですの？
弓を外してくださいまし、勇者さま、あたし怖いんです！
メネラオス（弓をおろして剣に手をかける）どうも胡散臭いな。
しかし、わたしは何も恐れはしない。誰でも容赦はせぬぞ、わたしが手をひくこの女を奪い去る奴は！

コヤナギ　そちらはどなた？

メネラオス　聞くがいい。この者自身が告げようぞ。

ヘレネ　わが名はヘレネ。

押し黙る。

コヤナギ　何ですって！　あなた様が手をひいているのは、かの有名なヘレネなの？

メネラオス（誇らしげに）いかにも。

コヤナギ　ごきげんよう、ヘレネ。

メネラオス　返事はすまい。あのことがあってからというもの、すっかり思い上がってしまって、誰にも相手にされんのだ、「わが名はヘレネ」しか言わんとあっては！

コヤナギ　ごきげんよう、ユピテルのお嬢さま！

メネラオス　このためらいと驚いた様子はどうしたことだ？

コヤナギ（脇にひっぱって）旦那さま、ここにいるのはつまり、もう一人のヘレネってことですわ。

メネラオス　もう一人のヘレネ？

コヤナギ　十年前のことよ、彼女があんたのお家から消えたあの日。

メネラオス　そのでっちあげ話は聞き覚えがあるぞ。もう一人のヘレネがクレタとエジプトのあいだで暮らしていたという。

コヤナギ　彼女に会いたい？

メネラオス　そんなことは露ほども思っておらん。

コヤナギ　ちょっとこの人を見せてちょうだい。
メネラオス　どうせ無駄だが。
コヤナギ　あんた怖いの？
メネラオス（ヘレネのヴェールを上げながら）　ほれどうぞ、怖くなどない。
（コヤナギはヘレネを見るが、何も言わない。）
どうだ？　もちろん、あの顔と同じだろうが。
コヤナギ　ええ。
メネラオス　そうだと思った！　またしてもわたしの機嫌を損ねようというわけだ！　しかし、わたしは鼻の利く老犬、そうやすやすと痕跡を消されてたまるか(1)。
コヤナギ　ヘレネでなけりゃ、誰があんたをこんなにも正確に描いて、すぐさまあんたと認識できるようにしてくれたでしょう？
この血色のいい顔、せまい額、疑りぶかい小さな目、雄牛のような表情を？
極め付けにはこの白い毛束、結婚式の日にはすでにあんたの褐色の髪に混じっていたわね？
さあ、この兜をとって。
メネラオス（兜をぬいで）　その通り。
コヤナギ　他にも付け加えてほしい？　他に誰がこんな風にあんたを知っているというの？
メネラオス　本物のヘレネは、わたしが手をひいているこの女に決まっている。
コヤナギ　確信しているっていうの？
メネラオス（朗々と）　確かなことよ、見りゃわかる、疑う余地もありゃしない。
コヤナギ（同様に朗々と）　でも人は、不確かなほど、信じるの。
メネラオス　これはヘレネだ。
コヤナギ　いかなる証拠がおあり？

メネラオス　いかなる証拠だと？　灰に帰したトロイアと、のどを掻切られた二十万人、それ以外には何もいらぬ！
気も狂わんばかりのこの十年といえば、一年経てまた一年、指折り数えた日々の集積よ。
生贄《いけにえ》となった姫のイピゲネイア(2)、木馬の胎内に潜んだあの最期の奇襲(3)！
それでもおまえは、これがヘレネでないと言うのか！
コヤナギ　プリアモスを滅ぼさんとする神々の仕掛けた罠はうまかったわね。
メネラオス　わたしを怒らせるな、黙っておけ！　しかし、この島は何と言うのだ？
コヤナギ　ナクソスよ。
メネラオス　ナクソスだと？　地図では、もっと北にあるはずだが。
コヤナギ　いまのところ、ここにあるのよ。
メネラオス　ほんとうにチャゴス諸島ではないのか？
コヤナギ　違うわ。
メネラオス　そうか。ではナクソスの長は誰だ？
コヤナギ　老神プロテウス、アザラシたちとあらゆる両生類の怪物の王。
メネラオス　王は、マストを造るために三十三尺ほどの大きな楢材をくださるだろうか？　それに帆桁のための十六尺の木材は？　それから七十二尋のロープ、四反ほどの丈夫な麻布、四十組の櫂、槇皮《まいはだ》、鍋三杯ぶんのタール、それでもっていくらかのペンキは？
コヤナギ　それくらいならぜんぶ、あんたにくださるでしょうよ。でも彼はケチなの。
メネラオス　支払いについては、一銭も持っていないのだが。
コヤナギ　お金がなくても、ぜんぶもらえる方法があるわ。
メネラオス　なんだと？
コヤナギ　芸と策略、このあたし、コヤナギさまが授けよう。

メネラオス　しかし、おまえはここで何をしているのだ？
コヤナギ　あたしたちの主人バッコスが、[4] あたしを置いて行ったのよ、アリアドネを迎えにここへ来たときだった。（目を伏せて）老神プロテウスは、あたしを誘惑したの。
メネラオス　それほど美男子だったのか？
コヤナギ　腰まではお魚の男よ。
メネラオス　つまりこの国ではすべてが半分なのだな？　カナリアがいるとしたら、やつらは半分コイだというわけか！
コヤナギ　でも魚オトコなんて、珍しいじゃないの！
メネラオス　気に入ったのはそこだけか？
コヤナギ　真珠をくれるって言ったわ。
メネラオス　わたしはと言えば、お嬢さん、あなたに差し上げる真珠も持っていないばかりか、何ひとつあげられやしないよ。
コヤナギ　あたしを一緒に連れて行ってくれない？
メネラオス　それは、まあ、可能だがな。
コヤナギ　誓って！
メネラオス　誓うとも！　ゼウスにかけて、大地にかけて、天にかけて、カオスにかけて、冥府のステュクスにかけて、おまえが望むものすべてにかけて！
コヤナギ　あたしと、あの哀れな動物たちも？
メネラオス　どの動物だ？
コヤナギ　あのサテュロスたちよ、友達なの。
メネラオス　いいや駄目だ、奴らは船を臭くしてしまうからな。

コヤナギ　乗組員が必要でしょう。
メネラオス　それはそうだ。しかし、一体だれがこの島にあのヤギ野郎どもを閉じ込めたのだ？
コヤナギ　あの長くて黒い魚を見たことない？　船のまわりに戯れて、離れようとしないの。刃《やいば》のようなネズミイルカ、猟師の敵、網にかかると手に負えない。
メネラオス　そいつらは水夫の友人さ。ダンスして楽しい芝居を見せてくれる。イルカとカモメ、あのやかましい脇役たち、必ずそこにいるのだ、コックが野菜くずのバケツを持って裏手に現れるときにはな。
コヤナギ　海に落ちたものは、すべてプロテウスのものよ。
メネラオス　ほう！　王はさぞや一杯になった倉庫をお持ちだろうな！
コヤナギ　すべてはこの島の下部にある貨物室の奥底に、それは見事な丁寧さで分類され、収納されている。櫂、迷子の錨、その大きさに見合うマスト、それに何巻あるかわかりゃしないほどのロープの束、地中海中のありとあらゆるメーカーの帆布、壊れたお鍋、古い包丁、ランタン、アコーディオン、天体観測機《アストロラーベ》、網通し針、船首の顔。何だっていいのよ。彼は、そんなものすべてが大好きなの。
メネラオス　よし、よし！　わたしの役に立つものばかりだぞ。
コヤナギ　そこでご覧の通り、プロテウスは、世界中の端から端まで絶えず走り回っているわが主人、バッコスの活動を利用したのよ。
コーカサスから向こうの、大西洋の大波に囲まれたマディラ島に至るまで、葡萄のつるを編み込んだその指でヨーロッパ中を飾ろうとわが主《あるじ》は走り回っていた、――これにつけ込んで、あいつは、サテュロスたちのコレクションを始めたというわけ！
メネラオス　アザラシに似つかわしい発想！

コヤナギ　そう言うのは、サテュロスたちが跳びあがって煙を突き抜けていくのを見たことがないからよ、乾いた木の燃えさかる上に、まるで二十尺の放物線が描かれるようだわ！

軽いくせに四本足を持つシリアのレイヨウが羊飼いの頭のうえにとまってみせたとしても、われらが偉大なる軽業師たちに比べたら、なんてことないわね。

そんなわけで、プロテウスはこの石ころだらけのお庭を活気づけようと、半神のコレクションを始めたの。

メネラオス　わたしは先ほど、そのうちの一匹をぶち壊すところだった。

コヤナギ　ええ！　あんたの弓矢で全員殺せばいいわよ！

そうよ、このいやらしい石ころの山をみじめったらしく片足跳びで歩いていくよりは、そちらの方がましだろう！

こんなところで、あの老神はあたしたちに常軌を逸した料理を供してくださるんだから。

メネラオス　それはまた、どんな？

コヤナギ　ミネラルウォーターと凝乳よ！

それか、マッコウクジラのチーズ、時おり手に入る時は。

そしてあたしたちが集めた雨水。

それは六本の煙草の木にあげなきゃならない、関税もかからないっていうのに、あいつは誇りに思っているんだわ。

ああ、もしクレタ島のワインの香りがするあの壺がなかったら、あたしたちは皆、死んじまっただろう、

破片がひとつだけ残されていて、

皆で代わりばんこに、時おり嗅いでいるのよ。

メネラオス　痛ましい食糧事情！

コヤナギ　たまに寝そべりに行くための、森の香りが漂う手ごろな沼だってないわ、イノシシや他の動物たちがそうするようにサテュロスたちも寝転びたい時があるのに！
だから彼らの毛皮だって、しなびて色あせてしまっているのよ、まるで哲学者の顎ひげみたいに。
すべてが渇いて清潔なの、このぞっとする土地は、海と風が絶え間なく洗い流し、梳《す》いては逆立てていくのよ。
花ニラや、ナデシコ、タイム、
そんなものでさえも、ここには根づきやしない。
メネラオス　ならば、ゼウスに誓って、おまえたちをここから脱出させようではないか。
成すべきことを教えてくれ。
コヤナギ　あんたって強いのかしら？
メネラオス（両手、両腕を動かしてみせる）　これは恐ろしいやっとこでな！
この腕のなかにつかまえれば、たちまちスパルタの競技者がいかほどのものか思い知るだろう。
コヤナギ　あんたがその腕の中でパリスを絞め殺したってほんとうなの？
メネラオス　やつはわたしの妻の腕のなかよりも恍惚が足りんと感じたことだろうよ、はっはっは！
自慢するようなことでもないな。
あいつは太っていたし、インゲン豆のように軟弱だったよ。
コヤナギ　じゃあ、こうなったら、後ろからタックルして！
メネラオス（身振りをしながら）　こうか？
コヤナギ　あいつを後ろから、しっかり取り押さえて！
老魚人の尻尾の攻撃には気を付けるのよ！
メネラオス　恐れることはない、娘よ！
コヤナギ　何があってもあいつを離しちゃ駄目！

メネラオス　爺さんが、わたしに何もできやしまいさ。
コヤナギ　たとえ突然、あんたの両手が唸り上げるライオンを抱えていたとしても……
メネラオス　ライオン！
コヤナギ　あんた一度も、海の老神の手品の話を聞いたことがないの、意のままにライオンになれるっていう話を？
　炎は？
　水は？
　龍は？
　それから果物の木は？
メネラオス　なにゆえ果物の木なのだ？
コヤナギ　知らないわ、そうなっているんだもの。驚かないようにね。順番は決まっている。あいつには想像力ってものがないのよ。覚えておいてちょうだい。
（指折って数える。）
　まずはライオン、つぎに龍、それから炎、水がきて、最後に果物の木よ。果樹が見えたら、それで終わり、爺さまはあんたの手の内よ。
メネラオス　果樹だな、あいわかった！　海に出てみれば、たくさんのことを学べるものだな！
コヤナギ　眼鏡を奪うのを忘れないで、あいつの超能力は眼鏡から得ているの。
メネラオス　眼鏡だな、あいわかった！
コヤナギ　あのアザラシみたいな老人を逃がさないようにしてちょうだい、あいつはぬるぬるして、脂ぎっているから。
メネラオス　恐れることはない、言葉を話すアザラシは見たことがあるぞ。ケルソネソスの船頭が連れて来たのだ。

そいつはスキタイ語で歌い、大きな叫び声でいとしい父親と家族全員のことを呼んでいた。

コヤナギ　プロテウスが果樹の変身を終えたら、あんたは眼鏡を奪う。そのときこそ、欲しいものを何でも頼んでみるがいいわ。

メネラオス　マストも、帆布も、タールの鍋も？

コヤナギ　大地と海で生起するものはすべて、頼んでみることができるわ。あいつは何でも知っているわよ、定期購読しているから。

メネラオス　定期購読？

コヤナギ　海と大地の神々には、位にしたがって、大神ユピテルが定期購読を提供しているって、知らないの？

ときどきユピテルは彼らに送っているのよ、

透明な紙でできた細いテープを。

メネラオス　それで？

コヤナギ　巻かれたテープを広げて光にあてて再生すれば、すべてが同時にわかるの。

過去も、現在も、未来もよ。

あたしには、何にもわかりゃしない。でも、プロテウスのことは信用してもいいわ。

メネラオス　では、わたしの兄上(5)がどうなったのか、それにアルゴスにいる義姉《あね》、クロティルドがどうしているのかを知ることができるというわけだな。

コヤナギ　それって、クリュタイムネストラのこと？

メネラオス　そうとも、クリュタイムネストラさ。南国の暑さは、人の記憶を混乱させるものだな。

彼の地から、悪い噂が流れてきたのだ。

コヤナギ　ぜんぶプロテウスに聞いてみたらいいわ。

メネラオス　そうしようとも！　爺さんはどこだ？

コヤナギ　毎日正午にここへ来て、アザラシの群れに餌をあげるの。
　まずはあたしと彼でちょっと話をさせてちょうだい、それからあたしが手を挙げるわ。
　聞こえないように近づいてきてね、そこで、それ！　急いで！　後ろからあいつを取り押さえるのよ！
　何か気に入らないの？
メネラオス　コヤナギよ！
　わたしはな、ああ、わたしはもうちっとばかり、おまえを信頼できたらいいのだが！
コヤナギ　あんたとあたしの利害は一致しているのではないの？
メネラオス　わたしを悩ませているのは、おまえの頭についている、その角飾《つのかざ》りよ。
コヤナギ　あたしがちゃんとした忠告を与えられないっていうわけ？
メネラオス　角を生やした素っ頓狂に、一体どんなまともな忠告ができるというのだ？
コヤナギ　どうしてあんたのお船がでたらめに航海して、舵を取れなかったのかわかる？
メネラオス　なぜだ？
コヤナギ　舳先を見てごらんなさい。
メネラオス　それがどうした？
コヤナギ　あの哀れな大きなお目めが、消えちまってるのが見えないのかい！
メネラオス　ほんとうだ、神よ！
コヤナギ　まったくあんたは、どうやって船がろくに目も持たずに進んでいけるっていうのよ？
メネラオス　まったくだ。考えたこともなかったぞ。
　ロバにかけて！　犬にかけて！　おまえは良識ある娘であろう、わたしはおまえを信じよう。
コヤナギ　あそこの岩陰に隠れていて、あたしが手を挙げたら……
メネラオス　あいわかった！　ゆくぞ、ヘレネ！

ヘレネを連れて、舞台奥へと退場。

コヤナギ　その人に、あたしたちのもう一人のヘレネのことも話しておいてちょうだい！

舞台上手より退場。

第四場
アザラシの食事

幕が上がると、島にある王の住処があらわれる。半円の小さな柱廊で、モンソー公園にある模造の遺跡に似ている。中心の開けたところにミロのヴィーナスが置かれているが、まだ片腕が残っており、鏡を持っている。この半円形の建造物のなかには、階段で通じているバルコニーがあり、そこに斑岩でできた立派な浴槽がおかれているが、セメントでみっともなく修復された痕がある。浴槽に湯を張るライオンの頭はほんの小さなガラスの管を吐き出しており、ケチくさくちょろちょろと水を供給している。

浴槽にはプロテウスが鎮座している。イギリス軍の赤いチュニックに、王冠としての立派なキャスケット、金モールの肩章、片方の胸には大きな青綬、もう片方の胸には勲章。見事なブロンドの髭を貯えており、まるで一八六〇年頃の海の男たちの顎髭を思わせる。鼻の下の髭は剃られている。上半身だけが浴槽から出ている。プロテウスは威厳に満ちた態度で三又の矛を持っているが、刃の一本は欠けている。鼻の上には、ぶ厚い眼鏡。玉座へと至る階段には六本のタバコの木が整然と並べられている。

舞台の奥には欄干、左にはオベリスクがある。天の片隅には、栄光を示す偉大なる光明に包まれ、二輪馬車を駆るアポローンが描かれている。

浴槽の傍らには、執事サテュロスがうやうやしく控えている。スイス人の教会護衛兵の服装をし、白い二本のふくらはぎは太く、当然ながら、こめかみには雄羊の角。シャツにチョッキ姿。上着は外套掛け、つまりヴィーナスの手にぶらさがっている。執事は籠いっぱいの魚を持っている。

プロテウス　ヒヤシンス！

執事　はい、ご主人様。

プロテウス　この先もおまえをどうにかすることは出来そうもないな。

執事　ほんの少しばかりは進歩したと思っていたのですが。

プロテウス　身体を自在に操る、たとえばそれは、器用な男がナプキンを実際よりも本物らしく兎や龍へと変えるようなものよ、はたまた、両の手の影絵で作ることのできる動物には何だって変身する、いずれもおまえには求められぬことだな。

しかし、それでもおまえは、自然から変幻自在の顔を授かっておると思っておったのだが。つまり、少なくとも、おまえの肉体の半尺分だけは、詩的想像力の思うままにすることができる、とな。

執事　先日、わたしが変身したニオベはなかなかの見ものだと仰せになったはずですが。

プロテウス　ニオベ、テュエステス、シレノス、純粋なる歓びの感情や、まぎれもない苦しみの感情、そんなものは安易な課題と言わせてもらおう、プロテウス流の優れた芸術を学んでおれば誰でも、授業を十五回受けた晩にはたちまち成功するであろう。

おまえときたら、何かしらできることは確かだが、おまえが作り出すものは何でも、どこか型にはまりすぎて、古臭く黄ばんでおる。味気ないんじゃ。皆、ニオベがそんなものだと思ってしまう。生気や、天才的な独創性に欠けておる。天才とは、いつでも我らにショックを与え、固定観念を壊すことから始めるものよ。

執事 （顔を変えながら）　こんなふうにですか。

プロテウス やめよ。それは、ネプチューンとヴァルカンの混ざりものじゃ、まったく雑で、げんなりさせるわ。おまえの変身ときたら、どうしても月並みなのだ。海の粗塩のようなキラキラした輝きに欠けておる。

だが、複雑な課題に直面したら、おまえはどうする、対立しあっていようが、互いに関係しあっていようが、例えば三つか四つの感情が巧妙に混ざり合っている場合は？

二つの感情に引き裂かれた男の場合がそうじゃ、苦しみと歓び、愛と憎しみ、希望と……

執事 そういった方には、もはやくしゃみすることしか残されておりませぬ。ハクション！

プロテウス それに、おまえは手っ取り早い効果に頼りすぎる。三色のビー玉のように目を大きくするとか、フィロキセラにかまれて荒れてしまった鼻とか……

執事 なにかシンプルなものをお目にかけましょう。

執事は顔のうえに片手を通過させ、のっぺらぼうになった顔を見せる。

プロテウス （三又の矛で脅しながら）　そんな子供じみた冗談は、そこまでにせい！　いますぐ、おまえの尻に一発食らわせる足を持たぬのが悔やまれるわ！

執事 ご主人様、飼っているアザラシのことを考える時間ではないでしょうか。アザラシたちは腹を空かせております。音楽が聞こえませぬか、ちょっと前から、キューキューと唸り声をあげて、あのかわいい哺乳類たちの感情をあなたに思い出させようとアピールしておりますが？

実際に、音楽が流れる。

プロテウス　アザラシは哺乳類であったか？　まあいい。いろんな動物を介して自在に戯れるようになってからというもの、動物学についての論文を参照する時間は持ちあわせておらぬ。

さあ、さあ！　こっこっこっこっこっこっこっこっ！　おいで、わしの羊たちや！　おいで、わしのかわいい雛たちや！　こっこっこっ！

（アザラシのまるい頭が海のあちこちに現れる。）

皆の者、揃っているか？　一、二、三、四、六、八、十一、十二、十三！　数は合っているぞ！

タラは誰にやろうかな、アナゴは、ヒメジは？　オヒョウの切り身が欲しいやつは？　こっこっこっ！　立派なニシンは誰のものじゃ？

（アザラシたちの興奮、争い、曲芸、泡、岩礁の高みから白とターコイズブルーの水のなかへの飛び込み、うるさい鳴き声、訴えかけてくるトランペットのような鳴き声、尻尾やヒレの衝突音。そういったものすべては音楽によって表現される。）

こっちだ、おひげちゃん！　牙を使って登ってこい！　わしらはもう若くはないな、太っちょさんよ。ほら、このあんこうをお食べ、これぐらい平気じゃろう！

次はおまえさんだ、オタリス、かわいいやつよ、この立派なカレイを食べにおいで、ちょっとばかり前びれでひょこひょこ歩いて見に来てごらん、小さなズロースを穿いているようじゃな！

（オタリスはプロテウスの手から直に魚を食べる。）

小魚は誰にじゃ？

（プロテウスは両手で大量に小魚をまく。アザラシの曲芸。）

おまえさんだ、リーサス！　おまえさんだ、ゴルゴー！　今度はおまえだ、おチビさん、あんなところでロバのように鳴いてどうした？　捕ってごらん、樽のような体をしてかわいいやつよ！

（ふたたび魚を分配する。アザラシの曲芸。）

ふう、やれやれ、籠はもう空じゃ。
さてと、真面目なことでもしようか！　勉強、勉強！
もし、わしがいまの立場を失うことになれば、今度はおまえたちがこの年老いたプロテウスを養うのだぞ。
ほんの少し算数の復習でもするか。わしのかわいいアザラシたちは、算数がお得意の賢馬ハンスに負けず劣らず賢いのじゃ。
さあ、二十七の立方根を求めてみよ。一番に正解したやつにはニシンの頭をやろう。
ほれ、お楽しみが待っておるぞ。

（プロテウスはホラ貝を吹く。）

コヤナギ！　コヤナギよ！

第五場

コヤナギ入場。岩陰に隠れたメネラオスが見える。まだヘレネの手を握っている。メネラオスはロープでヘレネを付け柱に縛り、自身はその後ろに隠れる。

コヤナギ　御用を承ります、閣下。

プロテウス　おお、今日はいやにご丁寧なことで！　それは宮廷の言葉遣いよ！　手洗い用の洗面器を持ってきておくれ。

わしの薔薇模様の中国の洗面器だぞ、飾りの割れ目がはいったあれだ！　お湯は熱いのを頼む。

（コヤナギは一旦退場、半分が壊れた洗面器を持って帰ってきて、プロテウスの顎のしたに差し出す。プロテウスは洗面器のお湯のなかで息をぶくぶく吐いたり、ばしゃばしゃとはしゃぐ。）

ぷはっ！　ぷはっ！　ぷはっ！

（音楽）

困ったことに、不揃いなタオルしか手に入らない。ひとつはこれ、もうひとつはあれという具合で、いつでもサービスは不完全。

（拭く）

コヤナギ　できた家政婦であれば、哀れな女サテュロスよりもっとお役に立てるでしょう。ばらばらのタオルすべてに花文字を刺繍してくれるでしょうに。

プロテウス（コヤナギが差し出している欠けた鏡で自分の姿を点検しながら）　そうであろう！　そうであろう！　そうであろうの！

コヤナギ　優しくお世話をしていたら、いつか島から出してくれると約束して下さいましたのに……

プロテウス　そうであったのう！

（プロテウスは帽子を持ちあげて、鏡を巡らせながら自分の頭を映して見る。）

この育毛剤には本当にがっかりさせられたわい。

コヤナギ　……あたしだけでなく、仲間である二足歩行の動物たちも。

プロテウス（目くばせしながら）それで、メネラオスはどうしておる？

コヤナギ　どのメネラオスですって？

（プロテウスは目くばせして、メネラオスが隠れている岩をこっそり指す。）

プロテウス（小声で）やつはそこにいて、あの柱の背後でわしらを伺っておるぞ。おっしゃりたいことがわかりませぬ。

コヤナギ（プロテウスの足元に身を投げ出して）ご主人様、あなた様は何もかもご存知なのですね、何も隠し事ができませぬ。

プロテウス　わしの洗面器を壊さないように気をつけよ。ひびが入っていて、心配でならぬ。

コヤナギ　わかりました、すべてお話しいたしますゆえ！

（メネラオスは顔を出すが、コヤナギは隠れるよう合図する。）

でもその前に……

（帯から櫛をとりだし、プロテウスの髭を梳かす。）

すこしお髭に櫛をお入れしましょう、といいますのも、このように絡まって砂まみれになっているお髭では、怖がらせてしまいます！

おお、老練なる海の簒奪者《さんだつしゃ》よ！

ねえ、あなた様をお家につなぎ留めておくことなぞできませんわね、海が荒れ狂うときや、トラキアからの風が吹くなか、海がさまざまな明かりの灯ったランタンで飾られ、輝き揺らめいているときには！

（ああ、リビアからのむせ返るような熱風が吹いた後は心地よく、胸いっぱいに息を吸い込むことができる！）

あなた様でなければなりませんわ、そうでしょう、水底へ向かう哀れな船乗りたちが、臨終のさなかに波頭に垣間見るのは、荒れ狂う海に浴する老練な閣下！
漂流物やセントエルモの火に囲まれて、瓶のように沈まず揺れ動いていらっしゃる！

プロテウス　髪の毛を切っておくれ。

コヤナギ　でも、髪はありゃしないじゃないの！　五、六本の手ごたえのないうぶ毛があるだけ！　裁縫用の小さなハサミが必要だわ！

プロテウス　かまわん！　頭の周りでハサミがカシャカシャ音を出してくれれば、心地よい錯覚に浸れるのだ。
まるで、六月に、行商人が生い茂った草原を刈る鎌の音にうっとりとまどろむようにな。

コヤナギ（プロテウスの頭の周りでハサミを動かしながら）愛しいプロテウス様、お慕いしておりますわ。

プロテウス　わしもじゃ。

コヤナギ（同じ動作）あなた様はあたしのことを信じていないの、それが悲しいのです。

プロテウス　わしはおまえを信じておるぞ、コヤナギよ。

コヤナギ　ああ、あなた様はあまりに優れており、率直で、上品であらせられます！

プロテウス　その通り。

コヤナギ　あまりに好奇心旺盛で、個性的で！　その魚の尾なんて、すばらしい発想！

プロテウス　そうであろう？

コヤナギ　あまりに裕福で！

プロテウス　そうじゃ。

コヤナギ　あなた様は真に芸術を愛していらっしゃる！　あなた様がお持ちのようなコレクションはエーゲ海広しといえども二つとしてありますまい！

プロテウス　そう、メネラオスが当てにしているのはそれじゃ、船を修復するのであろう？

コヤナギ　あなた様はメネラオスをこの地に留めておきたいとお考えでしょうか。彼はこんなにも入念に手入れされた小さな島のすべてをめちゃくちゃにしてしまうに決まっております！　実はすでに、あなた様が栽培なさっていた植物を荒らしまわろうとしていました。トロイアを攻略してからというもの、メネラオスはおかしくなったのです。粗野で、本当に貪欲なやつになり果てたのです！

プロテウス　ああ、おまえは賢いやつよ！　そうではないかね、そのようにあやつに吹き込んだのはおまえだな？

海賊なんぞがここへ来るには、おまえがこの老プロテウスに打ち勝つ術を教えなきゃならん！

いかにわしがライオンやドラゴン、水や火、果樹に変身しようとも、

誰一人として恐れ、引き下がる者はない、そしてやつが望むものを差し出さざるを得なくなる。

こりゃまったく嫌になってしまうわい。

威厳を失うことは別にしてもだな、もうこんな歳ではあるし。

コヤナギ　ともかく島から出しておくれよ。

プロテウス　おやおや、悪巧みは効き目がないと分かったかね。

おまえとの約束を守った者は誰もおらんぞ。ひっひっひ！

そうはだまされぬ、わしは手練れの老魚じゃからの。

コヤナギ　では、ご存知でしょうか、メネラオスが手をとって一緒にいるのが誰なのか？

プロテウス　誰じゃ？

コヤナギ　すべてご存知のはずですよ、閣下、あなた様にお教えすることなぞ何もありませぬ。

プロテウス　おまえはよく知っておろう、わしの階級は六番目、ちっぽけな神にすぎん、『運命新聞』を講読していると言っても、わしのところに届くのは、他の神々が回し読みした後の使い古しよ。

テープには変なふうに虫食いになった、へぼな場面しかない！

やっと面白いことになりそうなところで、それいけ！　と思うと、登場人物の片手か片方の靴しか映

っておらん、あるいは他のところでは、頭がないやつも出てくる、それに突然、テープが何丈も欠けていることもある。これじゃ、さっぱり分かりっこないわい！

したがって、信用してあげましょう、コヤナギという名の女中を雇ってしんぜよう、頭に角を生やしていても、となるわけだ！

コヤナギ　あたしに満足なさっておいでですのね！

プロテウス　はて、さて！　どうだかな！　評判のニンフを一目見るためには、相当の苦労が必要であろうな！

コヤナギ　サテュロスの群れだって、同じことでしょうね？　皆がみな、このような家畜を飼っているわけではありませんものね？

プロテウス　わしがあやつらを保護しておるのは、あやつらのためよ。衛生や道徳の観念を教えようと思ったのだ。

それに、あやつらが岩から岩へと飛ぶところを見るのが楽しくもある。絵になるのだ。この土地が活気づく気がする！　噴水がないのだけが残念じゃ！

ああ、わしはまったく風変りよ、わしのようなのは二人とおらぬ。

コヤナギ　では、あなた様はメネラオスと一緒にいるのが誰なのか、知らなくてもいいのですね。

プロテウス　では、やつはわしのフェニキアのロープやチークの木材がなくてもいいというのだな。何と哀れな！　それでも水夫と言えるのか！　海に出ようというのに、洗濯用タライでは雨の日にエウロタス川を渡ることは出来ぬ！

なんというあほんダラ！

コヤナギ　なんたるマンダラ、ですって？

プロテウス　あほんダラ、と言ったのじゃ。うどんのベッドで臨終を迎えるタラよりなおデタラメということよ。

コヤナギ　（小声で）　ヘレネ……

プロテウス　ヘレネがやつと一緒なのか？

（コヤナギは肯く。）

プロテウス　彼女を見たか？

コヤナギ　見ました。

プロテウス　噂どおり美しいか？

コヤナギ　噂どおりです。でも、あの粗忽者が彼女の手をとって連れ去ってしまうのです。

プロテウス　（うっとりしながら）　十年経ったのだ、トロイアへとヘレネを連れ去る船の後ろに、わしは金色のヴェールがはためくのを見た。

コヤナギ　ヘレネは今も変わりありません。

プロテウス　あの大きな火災から助け出されて、焼け焦げたり、傷を負ったりしなかったのか。

コヤナギ　ヘレネは今も変わりありません。

プロテウス　ああ、彼女を目にしたいものじゃ。

コヤナギ　彼女を手にしたいのですか？

プロテウス　わしは彼女をこの目で見たい、と言っておるのだ。

コヤナギ　まあ、あなた様次第ですわ、閣下、彼女を手に入れて、これからの人生毎日のように眺めることができるかどうかは。

プロテウス　ああ、そんな乱暴を勧めないでおくれ！　わしは齢をとりすぎておる。わしの島は小さい、だがしかし、どんな年老いたパイロットの船室よりも、すべてが上手く積み込まれ、整頓されておるぞ。

この地上すべてを手にする偉大な神々でもそこまではできるものか！

あのだらしない野郎に、ぜんぶ台無しにされるのは嫌じゃ！

コヤナギ　ヘレネというのは何とも美しいものです。

プロテウス　彼女と話したのか。

コヤナギ　あの一件があって以来、彼女はあまりに自惚れきっているので、「わが名はヘレネ」、これしか口に出しません。

プロテウス　彫刻のように静かで、しかも生きているときた！　まさにうってつけじゃ。彼女とならば、危惧すべき場面は訪れないであろう、おまえは、いつもそういったものばかりよこすがな！

コヤナギ　ちょっとメネラオスに吹き込んでおきましたよ、あの馬鹿げた話、マルセイユからガリポリに至るまで、地中海中の港で話題となったあの話を！　ヘレネは二人いて、トロイアのヘレネは本物ではないという。

プロテウス　それは馬鹿げた話ではないぞ！　というのも、その話をでっち上げたのは、まさにこのわしだからな、こんな傑作、聞いたこともないわい！　海の塩を金と取り違えるほど、滑稽な話じゃ。

コヤナギ　メネラオスに言ってやったのです、「おまえが手を引いて連れ出したヘレネは偽物で、本物はわれらのもとにいるぞ」、とね。

プロテウス　ブラヴォー！　素晴らしい！　こりゃまた、おまえは本物の海の娘になったものだな。

コヤナギ　でも、この嘘をまことにするかどうかは、あなた様次第です。

プロテウス　なんだと？

コヤナギ　あなた様次第で、本物の、唯一のヘレネを手元に置くことができるのです。

プロテウス　どういうことじゃ。

コヤナギ　あの乱暴者にすべてを話したわけではないのです、メネラオスに締め付けられても、あなた様は、

加熱用のへぼ林檎をたわわに実らせるだけではありませぬ、
眼鏡をかけずに彼を見れば、まるで喉をさらけ出して、目と目を合わせつつ床屋の手わざに身を任せる男のように、あどけない無邪気なあの表情ができます、あなた様はそれで望みどおりのことを彼に信じ込ませることができるのです。
プロテウス　それはそうじゃ。
コヤナギ　愛しいあなた！
プロテウス　やつにおまえがヘレネだと思わせるって？
彼に眼鏡を奪われてください。彼に、あたしがヘレネであると思いこませて。
コヤナギ
ヒュー！　やるな！
プロテウス　メネラオスはあたしを連れて島を出るでしょう。
コヤナギ　ほう、ほう！
プロテウス　そうして、あなた様のもとには本物のヘレネが残るのです。
コヤナギ　それは、それは！
プロテウス　あたしは、わが兄弟であるサテュロスの皆を一緒に連れて行きます！
コヤナギ　まさか！　そこまでやるか！
プロテウス　ただ、あたしにヘレネの顔をくださいまし。
コヤナギ
あたしがヘレネ以上にヘレネになれるかどうか、ご覧にいれましょう。
プロテウス　衣装はどうする？　わしは何でもできるわけではないぞ！　想像力を羽ばたかせるためには、いずれにしてもある種の土台が必要じゃ。
コヤナギ　やらせてください！　彼女をじっくり見たのです。必要なものは持っています。あたしに必要なものは、この小さな島に、波によって未来から絶えず運ばれ続ける漂流物のなかに必ずや見つかるでしょう。

プロテウス　でもやつはおまえに何か誓ったはずだが？
コヤナギ　いい加減な約束なのです！　あの男はあまりに簡単に誓ってしまうのです。
まさか、水夫が喜んでごくつぶしを連れて行こうとしているとでもお思いですか、
いくら感謝しているからといって？　アリアドネとメデイア、彼女らの物語はよく知っていますわ。
飲み水用の水槽は大きくない、それこそが一切の問題なのです。
……おまけに、あたしの角もお好みではないみたい。
プロテウス　やつがあんなにも山盛りのサテュロスをすべて、船に乗せて連れて行ってくれると思っておるのか？
コヤナギ　あんたがやつを騙してちょうだいよ、彼らがあたしの侍女で、穢れのない仲間たちだって。
プロテウス　サテュロスたちが、おまえの穢れなき侍女！　おいおい！　それなら、わしのアザラシたちだって！
コヤナギ　それって、あんたの能力を超えているのかしら。
プロテウス　わしの能力を超えるものなど何もない……
愚か者のおめでたさを超えるものもな。
コヤナギ　どうかお願いします、海の帝王、嘘つきのなかの嘘つきの王様！
プロテウス　しかし、わしはサテュロスたちを失うのは御免だ！　これから先、同じようなコレクションを作ることは出来ないであろう！
海の神々はみな、わしのコレクションをうらやんでおる！
ポルキュスだけが、オデュッセウスのつまらぬ船員を数人、採取しコレクションとしたのじゃ。やつらは一日中ずっと北の果ての砂浜を散歩しておる、
望遠鏡を腕に携え、ロウ引きの布でできた小さな帽子をかぶって。
でも、わしのコレクションほど、全体としての価値はないぞ。あやつらはどこでも知られておるし、

本物の空の落とし子じゃ！

コヤナギ　老いぼれの、くっさい羊たち！　運動失調の雄山羊たち！　あと一か月もミネラルウォーターを飲ませ続ければ、彼らはもはや美術学校にしか適さないものになってしまいます。

プロテウス　そうかい、そうかい！

コヤナギ　ヘレネときたら、大違い、唯一無二の傑作！　あんたの老後に、なんという僥倖！

プロテウス　うるさいわい！　こんな出し物には、疥癬持ちのメリノ羊を群れまるごと差し出したって惜しくはない！

コヤナギ（熱狂して）ヘレネ、と皆が言うだろう、本物だ、唯一無二のヘレネだ……

プロテウス　黙らんか、うんざりじゃ！

コヤナギ　本物の、たった一人のヘレネ！　男たちや神々が奪い合うヘレネ！　あちこちで評判のヘレネ！　彼女のせいで、二十万人もが喉を掻き切ったのよ……

プロテウス　二十万人、と言ったか？

コヤナギ　公式の数字です。

プロテウス　二十万人とな！　黙っておれ！　よだれが出てきたわい！

コヤナギ　あんたのコレクションのなかでも一品となるわ！　なにしろユピテルが彼女を欲しがっていて、お空のふたご座には彼女のための場所も用意されているんだから。

プロテウス　ユピテルのものにはさせんぞ！

コヤナギ（ハサミを振り上げながら）そうよ、ユピテルのものにはさせない！　彼女を手に入れて最も利口な者となるのは、六番目の下級神でしかないといっても、プロテウス、あんたなのよ！

プロテウス　面白い！　それなら、おまえが望むとおりにしてみようではないか！

コヤナギ（手をあげて）　約束よ。

メネラオスは隠れ場所から出て、芝居がかった調子で這いずりながら進む。

プロテウス　約束しよう！

それにしても、おまえを失うとはつらいことよ、コヤナギ。

コヤナギ　あたしもよ、可哀相なあなた。

（コヤナギはメネラオスに合図する。）

あたしたちは気が合ったのにね。一緒になって、よくやってきたものね！

（メネラオスは飛びかかり、プロテウスを後ろから捕まえる。舞台前面に幕が下り、映像を写すスクリーンとなる。舞台の裏側では、騒ぎが起こり、音楽が流れる。

コヤナギの声が、幕の後ろから聞こえる。）

それいけ！　がんばって！　いいわ！　そんな感じで、肘のうえから締め付けて！　そう！　しっかり！　しっかり！　言ったとおりにね！　その老いぼれの悪党を離さないで！　注意して、一つ目の変身よ！　思い出して！　最初はライオンからよ！

一匹のライオンの影がぼんやりと舞台奥の幕に写り、その後、渦巻のようなものしか見えなくなる。その間、音楽が激しく鳴る。

第二幕

前幕と同景。

幕が上がると、プロテウスの玉座へと続く階段の途中にメネラオスが座っているのが見える。泰然とした様子で眠っており、その手には、ヴェールをかぶり、腰かけたヘレネの手が握られている。前舞台の左手には、先端がゴムになっているステッキにもたれた執事サテュロスが、オーケストラを聞いている。彼は、パレ・ロワイヤル劇場の古代ギリシア風衣装をまとったヒュアキントスの容貌をとっている。

オーケストラ。夜のバッカナール、ピアニッシモで。

執事サテュロス　ごくゆるやかにですよ、皆様方！　ごく穏やかに！　もっと音を小さくして！　もっと小さく！　もっと！

物音をたてたいのであれば、われらには音楽など必要ないでしょう。

聞かせてもらいたいのは、静寂そのものなのです。しーっ！

（彼は拍子を刻む。かすかに聞こえていた音楽は、ほぼ聞こえなくなる。）

よくなってきました！　しーっ！　もうちょっと静かに！　畜生め、鋳掛屋のために演奏しているんじゃないんだぞ！

これは半神たちのためだ、彼らの耳は手ごわい、その切っ先は一本の毛のように研ぎ澄まされているのだから。
あなた方は、トロイアを手に入れ、アザラシを打ちのめして疲れ切っている、この勇敢な男を目覚めさせるのです。
さらにはヘレネをも、おそらく。さあ、音をもっと静めて！

（オーケストラは空回りしだす。バイオリンは裏返して、シンバルはずらして、金管楽器はふさいで演奏される。）

上出来です！　分かってくれましたか！　これこそわたし好みの音楽というもの。
太鼓の轟き、手を打つ音、ガラガラ鳴るカスタネットは、われらのもとに、
月の裏側からやってきたかのように届く。
迸るようなバッコスの道連れどもの蹄や裸の足音も、
鎧を纏ったザリガニが川底にひしめくその音と同じほどにしか聴こえてこない。
あの絶望の叫び声、
それもまたわれらにとって、女神ダイアナの冷徹な弓のようなもの、
輝かしい真夜中、ローヌ川ほとりの平原で、女神は桑の大木を的にするのだ！
トランペットですら、鳴らしたところで、ガラスの呼子ほどに弱々しい。

（弱々しい音楽）

夜は神々のものだ。

（とても静かに大太鼓を打つ音）

そうでしょう！　なんという美しい夜！　かくも美しい、この一年の中心の時期！
それゆえ、バッコスはやってきたのだ、
田畑を、砂漠を、すっかり森林で覆われた大地の壮大な起伏をも、自由に開放するために、

あの凱旋の行進によって、抗いがたいあの足取りで、絶望の叫びの最中にも、歓喜と戦慄を引き起こしながら。
哀れなるかな、真夜中の夜露に濡れた木の葉のうえに、
ミルクの太陽と同じく真っ白な神の反映を見る者よ！
哀れなるかな、牡鹿よ、不安げな雌鹿の群れのなかで、おまえは樹木なす頭《こうべ》を高くあげ、
荒々しい山河の浅瀬を押し流される石とともに渡ってゆくあの奇妙な部隊を見てしまうのだ！
しかし、神はもはや行列の先頭に立ってはいない、ロバに乗ったデブの酔っぱらいしか見えないではないか！
あの呼び声を聞いてしまえば、人はもはや人間らしくはいられない！
それというのも、人間は飛び跳ねるために雌山羊の脛を拝借し、
雌山羊もまた、差し出されたひとつかみの酸っぱいブドウに食らいつくため
後ろ脚に立ち上がるのだ、そして額に角をはやした娘になる！
静粛に！

（音楽はだんだん止んでいく。）

ようこそ、メネラオス！

（沈黙）

眠っている！　海の神の両眼を見つめたのは無駄ではなかったわけだ！
彼にとってはすべてが変わってしまった、彼の眼にはこのわたしも最高にかわいらしいニンフの姿で現れることだろう。
ようこそ、解放者よ！

メネラオスは目を開くが、目覚めはしない。——執事サテュロスは彼にひどいしかめ面をしてみせる。

――メネラオスは茫然自失でそれを見ながら、しかめ面を真似る。――それから突然飛び起きて素早く弓をつかむが、次第に、驚きに打たれたかのように、弓を緩める。

第一場

執事サテュロス ここにはわたししかおりませんよ、殿下、あなた様にお仕えするのは。（メネラオスは、額に手をやる。）

メネラオス 何だと、さっきまでここにいなかったか、あの醜いサテュロスどもの端くれが、わたしに向かって舌を出して？

執事サテュロス わたしですよ、殿下、あなたに話かけているのは。

メネラオス わたしに話しかけるのは誰だ？

執事サテュロス ごきげんよう、メネラオス！ どうなさいました？ 殿下は、ご不安かつお困りのご様子。

メネラオス ああ！ わたしはもう、こんな悪魔の出てくる狂言芝居にはうんざりだ！

執事サテュロス （媚態を示して） まさかわたくしのことではありませんわよね、ご心配のもとは？

メネラオス いや、おまえは大丈夫だ。好きだよ。おまえはかわいいし。ああ！ きれいな顔を見るのは楽しいものだな。

執事サテュロス （ひざを折ってお辞儀） かたじけのうございます、殿下！

メネラオス 金髪の長い巻き毛は、若い娘の愛くるしいアーモンド形の顔にかかるとなんとも似合う！ しかも、なんという輝くばかりの肌色、ベゴニアの花のように澄みきっている！ おまえの名は？

執事サテュロス　ヒヤシンスと。

メネラオス　ヒヤシンス！　なんて素敵な名だ！　しかし、おまえはベゴニアでもヒヤシンスでもない、おまえは星だよ！

今宵、わたしはほんの一瞬目を覚まし、その一瞬のあいだに星々を見た、そしてまた、あの気怠い睡魔に負けてしまった。

そうだ、わたしは誓って言おう、プルメリアの花々を思わせる星々のなかで（黄色と白、光と炎が混ざったその香しい色彩のためだ）、

おまえはもっとも美しい、輝かしい夜明けの使者、うりざね顔の乙女のようだ！

メネラオスは、キャンディの箱を、執事サテュロスに差し出す。

執事サテュロス（キャンディをひとつとって）　ありがとうございます。

メネラオス　それで、おまえは何者なのだね？

執事サテュロス　プロテウス様の侍女でございます。

メネラオス　おまえはじつに下品な主人を持っているな。

執事サテュロス　ナクソスは、（大体においては）、

一つの島であり、三つの大陸のあいだ、未来と過去の間に広がる海の真ん中に位置しております。

それで、嵐や潮流に流された漂流物がすべて、ここに集まってくるのです。

メネラオス　おまえは、その漂流物の一つなのかね？

執事サテュロス　わたくしは小舟に乗って、海に放り出されておりました、

そこで老神プロテウスが、わが身のか弱さと純潔をつみ取ったのです。

メネラオス　なんと美しい言葉遣い！

いいかい、おまえは、本当にかわいすぎる！

執事サテュロス　お静かに、殿下！

あなたのお傍にいらっしゃるのは、奥様ではございませぬか？

メネラオス　かまうものか！　この女にはどうでもいいのだ、まったく！「わが名はヘレネ」さ。

どうだ、おまえを連れて行こうじゃないか！　家の洗濯係として雇ってあげよう。

しかし、まずはおまえのご主人様だが、わたしが施したマッサージをどう感じているのか教えておくれ。

執事サテュロス　ありがとうございます、あの方はお元気ですが、眼鏡をご所望です。

メネラオス　ちょっと待った！　それは自分で取りにくればよい！

執事サテュロス　あの方は二度とあなたに立ち向かう気がないようですけれど。

メネラオス　わたしはもう少しで引き下がるところだったんだがな！

ライオンや他のやつらなんぞはどうでもよかったのだ！　だがしかし、あの八つ脚の出し物は、思いもよらなかった！

突然、わたしは海にたゆたうあの皮紐みたいなものに絡まれてしまったのに気が付いて、目の前に、あのオウムみたいな嘴と、色あせた巨大なキュウリのように円筒状をした、恐るべき知恵に満ちたあの頭に向き合ったのだ、

そしてあの瞳のない眼、光が浮かんでいて、水が入ったガラス玉を透かして見るランプのようなあの眼を見つけた時は、

そりゃあ気持ちが悪くなって死にそうだった！　だが幸いなことに幻はすぐ消えた、

そして次に手に掴んだのは、ジャムみたいな実がなるあのねばねばした木だった、

そいつのはらわたはすっかり桃色の癌に蝕まれて、雌牛の乳房みたいだった。

うへっ！

執事サテュロス（合掌して） あなた様は英雄です！
メネラオス そうかい！ それで、まだ何を求めているのだ、あの老いぼれの収集家は？
執事サテュロス 眼鏡を返してほしいと。
メネラオス（眼鏡を鼻にかける） こいつは、何も見えないぞ。
執事サテュロス あたりまえでしょう。見るための眼鏡ではありませんから。
メネラオス では、何のためだ？
執事サテュロス これはあの方の権力の象徴です。
アザラシたちがその眼鏡を見ると、尊敬と怖れを感じるのです。
そのおかげでプロテウス様は、アザラシたちに寄付金を集めさせたり、算数を学ばせることができるのです。
メネラオス またしても、なんという馬鹿げた思いつき！ やつが見せてくれたあのテープのようなものか！
わたしは少しばかりアルゴスで起きていることを知りたかったのだ、わが家について変な噂が流れてくるものでね。
さてそこで、最初に見たのは、義姉のクロティルドだ、彼女の腹から見知らぬ青年が諸刃の大きな剣を引き抜こうとしているところだった。
執事サテュロス なんと！
メネラオス しかしどうしたことか！ そんなぞんざいに扱われても、彼女はちっとも苦しんでいる様子ではなかった。彼女は立ち上がり、髪を整えながら、後ずさりして部屋を出ていった。
執事サテュロス 奇跡だ！
メネラオス それから間もなく、一人の男が現れたが、その頭は二つにかち割られていた、そしてクロティルド、いや、本名はクリュタイムネストラだがね、彼女は男のそばにいて、斧を手に持っていた。

執事サテュロス　そんな！　脅かさないでくださいよ！

メネラオス　その頭の傷口がもとに戻ると、わが兄上アガメムノンが浴槽から出てきた、まったく無傷で、濡れてもいない。

あとはそんなことの繰り返しさ。最後には、ものすごいごった煮になっちまって、すべて無茶苦茶に混乱してきた、生贄になった姪のことだの、料理されたわたしの従兄弟の子供たちだのと！

目が痛くなってしまった。

せめて、人の顔がはっきり見られたらよかったのだが！　しかしすべては震えたり、揺れたりする、まるで火の上に見える顔のように。しかも、もっとも面白そうな場面には、大きな穴が開いているのだ。というのも、このテープは新品ではなかったからね。

執事サテュロス　神の預言というのは、常に難解なものです。

メネラオス　結局のところ、虐殺されたあの人たちが皆また元通りっていうのは、何かの象徴なんだろうよ！　むしろ力づけるような意味があるのだ。

そこからわたしはこう結論づけたよ、すべてうまくいっているんじゃないか、とね、わたし自身の半生も、その証拠だろう。

――といっても、もしわたしが五十五丈ほどあのテープを手に入れたら、デルフォイにとってはさぞ強敵となるだろうがな！

――そんなところで、わたしはもう精魂尽き果ててしまい、眠ってしまったのだ、この女の手をしっかりと握りながら、そしてもう片方の手には眼鏡を握りながら。

執事サテュロス　眼鏡はお返しくださいませ！

メネラオス　待て！　船は修理されているのか？

執事サテュロス　できていますとも、船は殿下をお待ちです。

メネラオス　船の眼は書き直されているか？

執事サテュロス　書き直されています。あとは、あなた様がそこに瞳を入れるだけです。
麻の帆がありまして、もう一つの帆はジュート、櫂は第一舷に十五本、第二舷に二十八本、
それに、新品同然の素敵な舵もあります、エジプト国の葬儀請負省のために作られたものです。
メネラオス　出発する時には眼鏡を返してあげよう。
執事サテュロス　お聞きくださいってば！　べつのものを頼むこともできるのですよ！
メネラオス　なんだと？
執事サテュロス　ご存じないのですか、かの高名なヘレネが十年前からこの島に住んでいることを？
メネラオス（弓をつがえて）　立ち去れ、さもなきゃ、殺すぞ！
執事サテュロス（逃げながら）　うしろをご覧になってくださいな！

第二場

コヤナギ登場、ヴェールをかぶっている。彼女はヘレネと同じ身なりをしているが、コヤナギは青、一方ヘレネは赤を基調にした衣装である。

コヤナギ　ごきげんよう、ああ、あたしの旦那様、やっとまた会えたわ。
メネラオス（振り返って）　なに？
コヤナギ　ごきげんよう、ああ、あたしの旦那様、やっとまた会えたわ。
メネラオス　誰だ、おまえは？
（コヤナギはヴェールを上げる。メネラオスは無言で彼女を見る。）
見てみろ、ヘレネ！

ヘレネ（気怠くヴェールを上げて）　あなたは、どなた？
コヤナギ　答えて、メネラオス。あたしが誰かをこの人に教えてあげて。この声、あなたの顔に向けられたこの顔、あなたを迎えにきた目の前のこの女が、お分かりにならない？
メネラオス（小声で）　ヘレネ、こいつはヘレネだ！
ヘレネ　ここには、わたくし以外にヘレネはおりません。

　パントマイム。二人とも、扇子であおぎながら、互いにじろじろと値踏みしつつ、舞台を何度も行ったりきたりする。それからヘレネはメネラオスの傍らに戻ってきて、その手をとる。

メネラオス　ああ、心臓の鼓動がおかしいぞ！　目の前にヘレネが二人、昔のヘレネとパリスが返してくれたヘレネだ。
おまえの手を握っていなかったら、こりゃ、そっちが本物だと言っちまうところだ。ヘレネの声、ヘレネの姿、ヘレネの顔、
ただ、そっちの方がもっと若い、肌もずっと透き通って清純そうだ。
見てみろ、おまえがいるぞ。

　メネラオスは彼女の手を離す。

ヘレネ　見る必要などありませんわ。
メネラオス　見ろと言っている！
ヘレネ（ゆっくりとメネラオスに視線を向けて）　この方がわたくしに似ているのならば、わたくしはアンドロマケにそっくりね。

メネラオス　おまえは何もわかっとらん！　おまえより、わたしの方がよく覚えている！
ヘレネ　ここには、トロイアのヘレネの他にヘレネはおりません、
　アレクサンドロス、つまりパリスに誘拐されたヘレネです。
　ガデスからコルキスまで、世界中の誰もがそれを知っておりますわ、
　テネドス島の対岸に見える、あの黒く焼けたレンガの山がその証拠。
コヤナギ　存じませんわ。あたしは、スパルタのヘレネですもの。
ヘレネ　そんなはずないわ。
コヤナギ　つねに貞淑で、つねに愛情深い、この変わらぬヘレネ、
　わが夫でなくて誰を夫に持つというの。
メネラオス　ご婦人よ、あなたは、いかにしてここにおられるのか、このナクソス島に？
コヤナギ　眠っていました。
メネラオス　眠っていた？
コヤナギ　ヘルメスが、
　ヘルメスがあたしの顔を打ったのです、
　黄泉の国を流れる忘却の川レテの水に浸したあの枝で。
メネラオス　あなたは眠っていた、そのあいだわたしは、頭に兜、手には剣を握りしめ、
　彼の地トロイアを包囲していた、そこにあなたもいたのだ。
コヤナギ　あたしではありませんわ。
メネラオス　あなたではない？
コヤナギ　そちらの方です、あたしじゃありません！
メネラオス　よく言った、なにせこっちがヘレネだからな。
コヤナギ　そうよ、ごきげんよう、ヘレネ！

メネラオス　ヘレネだと分かるのかね？

コヤナギ　ごきげんよう、ヘレネ！

メネラオス　わたしが手をひいているのはヘレネなのか？

コヤナギ　他の誰だと？

　それはあたしの顔ではなくって？　あたしの身体ではなくって？　この怒りの感情に高ぶる胸は、あたしの胸ではなくって？

　あたしが眠っているあいだに、おまえは何をしたの、おお、わが写し絵よ？　そして神々はあたしの眠りをどう利用したというの？

　トロイアは、このあたしのために燃えたのです、あたしが眠っているあいだに、そして大鎌で刈り取ったかのようにトロイアを根絶やしにしたのも、このあたし、どんな夢にもうなされることなく眠っていたそのあいだに！

　あたしの身体は、その写し絵だけでも神の意志を実現するほど力があるのかしら？

　あたしの魂は、二つの身体を生かすほどに力があるのかしら？

ヘレネ　言葉というのは、耐え難いものね。

コヤナギ　さあ、ヘレネ姉さん、おお、わが写し絵よ、
　いまや、あなたの役割は終わりました、
　いまや、あたしは目覚め、陽は昇った、
　あたしの居場所と夫を渡してもらう時が来たのよ！

　消えていただけるかしら、お願い。

メネラオス　ちょっくらふうっと吹いて、消えるかどうか見てみろよ、
　沸き立ちはじめた湯の蒸気みたいに。

コヤナギ　そういうあんたは、メネラオス、ぐずぐずしていないで、さっさとあたしを抱きしめてちょうだ

い、十年ぶりなのよ、
　その心はあたしのものなんでしょう？
メネラオス　おまえがヘレネだという、どんな証拠がある？
コヤナギ　ないわ、真実ですもの。
メネラオス　自分が何を疑っているのか、わからなくなってきたぞ。
ヘレネ　メネラオス、わたくしはもう随分とあなたには我慢してきましたし、かなり苦しめられてきたのです。それでもこれ以上は限界ですわ。
　たしかに、わたくしは一人の女であり、あなたのものです。けれど、あなたが思っているほどそうとも言えません。
　しかし、言っておきますが、もし、あなたが下手にわたくしを不当に扱い、この手を離そうものなら、もう二度とヘレネを連れ帰ることはできますまい、
　この世でもあの世でも、
　長らく離ればなれになっていた妻のこの指は取り戻せないでしょう。
メネラオス　わたしはこの世界に存在するすべてのヘレネの主《あるじ》だ。
コヤナギ　一人で充分よ。
メネラオス　その通り。わたしにはヘレネは一人しかいない。
コヤナギ　一人だけ、変わらないあのヘレネ。
メネラオス　その通り、わたしには永久に変わらぬあのヘレネだけ。
コヤナギ　ただ一人のヘレネ、かつてあなたに捧げられたヘレネよ。
メネラオス　覚えているぞ。
コヤナギ　レダとユピテルの娘であり……
メネラオス　……スパルタ王の妻。

コヤナギ　……密雲から雷鳴とどろかすユピテル、
そびえ立つ山々のごとく雲が白く重なると、
澄みきった空に少しずつ盛り上がってゆく、
羊飼いたちにはお馴染みの、破風に列柱が三本きりしかないあの小さな赤い神殿の上に。

メネラオス　覚えているのか？

コヤナギ　そこには、ポプラの木陰に草原が広がっているわ。

ヘレネ　あら、ポプラなんてありませんでしたわ！

メネラオス　いや、黙っていろ、あったんだ！

コヤナギ　そこには、ポプラの木陰に草原が広がっている。

メネラオス　ポプラはあったぞ、話を聞いているうちに思い出してきた。

コヤナギ　あそこに流れの速い小川が……なんて速いの！

メネラオス　あそこに流れの速い小川があった……

コヤナギ　その水はなんと澄みきっていたことでしょう！

メネラオス　その水はなんと澄みきっていたことか、そして転がる石のあいだを流れる水音のなんと哀しげだったことか！

コヤナギ　ついには、六月の大法螺貝のなかに流れこむ。

メネラオス　……ついには、いくつもの水門に堰き止められて、青々とした一面の牧草地に行きわたる。

コヤナギ　そこには、わが父に捧げられた三本の楢の木。

ヘレネ　ほら、ご覧なさい、今度は楢の木ですって。

メネラオス　この女の言う通りだ、わたしは覚えている、楢の木だ。

コヤナギ　あの大きな木、葉が出るのが一番遅い木よ。

メネラオス　あの六月、わたしを好きだとおまえは言った、かつて二人が登ったあの高台で、葉はあの時まだほとんど生えていなかった。

コヤナギ　葉の色は黄金色よ。

メネラオス　黄金色の落ち葉ではない、芽吹き始めた若枝だ！

やがてそこにユピテルは与えるのだ、

彼が愛でるあの力強い緑色を。

コヤナギ　葉の色は黄金色よ！

メネラオス　過ぎゆく時の色ではない、始まったばかりの時の色だ。

コヤナギ　葉の色は黄金色なのよ。

メネラオス　葉の色ではない、愛しい人よ！

わたしがちょっと下のほうで焚き付けたあの大きな炎の色だ、その輝きが木々の葉をすっかり包み込んでいたのだ。

コヤナギ　沈黙と断食によって身を清めるべきではないかしら……

メネラオス　そうだ、そうすべきだな。

コヤナギ　……祭儀の前のように、身を清めるべきではないかしら、神の娘御を娶ろうというのなら？

メネラオス　神の子をこの腕に抱いていても、見開かれた瞼のあいだの、微動だにせぬその眼がつれなく見返してくるのだ。

おまえは、わたしの腕のなかでも無垢なる乙女だった、まるで勝利の女神のように、そして盲いた楽士の竪琴のように、

あるいはまるで白大理石でできた真新しい国境石のようだった、祖国の入口で、追放されし者はその両手で一心に抱きしめるのだ！

コヤナギ　あたしたちの頭上には、帯のように長くつづく壁がひとつまたひとつと連なって、傷だらけの塔を持つ城塞が天高くそびえていた。

段々に連なる丘の上には、平らかな楢の森が長くつづいて、岩間に生える苔のよう、
それから音もなく静かに流れ落ちる不動の滝、
わが父の命《めい》を受けたタイタン族の手によってあらかじめ整備されたあの場所、
父のための神殿、そこにいるあたしたち。
メネラオス　覚えているぞ。
コヤナギ　あなたはといえば、あの時は美しかったわ、メネラオス、同じ年頃の男たちのなかで誰よりも強く、試合では誰よりも巧みだった！
メネラオス　おまえはずっと変わっていない。
コヤナギ　変わらぬヘレネ、そう言ったのはあなたよ、たしかにそう思う？
メネラオス　ヘレネ、この世におまえ以外に女はいない。
コヤナギ　ねえ、あたしはあなたを苦しめた？
メネラオス　わたしの愛に見合うほどではないさ。
コヤナギ　あたしと離れているのはつらかった？
メネラオス　わたしの想いはおまえから離れなかったよ。
コヤナギ　あたしもよ、あなたから離れたりしなかった。
メネラオス　おまえが離れなかっただと？
コヤナギ　あたしはあなたの腕のなかで眠っていたのよ。
メネラオス　一つだけ教えてくれ、ゼウスの娘よ！
コヤナギ　ええ、喜んでお答えするわ。
メネラオス　どうしてこのわたしだったのだ、名だたるギリシアの王たちのなかで一番でも二番でもなかったのに、
おまえのお眼鏡にかなったのはなぜだ？

コヤナギ　あなたには何一つ、あたしに値するものがなかったというの？

メネラオス　なかった、おまえを見る限り、思い出せる限り、何も！

コヤナギ　では、あたしをその腕に抱いて離さなくなるのは誰だというの？

この十年は、ほんのひとときの夜に過ぎなかったのよ、

あたしが眠っているあいだの。

メネラオス　夜は終わった。

コヤナギ　夜は終わり、あたしは目を覚ました！

メネラオス　夜は終わり、わたしはまた見ている、わたしを見るこのつれないばかりの瞳を。

コヤナギ　あたしの腕の中にいらして、何をためらうことがあるの？

メネラオスはコヤナギのほうに行きかける。

ヘレネ　メネラオス！

メネラオス　ヘレネ！

ヘレネ　何をしているの？　またわたくしを置いてゆくつもりなの？

コヤナギ　その女の言うことなんて聞かないで！　嫉妬深い神々があたしに似せて作り上げた幻影の言葉なんて聞かないで、またあなたを裏切るつもりよ！

ヘレネ　あなたを裏切るですって！　教えておあげなさい！　あなたが苦しんだのは夢のなかだったのかしら？

あなたがトロイアを陥落したのもまた夢だったの？　薄暗いアジアの後宮からわたくしを引っ張りだしたのも夢だった？

あの夜は明るくてよく見えたわ、火の灯ったランプはひとつも見当たらなかったのに。

偽物だったというの、そんな光の炎に照らされてあなたが認めたこの顔が？

コヤナギ すべては夢よ、止まることのない昔日のあの日々を除いては。

ヘレネ じゃあ、あれも夢だったというのかしら、あの昼下がり、ヨーロッパとアジアを結ぶ海に雄牛の背骨のような巨大な波がそそり立ち、わたくしたちを捕らえようとしたのは。波はわたくしをさらった男ともども一呑みにすると、たった一日で運んでいって、わたくしたちをあの場所に打ち上げた！　夜明けの靄にかすんでいく灯台の傍らに。

コヤナギ すべては夢よ、あなたに向けられたこの顔と、獣のようなあなたの瞳を見つめる無知に満たされたこの瞳を除いては。

ヘレネ すべては夢よ、あなたの手にふたたび包まれたこの手、あなたの腕にふたたび抱かれたこの生身の身体を除いては。

コヤナギ ああ、六月の大地を流れる河よ、あちこちに散らばる羊の群れはふたたび険しい草地をのぼりゆく、そして羊飼いは片膝で向かいくる奔流を押し分け、生きとし生けるものから遠ざける、青々として薔薇色の、光り輝く、花とミツバチと蝶の飛び交うあの生命から！

ああ、あなたの唇の上で蜜となったのはこのあたし、あなたの肩に不意になだれ落ちたのは、このあたし！

ヘレネ あなたは優しく触れるけれど、わたくしは刺してやったわ。

コヤナギ あたしはあなたの心を奪った。

ヘレネ あなたは彼を射止めていないわ。

コヤナギ 思い出して、若かりし頃のあの夜を、あたしはあなたの傍らで眠っていた！

ヘレネ 思い出して、あなたが一人きりで過ごしたあの夜を、わたくしは略奪者の腕のなかにいた。

コヤナギ あたしは貞淑だったわ。

ヘレネ 眠れる貞節ね。

コヤナギ　それでも貞淑よ。
ヘレネ　値打ちのない宝物、失くされもせず、奪い合われもせず！
コヤナギ　ずっと変わらぬヘレネよ。
ヘレネ　わたくしもそうよ、ずっと変わらぬヘレネでなくて？　でも、その上にもう一人。
コヤナギ　夫は一人だけよ。
ヘレネ　では、略奪者の腕のなかにいたわたくしは、あなたの妻ではなかったというの？
　トロイアの高い塔の上から
わたくしは見ていたわ、守りの固いあの町の周りを
北に、南に、日の出の方角、日没の方角、
あなたの忍耐と欲望は、夜ごとわたくしを求めて
陣を張るあなたの軍の十万もの炎とともに燃え上がった！
コヤナギ　おだまり、幻影！
ヘレネ　おだまり、ペテン師！
メネラオス　どうしよう？
コヤナギ　あたしを信じてくださるわね、いたずら好きの神が作ったこの女が
まやかしを告白して、あたしをヘレネと認めたら？
ヘレネ　もちろん、その場合にはわたくしたち二人とも信じてもらわなくてはならないわね。
コヤナギ　この人と二人きりにしてちょうだい。

メネラオス退場。

第三場

沈黙。

コヤナギ　当然ながら、その通り、打ち明けるけど、あなたこそがヘレネよ。
ヘレネ　光栄ですわ。
コヤナギ　正直に言って、あたしたちって見分けられるものかしら。
ヘレネ　存じませんわ。あなたのことを見ていないもの。
コヤナギ　では、ご覧になって。
ヘレネ　（彼女を見つめて）　わたくしが思っていたよりも、メネラオスはうんとおかしくならないといけないみたい。
コヤナギ　プロテウスがこの魔法をかけたのよ。（沈黙）
あのプロテウス様が、この見事な魔法をかけてくださったのよ。（沈黙）
メネラオスの目に幻覚を起こしたのは、彼なの。
プロテウス様がどんな方なのか、お知りになりたくありません？
ヘレネ　いいえ。
コヤナギ　彼はこの酔狂な海の管理人、メデイアが祖父の四肢をばら撒いたこの海の、

底は、硫黄含みの危険なため息で混濁し、
その水面は、常識はずれの探検隊の櫂によって絶えず打ちつけられ、かき混ぜられている、
アルゴー船、トロイア船、
乗っている冒険家たちは皆、鼻が高くて、間抜けな狭い額に、俳優よろしくきれいに髭を剃って、脇目もふらずに船を漕いでいる！
それから、あそこにあぶくが輪っかになっているのは、アザラシが呼吸をしているのかしら？
とんでもない、あれは雌牛ね。
海を泳ぐユピテルが角をもつ獣の姿に化けて、頭にはマーガレットの花冠、幼い少女を楽しませている！

ヘレネ　正気の沙汰ではないと思われているのかしら、
わたくしを連れ戻そうとした全ギリシアの人々の尊敬すべき努力を？

コヤナギ　その通り、まさにプロテウスに相応しい。

ヘレネ　申し訳ないけれど、あなたの考えには賛成できないわ。

コヤナギ　あなたってなんて美しいの、ヘレネ！　あたしはその美しい目がとても好き、まったく表情のない、
ゆっくりとあたしに向けられるその目！

ヘレネ　そうよ、わたくしこそが、かの美しきヘレネ。

コヤナギ　ああ、いくらプロテウスの力が強くても！　誓って言うけれど、メネラオスは馬鹿よ、あたしたちを見分けられないなんて！

ヘレネ　その通りね。

コヤナギ　無粋な愚か者よ。

ヘレネ　その通りよ。

コヤナギ　乱暴者、悪人！
ヘレネ　そう！　絶対にそうよ！　弓の柄であなたの背中を愛撫したのは、一度きりではないはずだわ！
男なんて皆そう。
コヤナギ　なんですって、まさかパリスも……
ヘレネ　いいえ。彼は感じがよくて、女性たちとうまくやるコツを知っていたわ。
コヤナギ　でも、彼は死んだのよね？
ヘレネ　それ以上考えるのはよしましょう。
コヤナギ　それじゃ、そのことについてはもう考えないようにして、額に縦じわをつくらないようにしましょう、なかなか消えないんだから。
ヘレネ　毎晩、親指でマッサージしなくてはいけないのよ。
親指で、精製された羊の油を少しつけてね。
コヤナギ　あなたに教えることなんて何もないわね。
もう一度、あなたを見つめさせてちょうだい、女のことなんて分かりっこない男たちがやるようにではなく、一人の女の目で。
（ため息）
なんてこと！
おお、神よ、あなたってなんて美しいの！　あなたには非の打ち所がないわ。
アリアドネさえも、この島のもとになったとはいえ、
あなたに比べれば、ただのおデブのクレタ女に過ぎないわ。
ヘレネ　若々しさがあった、と言われているけれど？
コヤナギ　ええ。ところで、そのドレスはどちらのもの？
ヘレネ　お気に召さない？　でもね、これはトロイアのトレンドだったの。

コヤナギ　そう。
トロイアって、他の土地とは、十年も前から交流がなかったわね。

ヘレネ　（声を震わせながら）　わたくしには、どうしようもないでしょう？　あのうっとうしいメネラオスのせいなのよ。

コヤナギ　このなんだか奇妙な赤色……ああ、久しぶりに見た気がする。おばあちゃんが、その色をとっても好きだったの！　島の倉庫の奥から、それと似たような色の生地を見つけてくるのに苦労したものよ。それから、この大きな動物の刺繍、変わっているわね！　そのフリギアの靴も、このホックなんてキンメリアのかしらね……

ヘレネ　わたくしのせいじゃないわ！

ヘレネは泣き崩れる。

コヤナギ　あたし何か変なことしたかしら？　きれいな瞳が台無しよ！　お聞きなさいな！　あたしが考えていることお分かりでしょう！　いまの流行はあなたのようなスタイルで、あたしなんて、もう時代遅れ。この戦利品は、そこらじゅうに散り散りになっているのよ……この冬は、皆トロイア風の服を着るわよ。

ヘレネ　（涙に暮れて）　うう！　うう！

コヤナギ　嬉しくないの？

ヘレネ　ああ、わたくしの心をえぐるのね。
憎らしいメネラオスが来た時に、すぐに義姉妹たちの家を略奪するように言ったわ。五十人もいたし、箪笥の中身も知っていた。

トランクを詰め込んだ五隻の船で出発したのよ。それがすべて、嵐のなかで海に消えてしまった！

コヤナギ　ええ、ほんとうに災難だったわね！

ヘレネを抱く。

ヘレネ（コヤナギのドレスの布地に触れながら）　ねえ、あなた、このドレスは何の布地でできているのかしら？　こんな風なのは初めて見たわ。

コヤナギ　これはね、コナラの絹で作られた中国のポンジーという生地なの。

ヘレネ　洗濯はできる？

コヤナギ　あたしたちのもとにその布を運んできた船は、三週間も前から海に沈んでいたのよ。これがヨーロッパにとって最初の委託品。

ヘレネ　なんて羨ましい！

コヤナギ　じゃあ、この布地はどう？　絹よりも艶やかで、亜麻布よりも涼しい、でも実は、イラクサで編まれているのよ。

ヘレネ　たくさん持っていらっしゃるの？

コヤナギ　四十箱ぶん、ファロスの沖合にあることが分かっているわ。ああ、あたしに足りないものなど何もないわね！

彼岸の嵐が吹くたびに最新の流行がここに流れ着く。いくつか見本をご覧になる？

（ヘレネに手帳を見せる。）

ティルスや百本柱のテーベの老舗は一軒残らず、お得意先なのよ。

緋色といえば、最高のがあるわ！

血のように新鮮な色！　ご覧になって！　これがティルスの最先端の品。「トロイア風」って呼ばれているの。そして、こちらは「ヘレネ風」。

恥ずかしいの？　じつは気分が良いんでしょう。

ヘレネ　こちらのものは？

コヤナギ　これは「パリに首ったけ」っていう名前。お気づきの通り、これは言葉遊びよ。「男性の名、パリス」、「町の名、パリ」。そして「愛の賭け《パリ》」……

ヘレネ　なんて洒落がきいているのかしら！　紙の端にでもその文句を書いてくださらないと。

コヤナギ　お安い御用よ。

ヘレネ　ああ、こんなにも色んな物の出入りがあるなんて幸せすぎるわ。

コヤナギ　ええ。それがこの小さな港の利点ですから。

ヘレネ　わたくし、スパルタに行くことになっているの。

コヤナギ　大変に立派な町だわ、習俗も申し分ないようだし。

ヘレネ　質素よ、でも申し分ない。

コヤナギ　そこでメネラオスとお楽しみだなんて、並々ならぬ忠実さだこと！

ヘレネ　帽子の形まで法のもとに決められていて、違反したら極刑なの。

コヤナギ　それでも、自然は美しいじゃない。

なんて荘厳なのかしら、夏の長い日の只中に、

やむことのないセミのけたたましい鳴き声に囲まれ、すべてを消し去るような日差しを浴びていると、

聴こえてくるの、まるで神が剣を研いでいるような音が！

そしてタイゲトス山脈は、嵐が過ぎた夕暮れ時、斜面に水をしたたらせながら、太陽を前に焼けている、

薪の大きな火でジリジリと焼かれる一切れの牛肉のように！

ヘレネ　スパルタですべきは、眠ること。田舎なんて嫌いよ。

コヤナギ　スパルタの女たちはとても美しいじゃない。

ヘレネ　彼女たちはパンを作り、牛の乳を搾り、獣のように踊るの。

コヤナギ　男たちは気さくな連中だっていうけれど。

ヘレネ　わたくしにあてがわれる相手なんて、四十をまわった父親ばかりで、お呼ばれされるのもデザートになってからよ。

それで、皆で胡桃の実を割りながら、口数の少ないラコニア風のやり方でおしゃべりする練習を始めるの。

コヤナギ　かわいそうなヘレネ！　ああ、あなたは苦しむことでしょうね、あんなにも面白い経験をしてきたというのに！

ヘレネ　そのことについては考えたくないわ。

コヤナギ　かの有名なヘレネはどこへ行った？　と、皆が言うでしょうね。

彼女はスパルタにいて、牛飼いたちのために塩を入れる袋を編んでいる。

彼女がなんと、侍女たちと一緒に、地方名物のビスケットを焼いている、

鉛のハンマーでなきゃ割ることができなくて、黒ずんでミイラになった干し葡萄がまばらに入っているあれを。

ヘレネ　あなただって、退屈でしかたない生活をしているはずよ。

コヤナギ　あら、何をおっしゃるの？　ここには、あらゆるものがやってくるのよ！　ここは三つの世界の中心に位置する島、

あたしたちの頭上に広がる天界も含めれば、四つの世界ね。

毎日のように、神々のうちのどなたかが降りてくる。ああ、あなたのお父様のことも、よく存じてま

すわ！

英雄たちなんて、それはひっきりなしに訪ねてくる。

海に降ってきたものは何だって、一番いいものをあたしは直ぐさま頂いているわ。

ヘレネ　そうなの、あなたって幸せものね！

コヤナギ　いいえ。あたしは主婦なのよ。おとなしくて、慎ましい。

質素で平穏な人生、それこそがあたしには必要なの。

ああ、むしろあなたの方が適任だったんじゃないかしら！

ヘレネ　わたくしの心を惑わせないで。

コヤナギ　トロイアのヘレネの後は、ナクソスのヘレネ！　名だたる海の中心たるヘレネ！

世界中の港から、あなたに会うため船が出港することでしょうね、

アポロンやレトの祭壇にお参りするために、人々がデロスに向けて出発するように！

ヘレネ　もしもメネラオスがわたくしを奪いに来たら？

コヤナギ　あたしを信頼してくださいな。プロテウス様にお任せあれ。

ヘレネ　どなたなの、プロテウスって？

コヤナギ　あらゆる半神たちの中で、最も金持ちの男。

タラント湾に至るすべての海と契約を結んでいるの。プリアモスとは比べるまでもないでしょう！

ヘレネ　お人柄は？

コヤナギ　あなたの好きなようにできるわ。

変わった方よ、二本の足なんかよりも魚の大きな尾のほうがお好みのようね。

両脚がないだけで、怖がることはないわ。

ヘレネ　それもそうね、でもナクソスってあまり活気がないのではなくて？

コヤナギ　活気がない？　海というのは巨大な新聞のようなもの、そこで起こることはすべて書き留められ

るのよ。
万一、このナクソスであなたが退屈してしまったら、島をべつの場所に移動させることなどわけないわ。この島は軽い岩でできていて、エショデやメレンゲのように水に浮かんでいるのだから。もし出ていきたくなったら、ご自由に。
さあ、あなたのお仕事は終わってなんかいないわ！　世界にトロイアが一つきりっていうわけじゃないのよ。

ヘレネ　その左腕のブレスレットは何でできているのかしら？

コヤナギ　じつに見事で貴重な素材よ、セルロイドと呼ばれているわ。

ヘレネ　象牙のようだけれど、はるかに美しいわ！　どうやってそんな薔薇色を出したのかしら？　まるで絹のリボンのようだわ、バックルも留め金の三つの穴も見事に模していて素晴らしい技術だこと。ああ、なんて洗練された趣向！

コヤナギ　これ、差しあげますわ。

コヤナギはヘレネに腕輪を渡す。

ヘレネ　ちなみに、あのポンジーの布地は、まだ三枚あるとおっしゃいました？

コヤナギ　その三枚は、あたしの荷物に入れていこうと思っているのだけど。

ヘレネ　ヘレネ……あら、ごめんなさいね、あなたをどう呼んでいいものか分からなくて……それをわたくしに置いて行ってくださらないかしら。

コヤナギ　それは痛い出費ね。

ヘレネ　そちらのブラウスのほうは、どうやって止めるの？
コヤナギ　後ろからよ、もちろん。
ヘレネ　後ろからですって！　麗しき女神にかけて！　後ろから閉めるブラウスだなんて！　わたくしは、脇から閉めるのよ。
コヤナギ　このボタンが見えるかしら？　上から押さえるだけ、パチン、とね！
ヘレネ　なんて巧妙な仕掛け！　わたくしにも、ちょっとやらせてくださいな。カチッと引いて、パチンと止める。カチッ、パチン、カチッ、パチン！
コヤナギ　それはいわゆるスナップ・ボタンってやつよ。
ヘレネ　あなたって恵まれているわね！　わたくしのスキタイ風ホックなんて恥ずかしいったら！
コヤナギ　エルサレムからの巡礼者が、先日、頭を真っ逆さまにしながら、あたしたちにそれを運んできてくれたのよ、海の底に向かう道すがら。段ボール三箱分あるわよ。
ヘレネ　ヘレネ、かわいいヘレネ！
コヤナギ　なあに、ヘレネ？
ヘレネ　そのボタンをわたくしに譲ってちょうだい！
コヤナギ　じゃあ、ナクソスにいてくださる？
ヘレネ　同意しますわ。
コヤナギ　ありがとう、ヘレネ。
ヘレネ　さようなら、ヘレネ。
コヤナギ　永遠にさよなら！

第四場

執事サテュロス入場。後ろに二本足の巨大なムール貝を引き連れている。

執事サテュロス　よいしょっと！

ヘレネ　何かしら、このひどい醜男は？　それに何なの、この貝は？

執事サテュロス　どこにでもある二本足のムール貝ですよ。天然の鏡つき収納箪笥といったところで。

（執事は、手を横に開く仕草をする。ムール貝が開くと、その内部に見えるのは、二枚の羽を広げた蝶のような一匹のサテュロス。執事はこの二面鏡を二人のヘレネに向けて配置する。）

執事サテュロス　やあ、ご婦人方、ご機嫌うるわしゅう、ご挨拶申し上げます。プロテウス様が、お二人の実り多き和解を祝福すべくわたしをお遣わしになったのですよ、写真に残しておけ、とのことで。日差しもばっちり言うことなしです。さあご婦人方、ご一緒にどうぞ、朗らかに、歌い出しそうな調子で、それでいて自然な雰囲気でお願いしますよ。

コヤナギ（ポーズをとって）　こんな感じ？

ヘレネ（同じくポーズをとって）　こうかしら？

執事サテュロス（貝殻を閉じると、音が鳴る）　はい、いいですよ！

（執事は小さな金色の鍵で二枚の貝殻を閉める。）

こいつは最新の装置です。手間いらずで、映像がひとりでに仕上がるんですよ。いじらなくても大丈夫。

第五場

メネラオス入場。

執事サテュロス 殿下、ご覧ください、ご婦人方が首尾よく和解を遂げられましたよ。
コヤナギ そうね、もはや一心同体と言ってもいいくらい。
ヘレネ あなた、この方を連れて行っていいわよ。どうやらあなたたちはお似合いのようですから。
メネラオス なんたる僥倖！ かくもめでたい出来事は、ちょっくら音楽でもかけて祝福せんとな。
執事サテュロス 音楽を！

四人揃ってフット・ライトの手前に並ぶ。サテュロスのコーラス隊が、口を閉じたまま、歌を見守る。

メネラオス（歌う）

巡り巡った紆余曲折
果てるともなく続いた苦難
ついに憂いが晴れる結末
恥じることなき伴侶の帰還！

さあ帰ろうぞわれらの国へ
恋しきキャベツのスープのもとへ
わが家に勝る都は皆無

（メネラオスが指を立てる。大太鼓の一打ち。フルートの短い旋律。）

ホーム！　スイート・ホーム！
ホーム！　スイート・ホーム！　ホームに勝る都は皆無！

コヤナギ

パイナップルより洋梨が好き
同じ具合にメネラオスが好き
異国の変わった果物よりは
お家で実った野菜がいいわ
これから暮らすラコニアの地で
お手本みたいに家事に励んで
讃えてもらうわ主婦の労務！

ホーム！　スイート・ホーム！
ホーム！　スイート・ホーム！　ホームに勝る都は皆無！

ヘレネ（鼻眼鏡をし、天を仰ぎながら）

聞こえてくるわ、天にあられる
父なる神が呼んでらっしゃる
空の御園に戻ってこいと
このいと高き場所に帰れと
どいつもこいつも男はパリス
さあお別れよ、馬鹿メネラオス
そしてあんたの藁ぶきドーム……

（ヘレネは声の出をよくすべく咳払いをする。その音をオーケストラが真似て、煽り立てる。）

ホーム！　スイート・ホーム！
ホーム！　スイート・ホーム！　ホームに勝る都は皆無！

執事サテュロス

皆そろって望みが叶い
誰も彼もが気分爽快！
喜びに歌うマダム、ムッシュー、
皆さんご機嫌いとうるわしゅう
この老僕から祈願の言葉を
真心込めてお送りしましょう
他所に赴く希望の翼を
どうか不幸が彩らぬよう

広げられますことを……望ーむ

（この表現に対し、オーケストラの中からいくつかの楽器が不服の音色を発する。しかし、この反発はすぐに、全面的な賞賛の音色によってかき消される。）

えへん！　おほん！
ホーム！　スイート・ホーム！

（サテュロスのコーラスが、その上から騒々しいどなり声で歌い出す。）

ホーム！　スイート・ホーム！
ホーム！　スイート・ホーム！　ホームに勝る都は皆無！

第六場

この時、ユピテルの使者が優美なステップで躍り出る。彼は、銀のラシャ、まばゆいダイヤモンド、火の粉、白鳥のきらめきと綿毛の化身に見える。使者はヘレネと、古典的なバレエもどきをひとしきり踊ってから、彼女の手を捕らえ、舞台の袖に引きずり込む。その動きは目まぐるしく、彼女は逃れることができない。オーケストラは、シューシュー、ヒューヒューという荒々しい音をディミヌエンドで発し、渦を巻くような調子で空に昇って、見えないほど遠くの天空に広がっていく花火を真似る。パッ！　と消える。

全員、驚きに口をぽかんと開け、顔を天に向けたまま動くことができない。

これ以降音楽は、台詞を盛り立てるものであれ、小さな音でうわごとのように独自に響くものであれ、芝居の最後まで鳴り止まないものとする。

第七場

執事サテュロス（天を指差しながら）　もう見えませんね。
メネラオス　ヘレネよ、わたしを煩わせにきたもう一人のヘレネは、どこに行ったのだろうか？
コヤナギ　ヘレネは一人だけよ、あなたのために貞節を守り抜いたヘレネだけ。
もう一人は、夢さながらに消え去ったのよ。

海の静寂を表現した、オーケストラの音楽。

メネラオス　おまえを信じよう。わたしだけの中で、おまえこそがわたしの愛したヘレネとなるのだ。ずっと変わらぬ、貞淑なあのヘレネとして。
コヤナギ　もう一人は、夢さながらに消え去ったのよ。
メネラオス　だがしかし、大いなる神々よ！　このことを、何人《なんぴと》たりとも悟らぬよう！
コヤナギ　何人たりとも悟ってはいけないの？
メネラオス　万人にとって、おまえは人さらいにかどわかされたヘレネでなければいかん。
コヤナギ　どうして？
メネラオス　わたしの名誉は、そこにかかっているのだ。
さもなくば、わたしの栄光はどうなるのか？　スカマンドロスの河岸に倒れた幾多の勇者の母親たちが、いったい何と言うだろうか？

第八場

船が近づいてくる。一杯に乗ったサテュロスたちが、櫂で船をこぎ進めている。簡易化のため、船は脚輪で動かすこと。

メネラオス　我らが小舟を導く、あの白い腕の美しきニンフたちは、いったい何者だ？

コヤナギ　あたしの寝床のお供だった侍女たちよ。あの子たちが乗組員を務めてくれるわ。ちょうどよくアウステル[6]が南から息吹を送っているし、今日のうちには白むギリシアの海辺が見られるわね。

乗船のために道板が敷かれる。

メネラオス　さあ乗っておくれ、ヘレネ。

コヤナギ　でもあなた、あのニンフに約束したんじゃなかったの、コヤナギとその仲間のサテュロスたちに、一緒に連れて行ってあげるって？

メネラオス　その通り、わたしはそのように誓ったが、船はそれほど大きくないのだ。

コヤナギ　誓ったことは守らなきゃ。

メネラオス　わたしはゼウスにかけて誓った、わが義理の父にかけて。

だから大したことではない。家族の間では、細かいことは気にせぬものさ。
それよりも、果たさねばならぬ最後の儀式がある。

（ペンキ入れがメネラオスのもとに運ばれ、彼は筆の先で船の目玉に瞳を入れる。）

見開き続けよ、注意深き目よ！　昼も夜も、日の沈むときも昇るときも、
光を目指し、星を目指し、海標を目指し、
われらを導け、忍耐強い巨大なる慧眼よ、われらを乗せて定員オーバーになったこの船の重みに耐え、
肩まで沈むことあれど、荒ぶる海の只中にその舳先で突き入るのだ。

二人とも船に乗りこむ。道板が引き下げられる。

サテュロスたちのコーラス（帆を掲げながら）
えっさ、ほいさ！
えっさ、えっさ、えっさえっさ、えっさ、ほいさ！
えっさ、ほいさ！
えっさ、ほいさ！
えっさ、ほいさ！

メネラオス　動き出さないな。
執事サテュロス（舵について）　砂にはまっているぞ！
コヤナギ　メネラオス、プロテウスに眼鏡を返してあげなさいよ。
メネラオス　まさか！　力づくで奪ったものは、力づくでしか返さんよ。
執事サテュロス　地面を掘り下げるんだ。

地面を掘り下げるが、船は動かない。

メネラオス　ユピテルよ、救いの手を！

雷鳴。島は海に呑み込まれる。うまい方法がなければ、道具係とフックを駆使して舞台装置を撤収すること。

（呼び子を吹く。）

コヤナギ　信じられない！

メネラオス　ありがとう、ユピテル！

執事サテュロス　海は自由だ！

他のサテュロスたち　自由だ！　自由だ！　自由だ！　自由だ！

メネラオス（船首へ出て）　取り舵、五点の向きへ！

執事サテュロス　取り舵、五点の向きへ！

サテュロスたち　動いた！　動いた！　出発だ！　出発だ！

メネラオス　風が足りない！　櫂をすべて海に出せ！

執事サテュロス　櫂をすべて海に出せ！

準備はいいか！

力いっぱい漕ぐんだぞ！

いち、に！　いち、に！

サテュロスたち（声を限りに歌う）

マルグリット　ぐったり！(7)
お医者を　呼ばなきゃ！
マルグリット　ぐ　うっ　たり
お医者を　を　を、お医者を　を　を
お医者を　呼ばなきゃ！

メネラオス　おおニンフたちよ、なんと神々しい歌声だ！　なんと甘美な旋律！
執事サテュロス　さあ子供らよ、後ろに回れ！
サテュロスたち（同様に、声を限りに歌う）

お医者に　言われた
「お酒は　やめなきゃ」（繰り返し）
「このヤブ　くたばれ
無理だよ　シラフじゃ（繰り返し）
あたしは　飲み助
死ぬまで　飲まなきゃ（繰り返し）
死んだら　お墓は
酒蔵に　しなけりゃ（繰り返し）

両足　壁向き
枕に　樽置きゃ（繰り返し）
しずくが　ぽたぽた
お口を　うるおし（繰り返し）
酒樽　穴開きゃ
がぶ飲み　うれしい」（繰り返し）

メネラオスが手を上げる。

執事サテュロス　櫂を引き上げろ！
　子供らよ、これからどこに向かおうか？
一匹のサテュロス　フランスへ！
別のサテュロス　ボルドーへ！
執事サテュロス　ブルゴーニュへ！　あの間抜けを厄介払いできた暁には！　聞いてごらん、帆を打ちつけて唸りを上げる風を！　ほかならぬバッコスが、ふたたびわれらを迎え入れ、合図を送っているのだ！
サテュロスたちのコーラス　ブルゴーニュへ！　ブルゴーニュへ！　ブルゴーニュ・ワイン万歳！
執事サテュロス　ボーヌにワイン栽培を伝えに行こうか！
メネラオス　取り舵、二点の向きへ！

執事サテュロス　取り舵、二点の向きへ。
一匹のサテュロス　シャロンに着くまで休まないぞ！
別のサテュロス　喉がカラカラで、海もカラにできそうだ！
執事サテュロス　どんなのが一番良いワインかな、子供らよ？
コーラス　丘の斜面で育てたやつだよ、ボーヌとディジョンの間でさ！
執事サテュロス　どんなのが一番良い土地かな、子供らよ？　一番黒い土か、一番湿った土か、一番豊かに肥えた土か？
メネラオス　風が弱まっている。
執事サテュロス　鳴いて風を呼ぶんだ。

サテュロスたちが鋭く鳴く。

コーラス　乾いた土地がいいよ、固まった牛乳みたいにでこぼこして、石灰石がじゃりじゃりして、レンガみたいに熱をため込むところがいい、そしたら上でも下でも熱が通って、重くてどっしりした葡萄ができる。
執事サテュロス　どれが一番良い土地かな、子供らよ？
コーラス　痩せた土地がいいよ、骨が浮き出るくらいのところがいい、牛乳がたくさん絞れる牛さんだって、腰から骨が浮き出ているよ。
メネラオス　風が静まっている。
アザラシのコーラス（船の周りに跳び出て）　ばっしゃん、ばっしゃん！
ナクソスの島は天に消えてった、アザラシにとってはいいこった！
ばっしゃん、ばっしゃん！

一つ減ったぞ！　島が一つ減ることは、アザラシにとってはいいこと一つ。万歳！

ばっしゃん、ばっしゃん！

もう老いぼれプロテウスに眼鏡はないぞ、万歳！　もう平方根なんて求めないぞ、万歳！

ばっしゃん、ばっしゃん！

海は自由だ！　海は自由だ！　海は自由でぼくらはその中！

海が息づき震えるのを感じるかい？　宙高く、尺八つ分も飛ばせてくれる、この波打つ腰を感じるかい？

万歳！　万歳！

なんたる跳躍！　なんたる弾み！

海は自由でぼくらはその中！　海は無限でぼくらはその中！　一杯のワインなんて些細なものさ、ここには飲むべきものがもっとある！　いっせーの、万歳！　いっせーの、万歳！


アザラシたちに続いて、船が消える。

第九場

天井から薄緑のカーテンが降りてくる。カーテンは次第に透明に変わっていき、プロテウスの屋敷が見え始める。列柱、オベリスクなどは第一幕で描写した通りだが、今回は場所が海の底であることを、水族館のような演出で示すこと。銀と黒玉のスパンコールを思わせる小魚の群れが、いたるところで輝いている。

舞台の前面、遺跡の外側に、全身ずぶ濡れとなったプロテウスが現れて、ぶるっと身を震わせる。

プロテウス（初めは語り、ついで歌う）　たらふく飲んでやったわい！　まったく、上の者たちの思し召しは、大したものであることよ！

（天に拳を突き上げる。バスローブが投げ入れられる。）

どうなるかなんて知っていたさ。ヘレネが天に昇ったら、釣り合いが崩れたってわけだ。重りを落とした気球が昇るがごとく、わしの島はまっしぐらに海の底に沈むほかなかった！　危うく溺れちまうところだったわい！

その突き出た尾びれは何のためにあるのかって？　こいつはただのお飾りよ！　まさか、パリ市の頭に乗っかった城壁の冠(8)が、この気高き都市を日差しから守ってくれているとでも言うのかね。

（泣きむせぶように、歌いながら。）

ほら見ておくれ、わしの小島は海の底、きっちりわしが整えた元のままに！　柱もあるし、オベリスク、タバコの苗も、足りないものは何もない！

（語る）

足りないものは、プロテウスだけ。

（不透明な海緑色の奥の方に、第二のプロテウスが、長靴と防水服と漁師用の雨よけ帽という出で立ちで現れる。プロテウスの語りは、少しずつ歌に変わっていく。）

いや、わしは何を言っているのか？　プロテウスはいるじゃないか！　わしはそこに！　彼はここに！　ごちゃごちゃでさっぱりわからん。

これこそが、水の魔法の神秘なり。どれがまことか？　どれが虚像か？　それを知るのはかなわぬことよ。

かつてとある変わり者が、この秘密に首を突っ込もうとした。そいつの名はナルキッソスという。やつによって、アカデミー・フランセーズに賞が一つ設けられたとさえ言われておる。その名もナルシス・ビショビ賞《ショー》。

（完全に歌に変わる。「情感の高まりとともに」。）

そこの老いたる相棒は自分を見失わなかった、環境に合わせて、レインコートを着たというわけか。これで水気を恐れることはない。

（ここで、音というよりは振動を通して伝わるような海中のバッカナールがピアニッシモで鳴り響く。）

いったい何だ、途切れ途切れに聞こえてくるこの馬鹿にしたような音楽は？　まるで森の反対側からヘボな田舎合唱団の歌を聞かされているみたいだわい。

水の底で音楽とな？　波にうねる音の波か！

重なって圧縮されたこの静寂の堆積は、万物の音響作用を迎え入れ、留め残してくれるに違いない。それにしても、おまえはすっかり一人ぼっちだな、哀れなるプロテウスよ！

いや決してそんなことはない！　あれを見よ、彼はいま断固たる一歩を踏み出し、あの巨大なムール貝のほうへと向かう、やつは船旅用のトランクよろしく玉座の階段のうえに屹立しておる。

ポケットから金の鍵を出した！　開けるぞ！　……奇跡だ！

（実際に、フォロースポットライトによる光に包まれて、ムール貝の一方の扉の中にきちんと固定された第三のヘレネが現れるのが見える。他の二人のヘレネと外見は同じだが、ドレスはスミレ色にすること。）

そうか！　そうだったのか！　彼にはすべてお見通しだったのだ！　撮影された像はすでに内部で熟成し、時間をかけて成長した、まるで螺鈿《らでん》の中の真珠のごとしだ、そしていまや合成ヘレネが一丁上がり！　やあこんにちは！

結局、ヘレネは全員分存在するというわけだ。こうしてわれらがヘレネはいたるところに散り散りになった、天に、地に、そして海に！

さあ、その蒼く光るドレスのひだで紺碧の空を拭い去る、海のスミレにご挨拶だ！

見るがいい、彼は恭しく頭を下げて、ヘレネを引っこ抜き、頭上に傘を開いてやっている、疑う余地はなかろう、それはこの湿度飽和状態の猛威から彼女を守ってやるという以上に、彼女への忠誠の意を示すためなのだ！


（「結婚行進曲」の最初の和音が流れる。行進の列が組まれる。）


あれは傘じゃないぞ、ありゃエイだ！　生ける天蓋のごとく、黒く立派な両翼が液状の大気をおごそかに打ち返しておるわ、新郎新婦の頭上で！

あれは何だ、二人に付き添う、あの足もじゃの天使たちは？　人間の目に触れたが最期、タコでござ いと名乗るだろうが。

間違いない、あの中の一匹は電報を伝える係員なのだ、生ける電信交換局とな！

別の一匹は横断幕を開いてたなびかせておる、海に住む者すべての祝辞が書いてあるぞ。

あっちの二匹にいたっては、結婚式の常識から言って、宴会用の陽気な音楽家であると認めぬわけにはゆくまい？

そのうちの一匹が、巨大なサリュソフォーンを肩紐で担いだではないか、そして見よ、軍艦の司令部で機械の回転数を艦長に伝える装置のごとく閉じては開くその大緑の目を通して、あの小さな楽譜をなんと熱心に読み解こうとしていることか。

もう一匹は、触手で愛おしそうに自動ピアノにからみついておるぞ、きっと大型客船が落としていったものに違いない。


（舞台の奥に、一匹のクジラが現れる。インドの象たちのように、豪華な布をまとい、宝石で飾られている。頭の上には、小さな操舵室を備えている。）

さあ来たぞ、初々しきわれらが夫婦をインドへ運ぶ乗り物が。かつて恋する牧人アルペイオスをアレトゥーサへと導いた道のりよりも、なお人知れぬ道を行くことだろう。

あそこだ、モルディヴの沖、北緯九度の運馬からそう遠くないあの場所で、仰向けに寝そべるアンフィトリテがヒュドラのように広がるバラ色のサンゴに囲まれて、あの白き雄牛の動きを見守っておる、プレイアデスがその雄牛を真夜中の祭壇に捧げにゆく、

あの場所で、神々すべての大集会ダルバールが、オリンピックのたびに開かれるのだ！

あの場所でこそ、われらのヘレネはついに至高の栄誉を受けることになる、

そしてもう一方のヘレネは、鮭と同じ本能に従って、ガリアの地の中心を目指して遡上するのだ。

さらば、プロテウス、老年の友よ！　さあ、わたくしといたしましては、紳士淑女の皆様方、そろそろ奥へ引っ込ませていただくことをお許し願います。なにしろ快調に沸き立っていたわたくしの想像力もいよいよ醒めてしまいそうですし、どうも鼻風邪の気配がありまして、サントリーニ島を丸ごと引っこ抜いちまいそうなほどのくしゃみが出そうでありますゆえ！

海中でのバッカナールと結婚行進曲が高まる。遠くから、アザラシとサテュロスによるコーラスの最後のこだまが聞こえる。(9)

完

インド洋にて、一九二六年一月―二月

［注］

（1） 本作の下地となっているエウリピデスの『ヘレネ』では、メネラオスは自らを死んだことにして、ヘレネとともにエジプトから逃れる設定になっている。

（2） アガメムノンの娘。ギリシア軍がトロイアへ出立する際、女神アルテミスの計らいにより海が凪いでいたため、生贄として捧げられた。

（3） 十年ちかく続いてきたトロイア戦争が膠着状態に陥り、トロイア市民が籠城した際、オデュッセウスや女神アテネの策により、巨大な木馬のなかにメネラオスらが潜んで市内に侵入、王プリアモスを殺害し、最終的にギリシア勢力がトロイアを滅ぼした。

（4） クレタ王ミノスの娘アリアドネは、テセウスによってナクソス島に置き去りにされたが、ディオニュソス（バッコス）に救われた。

（5） アガメムノンのこと。

（6） ローマ神話における南風の神。

（7） フランスに古くから伝わる酔いどれ歌のひとつ。

（8） パリ市の紋章には、城壁を模した冠が描かれている。

（9） もちろん舞台において、この最後の独白全体は、作曲家の便宜に従って短縮されてもよい。（原注）

前山悠訳

熊と月

登場人物

役者

月

夜明けの光

捕虜

パペット

月

熊

コロス

足のない飛行士

ロドー

修理士

黒人の小人

第一場

北ドイツ、とある捕虜収容所の医務室。
伝染病患者らの小屋にて。

捕虜（テーブルのそばに腰かけ、眠っている）マリー、お前なのか？（静寂）俺は馬鹿だな、あいつが死んでからもうずいぶん経つというのに。――俺も同じだ、もう死んでいる。まったく奇妙な感覚だ！――いや、俺は死んでなんかいない、眠っているだけだ。俺は眠っている、そうに違いない！――なのに、こいつらの体温の時間だ。何があっても零時に計らねばならん。だが無理だ！　どうしても目を覚ませそうにない。どうしてみようもない。――いったい誰だ、寝床を爪でひっかいているやつは？　あの一五年入隊組(1)のチビか。いやいや、あいつは昨日死んだはずじゃないか！　代わりに別のが入ってきたんだ。あのインド人だな、今わめいているやつは。異国の鳥みたいにもごもご鳴き騒ぎやがって。さあやれ、さあやれ、感染者ども！　一人また一人、合唱の輪を広げていくがいい。まったくお笑いぐさだ。たちの悪い力。たちの悪い力が、世界の四隅から俺たち全員をここに集めやがったんだ。この第四棟に。そうだ、体温。何があっても計らねばならん。いいか若造、さもないと独房行きだぞ。俺の知ったことじゃない。誰の知ったことでもない。まったく、何て大楽団だ。みんな兄弟。俺たち全員に、死が近づいてくる。泣くやつもいれば、わめくやつもいる。そして俺は眠る。いい気分だ。この場所で、ここから遠く離れて。甘美なる自由！――（ささやくように）マリー、君なのか？　愛しき人よ。――いいや、あいつはいやしないんだ。――ほらほら患者さんがた、いいですか！　少し静かにしろ！　ちくしょうめ。零時の鐘だ。ドイツ時間の。何があっても目覚めねばならん。いいや、零時じゃない、鐘の数が多すぎる。どうもおかしいな、うまく数えることができん。なんと地上は広大なことか！　なんと空っぽなことか！　なんと多くの苦悩を詰め込めることか！　場所ならたくさんあるからな。そして人知れず、闇のなか、何もかもが集まってくるあの街道。家の中には、家族たち。あいつらには苦しみなんてない、すやすやと眠っていやがる。――どうもうまく数えることができん。ひとつ鐘がやんだと思ったら、また別のが聞こえてくる。や、あそこで火事じゃないか！　いや、月が昇っているだけだ、月みたいなものが。音もなくまたたく星、同じく無数の鐘の音。まったくどうなってるんだ。もしあの月がなかったら、驚くほどの星が見えるんだろうな。オスティアーズ(2)に戻る時も、こんな夜だったっけ。一緒に車に乗って。いや、あれはただの車じゃない、宵闇の神輿《みこし》と言うべきだろう。二人して夢心地で、楽しかったなあ！　土ぼこりと静けさに酔いしれてたんだ、夜中の二時に、全速力で駆け抜けながら！お前と一緒に、マリー！　――車輪なんてもう地面に触れてさえいなかった。――お前と一緒に、マリー！　――なあ、本当にお前はもういないのか？　本当にお前は死んでしまったのか？　本当にもう俺のことを愛してはくれないのか？　――子供？　子供のことを言っているのか？　俺たちの三人の子？あたしの子供たちをどうしたのかって？　お前の子なら俺の子でもあるだろう。どうして子供たちだなんて言うんだ？　俺たちには一人息子しかいなかったじゃないか。おまえがいなくなった時、あの子は十歳だった。この地上では、あの子はあまりに純粋すぎたんだ。あれは、俺たちの愛から生まれた美しい星だったから。俺の腕に包まれて、お前の深い眠りから生まれたんだよ、愛しいお前。もう話したろう、あの子は結婚したんだよ、俺たちみたいに若くして。そしてお前みたいに若くして、相手の人は死んでしまった。きれいな娘さんだったよ！　そのあと戦争がやってきて、俺たち全員を飲み込んだ。お前が言ってる三人の子ってのは、あの子の子供のことだろう。男の子がひとりと、女の子の双子。かわいそうなちびたち！　今では乳母が世話をしてくれているが。あそこで、あのオスティアーズの高台の屋敷で。あの子らの父親？　俺たちの息子はどうしたのかって？　俺たちが夢の中で作ったあの子のことか？　俺たちには子供なんていなかったんだ！　お前が何を言いたいのかわからん、俺は眠ってるんだ、眠らせておいてくれ！　わかってくれ！　見上げてみろ、くっきり浮かんだ星がひとつ見えるだろう。あれがあの子だよ、俺のかわいいジャン坊！　煙と光をたくさん出しているだろう。もう、何もかも消えてしまったんだ。あの子は天と地のあいだで星のように燃え盛っている。あれがあの子だよ、俺たちのかわいい、青い瞳のジャン坊。あの子は飛行士だった。それを知ったのはここでだったよ、手紙を受け取ってな。誰が残された子供らの面倒を見ているのかって？　誰も。どこぞの誰かだよ。まさしく、俺たちは財産を全部失ったんだ。夜空の星を買い占められるほどの儲け話を持ちかけてきた金融屋がいてな。そのあとすぐに、戦争が俺たちを飲み込んだんだ、俺たちふたりを、ジャンを、親子ともども。ああ、俺も今や名の知れた兵士だ！　初日に早くも荷物と銃ごと捕まっちまうとはな！　蜜の中から抜け出そうともがく哀れなハエみたいなもんだ。ああ、なんて美しいのか、オスティアーズのモミ林に浮かぶ月は！　そして、分厚い草むらの中から、ひそかに漏れてくる深い溜息！　おやおや、寝息だったか。眠いのを我慢しようにも、子供のうちは無理というものだからな。すやすやと寝ているなあ！ああ、坊やはうしろにひっくり返ったまま拳骨を握っている。なんとも俺の子によく似ている！　あの子からできたわけだしな。双子の女の子も一緒だ。ほら、愛しいお前、お前の命と引き換えにできた双子だよ。干し草にぬくぬくくるまった動物の子みたいだ。誰か世話してくれている人がいるんだろう。ほら、おや、どうしてカーテンをきちんと閉めておかないんだ？　月の光が部屋に差し込んで。おもちゃが勢ぞろいだな、兵隊がいて、ロシアの鍛冶屋がいて、積み木があって、人形用のベッドに熊がいて。いったい誰だ、カーテンを開けっぱなしにしたのは？　不用心じゃないか。

月　（医務室に斜めに差し込む光の中に現れて）　そうやって、夢の女王が入ってくるのを妨げようというのですか？

捕虜　あんたは？　おお、斜《はす》に注ぐ光の声よ。

月　私は、清明なる月。

捕虜　きっとあんたにも声はあるんだろうと思っていたよ。想像していたとおり、光によく似た声だ。始まりも終わりもはっきりせずに、いつの間にやら俺たちを包み込み、ひとたび耳を貸したなら、じんわりと中に染み込んでくる。

月　月、それは宵闇の光。

捕虜　他の何ものも、この悲しきテーブルの上の
　この薬瓶を、こんなふうに
　地下深く眠る大蛇のごとく煌《きら》めかせることはできやしない。

月　十八歳のあのときを、覚えていますか？　森の中を流れる川、蜂蜜酒のように手に絡みつく液状の道に船で浮かんで、あなたは私のそばにいて。水門と排水口の手前で力強くせき止められた水はまるで、エチオピア人がネクタルと名づけた、はるかなる大陸の奥地の霊酒みたいで。
　川の曲がり角は生い茂る草に覆われて、葉むらが幾重にも重なって、大きなセタカウオがあちこちで、薪が飛び跳ねるみたいに、水の上をのっそり動くカゲロウに食らいついて。
　あなたは夢や歯がゆさや情熱や怒りや思念や感傷でいっぱいになって、水際に建つホテルからは騒がしい音楽と、間延びした叫び声や女たちの笑い声が耳に届いて。
　ゆっくりと動く左手のオールが、樽の底くらいの大きさで映っていた私にさざ波を立てて。
　もっと後で、一人の女性に愛されているとあなたが初めて知ったとき、彼女が何も答えず一瞬表情を硬くして今にもくずおれそうな眼差しで見つめてきたとき、
　もっと後で、転がり落ちるように加速する車の中で、あなたが彼女を腕の中に包んでいたとき、
　あの湿地の奥で、茂るミントの香りがあなたの顔をひっぱたき、時速八十キロの勢いで鼻に飛び込んで、芳香のマスクが顔面に張りついてきたとき、
　あなたが彼女を腕の中に（さっき言ったように）包んでいて、あの庭園の奥深く、葉むらのあらゆる小さな隙間に星の光がちりばめられていたとき、あのとき、私は夢の女王だった！
　あのときに、あなたの息子は始まった。そしてあなたの息子から、あの男の子が。

もっと後で、あなたの愛する人が、愛の結晶で身重になって、
階段を上るのをあなたが手伝っていて、前にそびえる邸宅の外壁が私の晴れやかなる一筆で真っ白になったとき、あのとき私は宵闇の光だった！

そして今、私の光が、あなたとの再会にこの残酷なるガラス板を通り抜けねばならないにしても、たとえ外には冷たい荒地と砂原と、復讐の女神らが行き交う白樺の貧相な森しか照らせるものがないにしても、

またたとえ、私とあなたの会合が、バルト海の風に運ばれた荒れ狂う霧の騎兵隊に幾度となく邪魔されるにしても、

それでもあなたはあなたのまま。おお愛しいひと、私も同じ月のままです。

捕虜　もっとしゃべってくれ！　俺の魂の穴という穴に、その言葉のミルクを注ぎ続けてくれ！

内部をひっそりと切り裂くこの何かが、

奥底に刺さって抜くことのできない棘の痛みが、俺をあんたから引き離してしまうことのないように！

月　あなたはもはや自由で、重さが消えたのを感じませんか？　自分の発する力だけで、地面に触れもせず飛び立てそうに感じませんか？　一瞬だけ、自分の存在を忘れなさい。そうすれば、あらゆる壁の向こう側に行けるでしょう。

あなたはただ自分の意志のみを羽にして飛べるのです。私がそのようにしておきました。私のキタラ[3]が奏でる音色も、耳で聞き取るものではありません。同じことなのです。

肉体はもう、あなたを拘束する器具ではありません、あなたの魂を閉じ込める門番でもありません、あなたの魂に従う俊敏なるしもべなのです。魂に最も適した外形をとり、空間のあらゆる任意の点において、同時的にも継起的にも維持される。

ちょうど私の顔が、空の只中に浮かびながら、この押し型ひとつで、反射面さえあれば地上のいかな

る場所にも銀貨を映し出すのと同じように。

捕虜 月よ、あの子たちを眺められる光の中に、俺も入れてくれ！

月 それ以上のことをしてあげましょう。今宵、あなたにはあの子たちと同じ視点を持ってもらいましょう。さあいいですか！　もう何も考えないで、いよいよ始まるのです！　いざ、真夜中のパレード。人間たち、あれやこれやの奇妙な輩たち、彼らは眠りの中でこっそりと、どんなやりとりをするのでしょう、

肉と豆のつまったお腹から、あるいはあなたのように――かわいそうな熱病人よ――まったく空っぽのお腹から、するりと抜け出して、

思いのままの姿になり、私の柔らかな表情に引き寄せられ、重力からも論理からも解き放たれた至福の道を共に行きながら！

あなたには立ち会う権利があります！　あの子たちと一緒に。その胸を、あの小さな胸と一緒に弾ませながら。父の権利として、あなたにはひとりの子供になる権利があります、

あの子らの父親を生み出した者の権利として。さあすべてが始まる！　あの子たちと一緒に、見るものすべてが新しい！　しっかりと目を開けておいてください！

あなたには、同じ席に座る権利があります！　あの子たちと一緒に。あの小さな手を握りしめる権利があります！　さあ、幻灯が始まる！

捕虜 ああ何よりも、月よ！　どうか、ちびたちには見せないでくれ、俺がいつだか目にした恐ろしいあれこれを、俺がいつだかいたような気のするあの恐ろしい場所を、俺がいつだかいた気のするあの牢獄を――いや、もしかしたら、俺は今でもそこにいるのか？　――それを思うと、棘が刺さったように胸の奥底が痛むんだ！

月 穏やかなれ！　そんなものはすべて夢だったのです！

捕虜 俺が聞きたいのはあの子たちの笑い声なんだ！　俺が見たいのはあの子たちの涙じゃないんだ！　俺

は、あの笑い声が聞きたいんだ！　俺がいることは、あの子たちに言わないでくれ！　俺をあの子たちから見えないようにしてくれ！　俺からしか見えないように！　ああ、かわいそうな孤児《みなしご》たち！　あのちびたちのけたたましい笑い声が、父親にとって、どんなに甘やかに響くものか！

月　母親の魂も宿した父親にとって！

捕虜　見てくれ、あいつが俺から離れたことなんてない。聖なる指輪は、いつでも俺の指で輝いている。

月　さあ、おいでなさい。そんなところで何をしているのですか、自分が閉じ込められたと思い込んで？

　外では年にたった十二回の、満ちた私を祝う祭りが用意されているというのに？　空のドームの高くから、私が白粉《おしろい》を惜しみなくふり撒いているというのに？

　誰もかれもがしっかりと扉も鎧戸も閉めて、床に就き、時間たっぷり、私のために大地を明け渡してくれているのですよ！　なんて広々としているのでしょう！

ああ、フランスはなんて空っぽなのでしょう！

さあご覧なさい、よそから汲まれて私が注ぐ光の海の中、あの几帳面に整えられた、人間たちの堅苦しいおもちゃ世界は、もはや見せかけの幻でしかありません。

時間たっぷり、住民たちが眠っている間、世界は叙情と諧謔のひらめきに委ねられるのです！

谷間の底から、ワイン造りの丘が持ち上がって、その上に、肩にネックレスがかけられるように道がいくつも飾りつけられ、

——（そして茂みを通る道が、不規則な縫い目のように点々と見え隠れし、）

白月のもとに、光と磁力を放つ宵闇の道が姿を現します！

海賊船の砲門の下を流れる河のように、十八歳の若者がのぞく窓の下を道が走る！　さあさあまだまだ起きないで、自転車が足の力を待っている！　その両足にたったひとつの車輪があれば、身体全体が重みになり、重みすべてが速さに化け、さあ頑張るわよ、もっともっと！　終わりなき道に見合った速さで駆け抜けるために！

右に左に風のように流れてゆく、面白おかしい幻想の世界。この馬鹿なバイクめ！　落っこちそうだったじゃないの！　そうして至る場所には、沈黙の中、まったき月の光の中、すべての窓が輝く中、泥棒のようにひっそりと忍び込むことになりましょう。

やがて朝日が訪れるとき、いよいよ見ものの最高潮。写真雑誌や小説でいっぱいになった駅の本屋のような場面！

あなたたちは私が狂っていると言うでしょう。私は同じ状態に留まることがないのです。私の寸法を測ってスペンサーを作ってくれる仕立て職人など、この世に存在するどころか、その親になりそうな人さえもまだ生まれていません。

まるで自分たちが理性にかなったものかのようね、人間たちよ！　でもご覧なさいよ！　あなた方のなかで最もいかめしい者が、眠りによってどうなるかを。私の光のひとすじが、鼻先をなでたらどうなるかを。

声高に叫ぶ行政官、ずんぐり肥えた公証人、丸々太った金利生活者、彼らがいとも素早く乱暴に、想像力の赴くままに運び去られていくのを見るのは、きっと哀れなことでしょうね。

自分で隠したあの神の意のままに、どれほど本物よりも本物らしい戯画を描き出してくれることでしょう、私の恍惚の広がりが照らし出した壁の上に！

さあいいですか！　あなたは眠るのです、私の求めるままに眠るのです。私の雄弁に抗う者などいるでしょうか？　あなたの子供たちも、すやすやと眠っていますよ。

これで全員揃ったかしら？　さあ、あなたがたに生というものをお見せしましょう！


遠くから太鼓の音。

捕虜（言葉がうまく出てこない様子で）　この太鼓の音は？
月　夢の国の太鼓です！　さあ、お眠りなさい！

月が捕虜の体全体に白いモスリンの覆いをかぶせ、退場。

第二場

望遠鏡の入れ子式の筒のように、これまでの舞台が縮小していく。捕虜のそばにパペットの一団が現れ、進み出る。幕が開く。

舞台は子供用の部屋の一角を表している。熊が、子供らのベッドの上で、ふたつの人形の間に寝転がり、片方の足を宙に上げている。

月、提灯を持って入場。服装は老婦人のように、フリル付きのゆったりとしたドレス、黒玉と黒羽で飾られたあごひも付きの帽子、そこから斜めにぶら下がるスミレの花。ヴィクトリア女王に似せるように。

月（熊に向かって、哀れっぽい声で）　ねえブレルブランさん……。
熊（人形たちに向かって）　ちゃんと寝てろよ、お姫さんたち！　声を出すな。月のお出ましだぞ、わかってるのか！
二回もリレーされて届くこの青白い光線で、お前らのもろい頭の中の錘《おもり》が重みを増さなきゃいいんだがな。でないとバランスが崩れて、何にでもすぐ色をつけちまいそうなその青い目が開いちまう。
俺のほうは、俺を作った神々どもがまぶたをくれなかったものだから、眠ることもできやしないがね。

夜も昼もあらゆることをにやにやしながら見通しているのさ。社交界の紳士のように、この片っぽだけのレンズ豆みたいな目でな！　ガラス玉をモンキーレンチでビス留めして埋め込んだような代物だ。もう片方はどっかに行っちまって、黒い糸の端っこしか残っちゃいない。

俺がお前たちのベッドに放り出されたのも上の思し召しなんだから、眠っておとなしくしておけよ。見張ってるからな。有無を言わさず足を伸ばしてお前らの体にのっけて、もう片足は宙に浮かせて、ゼウスに手の甲の一発で天からはじき出されたプロメテウスのポーズのままな。

月　ブレルブランさん、木苺と暮らす森の民さん、蜂蜜好きさん、

聞いていますか？

熊　やああんたか、年増女さん。

月　どこに隠れているんですか？　針葉樹の尖ったてっぺんで見かけなくなったと思ったら。毛むくじゃらさん。ジギタリスの花にもぐった大きなスズメバチみたい。

今までずっと、人を疑ってくちゃくちゃと口を鳴らしてずるずると鼻をすすって自分のことで頭がいっぱいでひとり寂しくしてばかりいたのに。

あなたをマフがわりに抱きしめるのが私の大きな喜びだったんですよ！

熊　ブレルブランは死んだよ。もうだいぶ前に、猟師の最後の一人にやられて、脚と頭をオスティアーズの屋敷の主への貢物にされちまった。

俺は言ってみれば、霊的な熊というやつでね。神様どもが俺を作って、内臓のかわりに純粋な叙情性物質を黄金色の毛皮に詰め込みやがったというわけさ。

つまりは、『笑う男』[4]の古い校正刷りをな。

あんまり詰め込んだものだから、これ以上はただのひとつのアンチテーゼも入りゃしない。

そうしてあいつらは、俺をあの子供らの見守りに置いた。父親は死に、そのまた父親は煮キャベツの臭う国々相手に霧の中でドンパチ戦っているもんでね。

月　（光を熊の肌にあてながら）　あなたの姿を見られるのは何という喜びかしら！

熊　なあ婆さん、やめてくれないか。俺の体を見通すのをやめろ！　「第四章」から「第五章」のあたりをうろちょろされるとムズムズするんだよ。

月　ああ、私のことが分かるのですね！　私のことを忘れたわけではなかったのですね！　あなたばかりに頼っていたら、このピカピカの顔からどれほど削り取られて穴だらけにされていたかとぞっとします！

熊　月に穴！　いや待て、ちょっと待ってくれ！　何か思い出せそうだ。
　婆さん、俺はあんたを穴ぼこだらけにした。そのせいで南アメリカにいるんだった！
　俺は今ここにいるわけじゃない！俺は熊でもない、まったく馬鹿げていやがる！　俺は金貨しだったんだ！　確かに名前は変えなきゃいけなかったが。仕方なく。原生林のどっかにホテルを持っている。なんなんだ、いったいこの部屋は？
　まったく、眠るっていうのはとんでもない習慣だな！　枕に頭を乗せたと思ったら、ここにいるってわけだ。
　ここじゃ俺は尻を蹴られまくる目まぐるしい生活を送って、そこの窓から一日に三回以上吹っ飛ばされなきゃましなほうだ。目が覚めると、全身痛いし。医者に聞いたら、リウマチじゃないですかだとよ！

月　この家のことはまったく知らないのですか？

熊　おぼろげだが、昔はよく来ていたんだよ。ここの爺さんが同級生でね。なんとか助けになりたいと思っていたんだ。ひと財産持たせてやろうとしてね。

月　うまくいかなったのですか？

熊　経費だけで吸い取られちまった。くすぐるのをやめろって言ってるだろ！

月　中に何か隠し持っているみたいですね。何か光るものを。

熊　何も見つかりゃしないよ、スパイ婆さん！　俺が輝いているのは、もっぱら清き心ゆえだよ。

月　お金を返してあげなさい。

熊　そいつは無理だ！　できるわけない！　そりゃ御法度というやつだ。そんなことしたら運の尽きだ。

　俺が返金なんてことをしたのは一度だけだ。あれが不幸の始まりだった。ともあれ、俺はそもそも一文無しさ。

月　その皮の下に、大きな青いダイヤモンドが縫い込まれてるじゃありませんか。その膵臓がわりの何ページかのあたりに。私には隠せませんよ。

　この天使の視線でとらえたところ、その特大の宝石があなたの生まれ持ったものでないことは、肉が蝿を引き寄せるのと同じくらい明白です。

熊　取れるものなら取ってみやがれ、このあばずれが！

月　眠るあの子にあげなさい。本来はあの子のものでしょう。

熊　あげるだって！　こいつは驚いた！　見返りもなしに！　動機もなしに！　おいおい、そいつは理に反するってもんさ。商人が何かをめぐんでやるなんてことがあるものか！　まったく真っ当じゃないね。

　あの子はこのお宝をちょろまかすのがそんなに簡単だったたって思ってるのか？

　あの子がこれを何に使うっていうんだ？　俺にしてみれば、こいつは投機の結晶みたいなもんだ。苦労多き我が人生が実らせた果実さね。

月　それならとっておけばいいわ。私には関係ありません。お話ししたかったことは別にあるのです。

　どうかしていました。

　熊さん、どうか力を貸してください！　あなたの助けが必要なのです、社交界の紳士として。

熊　仰せのままに。

月　（めそめそして）誰も私のことなんて考えちゃくれない！　みんなにとって月なんてないも同然なのよ！

重い心を抱えて生きているものだから、空を見上げてみようという考えも生まれないのです。

　とっておきの帽子をかぶってみたり、フリルつきの大きなドレスで東洋から西洋まで大地を掃いたりしてみても、まあ無駄なこと。

熊　さっさと本題に入ろうか。

月　女には言いづらいことなのです！　あなたは私のことをどう思いますか？　私の現状についてです！　悪い噂も立てられることなく、長年独身のまま過ごしてきたのに！

好ましくない境遇に陥ってしまったのではと懸念しているのです。どうやって抜け出したらいいのかわからないのです。私はかよわい月に過ぎませんし、ひとつのことをずっと考えてられません！　考えなきゃいけないと思うと、悲しくて悲しくて泣けてくるのです！

涙が穴という穴からあふれて、それはもうみっともない。

お助けください、紳士さん！

熊　話を進める前に、ひとついいかい。あんた、左の頬が少し腫れてるんじゃないか？

月　いいえ、左頬は今のところ異常ありません。むしろ右頬が少しばかり欠けているのです。あとで、左頬もこけ始めることになりますわ。

熊　そんなのが結婚したいってのか？　まったく！

コロス　（進み出て）　ムッシュー、もしよろしければ、わたくしから説明させていただきます。このご婦人は、自分で何を言っているかわかっておりませんので。

コロスは、ビロードの丸帽子《キャロット》をかぶり、髭のない丸々とした顔をし、光沢のある黒いフロックコートを着ている。白と黒の細かい格子柄が入ったズボンは、丈が長すぎて裾に皺がたまっている。足下に赤いスリッパ。手にはトルコの曲刀に似た形のペーパーナイフのようなものを持っている。

熊　どなたかな？

コロス　コロスでございます。わたくしめが、この味わい深いお芝居をエスコートし、無事に終わるよう見守り、時にはちょっとした合いの手を入れさせていただきます。自分のわずかな荷物を任せた引越し業者を疑って、手押し車の後ろを歩いてついていく貧乏人のように。

熊 あんた、月業界の人間か。

コロス そのとおりでございます。金物業界の人間だとか、獣脂業界の人間だとか言われるのと同じく、月業界の人間でございます。嫌な連想ではありますが！

熊 それで、何だその曲刀《ヤタガン》は？

コロス 「絶縁体」と呼ばれるものでございます。芝居というものにおきましては、役者は自分に無関係な話を聞かないでいるべき時、さっさと退場せねばなりません。しかし時には、スムーズにいかないこともちろんあります。そこでわたくしは、この魔法の道具を使って介入し、直ちに役者を一種の便宜的な無に変えてしまうのでございます。便利なものですよ。

熊 もっと聞かせろ、あんたの話は勉強になる。しゃべり過ぎってことはない。拝聴しよう。こいつら二人に挟まれて、この叙情的な月光にこんがり焼かれていると、気分がいい。体の中で隠喩がわんさかうごめくのを感じるぜ。

コロス おや、この提灯はどうしたのでしょう？

（月に）マダム、恐れ多くも申し上げますが、提灯の明かりを消されたとしても、御自身の力で我々に光を恵まれることは可能かと存じます。

月 それはそうね。

月が提灯の明かりを消すと、すぐに顔が光りだす。

コロス さあ、ご覧ください。

（コロスが絶縁体を操ると、ひと振りごとに月の光が消えたりついたりする。）

このやんごとなき貴婦人は、（絶縁体のひと振り）この頭のおかしいばばあは、（絶縁体のひと振り）この純白のランプをたずさえた貞潔なる女性は、（絶縁体のひと振り）このずたぼろの提灯を持って夜な夜な路上に現れる尻軽女は、（絶縁体のひと振り）その比類なき美しさ、その心の輝き、その慎み深さと内的な力のきらめきによって、（絶縁体のひと振り）とある若造にのぼせ上がっているのでございます！

絶縁体のひと振り。

月（しなを作って）　全部話してしまったの？

コロス　だいたいのところは分かっていただけたと思います。

月（唐突に）　私の写真を撮りたいと思いません？

コロス　いったい何事でしょう？

月　そうしたら横顔を撮ってもらおうかしら。自信があるの。

熊（どなって）　何を言っていやがるんだ？

月（ぶるっと震えて）　ああ、ごめんなさい、ムッシュー。どうか気になさらないで。自分でもわからず話していたみたい。何の話だったかしら？

熊　写真を撮ってもらうなら、スイスの酪農家の娘みたいにしたらいいんじゃないの。髪は三つ編みにして、顔の両側にちょこんと下ろしたらかわいいかもね。

月　あらそうかしら？　でもちょっと肉付きが良すぎかなって。おかしなことに、最近は痩せてきたのですけれど、体重は増えているんですよ！

何の話だったかしら？

コロス　例の若者の話でございます。

月　その気にさせたこちらも悪いとおっしゃるでしょうけれど、私の力では神々から貰い受けたこの宿命的な美しさを包み隠せないものですから。

ほら、プラトンも言っているでしょう。円形よりも美しいものがどこにあるって。

この漸次的な運動、周期的な生命、決して同じ状態に止まらないという様式、増大と消滅への妄信的な服従――それより興味をそそるものが他にあるかって。

私がいる時には、何もかもが動きを止めて、私のことを見つめているものです。

きっと美しさだけではないのでしょう。魔力のようなものがあるのではないかしら。あまたの哀れな若者たちの心をふるわせてしまったとして、何を驚くことがあるでしょう？

熊　それでその坊やも捕まっちまったってのか。こんな婆さんになあ。式はいつなんだい？　イヤリングでも贈ってやるよ！

月　（うっとりした声で長い沈黙を破り）　彼の名前はポール。飛行士なの。ああポール、素敵な名前。

どんな人生を送ればあんなに大胆になれるのかしら？　他の人なら考えもしない希望を抱くほどに。

もうどれだけの時間をいっしょに過ごしたことか！　空爆という口実で、私の王国に入ってきて、私の穏やかな波の上を泳ぎまわるんです！　噂によれば、ひとえに私の像に魅せられたがゆえに！

さんざん私の光に浸ったがために、彼は私の姿を、

もしかしたらその中で捉えようと目論み、

さらには光の内的な源泉たる、目には見えないこの微笑みを、愛のキスで永遠に密封してやろうとまでたくらんだのでしょうか？

何を夢見ないでいられるでしょうか、モラーヌ＝ソルニエ[5]の乗り手が？　すべての野望を可能にする、水冷二気筒エンジンの乗り手が？

発情期のウナギが海の底へと潜る道を見つけ出し、ただそこでのみ命を生む力を得るのと同じように、

ミツバチたちが交わるために金の花粉の粒のごとく力の限り高く舞い上がるのと同じように、彼もまた、天と地の間で、私からあの承諾《ウィ》を引き出す手立てを見つけているかもしれません！　乙女らに処女を失わせるという、あの承諾《ウィ》を！

熊　安心しなよ、あんたはきっと奪われやしないさ。

コロス　今の彼は、病院の床の上におります。おお、もう何カ月も前から！　もはや、天空で狂ったように旋回することもなくなったのでございます。

　これまでは、他の者が変わらぬ空を見上げている時に、百の街の地面を頭上の天井にしてきたというのに。

月　私はこの目で、彼が落ちていくところを見ました。

コロス　哀れな若者は、両足を失いました。切断せざるをえなかったのでございます。

月　まだ翼が残っているでしょう！

熊　俺だったら足のほうがいいけどな。

月　私のもとに来るのに足など必要ありません。

コロス　彼のもとに行くのにも。

（絶縁体のひと振り。——控えめな調子で、）

まったく。このご婦人についてからというもの、ひたすら苦労の連続だった。

（ポケットから嗅ぎタバコの入れものを取り出す。熊に向かって、）

おひとついかがですか？

熊　いや、結構。

コロス（タバコ入れを月に差し出すそぶりを見せて）　彼女がもういないのを忘れておりました。普段は洗濯女のようにタバコを吸いまくるのですがね。

　可能ならば毎晩でもその若者のベッドの上で過ごそうとするのですよ。黄道の傾きが許す限りは、毎晩。やり過ぎというものです。病院にしてみれば何という事案でしょうか！

というのも、彼が寝かされているのはちょうど窓辺でして、天気の良い夏の夜にはほとんどいつでも窓が開いていたのでございます。

夜中に、眠れない時、彼はマダムを見つめ続け、マダムもまた彼を見つめるのです。そして私も、その場に立ち会います。

彼のささやかな身の回り品はすべて覚えてしまいました。丸テーブルに置かれた懐中時計と、その中の母親の写真。隅に置かれた旅行用トランク、最初の昇進の日にオペラ通りで買ったものです。

壁に掛けられた軍服、レジオンドヌール勲章と椰子葉付軍功章が入っています。

そして枕の下に隠された二つの宝物、
良い香りのついた女性用の白い長手袋が片方と、一通の手紙。手紙は彼の婚約者からのもので、彼の両足の切断について知ったということ、とても遺憾であるということ、彼以外に愛する者はいないということ、そして自分は某化学製品工場勤務の技師である従兄弟と結婚することにしたという旨が書き連ねられているのでございます。

おっと、こいつをつけるのを忘れておりましたな。


（月を再び点灯させる。）

そのようなわけで、我々も胸を痛めておるのでございます。

熊（あくびをしながら） いい話だなあ。だが、そんなので俺のちっちゃな相棒たちが大喜びするとでも思ってるのか？

コロス もし喜ばせることはできないにしても、子守唄の代わりくらいにはなるでしょう。結局のところ、子供のためにわざわざ作られた物語ほど、子供達がうんざりするものはないのですから。

月 熊さん、あなたの機転には定評があります。あなたが手を貸してくれたら、うまくいかないことなどありません。誰があなたに心を閉ざしていられるでしょう、財布まで奪われてしまう人もいるくらいなん

熊　ですから！　さあ、何か冴えた考えを教えてくださいな。
月　（偉そうに）　何を言えっていうんだ？　どうせあんたは空から降りてくる気はないんだろう？
熊　ええありません！　まだお芝居を放り出すには早すぎると思うわ。
月　それで？
熊　それでも何か、私と彼が心を通わせられる方法はないものでしょうか？　彼には翼と目しかなく、私は彼にとって光でしかないとしても！
もし彼もわかっているのだと感じられたなら、私にとってはそれだけで大きなことなのです。
彼が、自分はもう一人ではないのだとわかってくれたなら。皆に尊ばれる者が自分に目を向けていて、たとえ少しずつ消えゆくにしてもまたすぐに戻ってくるのだと、わかってくれたなら。
コロス　（熊に向かって）　どうしました？　どうして目の糸の端をいじっているのですか？
熊　あのさ、ちょっと連絡を切ってくれ。目配せできないのがこれほど悔やまれたことはないぜ。
コロス　わかりました。

絶縁体のひと振り。

熊　（荒々しく）　ばばあめ！　こんなやつにどれだけの価値があるっていうんだ？　こいつの望みどおりに動いて、どれだけの金になる？　どんな儲けになるっていうんだ？
コロス　月でどうやって儲けるか？　月でどうやって儲けるかと、財界人として私に訊いているのですか？　それならあなたは、ご自分の株主たちには何を配当してきたというのですか？　彼らの財布を空っぽにして、代わりに何で満たしたというのですか？　あなたがいかがわしい儲け話をもちかけた時、彼らが何を分かっていたというのですか？
熊　いいかい、俺の株主たちにとっての儲けは、俺にとっては儲けじゃないんだ。俺には現物が必要だからな。

コロス　あなたなら、バラ色の素敵な月光を担保に数十億は引き出せるはずでしょう。ちょっとした月光をよく選別すれば。

熊　昔、ロバみたいに阿呆などこぞの片目男が開発したドコーヴィル鉄道の古びた切れっ端を担保に、千五百万借りたことがあってね。グアテマラのサトウキビ畑を通っているようなやつだったが。土地の連中は「電気ロバ《エレクトロ・ブッロ》」って呼んでいたな。俺は「中央アメリカ鉄道特別補助商社」って名づけておいたんだが。

コロス　あなたが手に入れるのは一条の線ではありません。面で手に入れるのです！　光と電力《ライト・アンド・パワー》。この婆さんは自分でメーターを閉めたりしませんから。月の光は少しばかりゆるいとおっしゃるかもしれません。しかし公衆からの信頼は、純度四十五パーセントの水晶並みに固いでしょう！

熊　もういい、趣旨は分かった。ポイベ大地の金鉱！　ヘカテ水源の粉砕機！　セレネ湾とそのすべての滝(6)の収益！

コロス　では、そろそろ戻しても？

熊　そうしてくれ！

絶縁体のひと振り。

熊　（月に向かって）マダム、南極金融界の王が、あなたにお仕えしようじゃありませんか。

コロス　ナンキョクグマ！　これほど即座に信頼感を抱かせるものはありませんな。

熊　さあ行こう、準備はできてる。

月　（コロスに向かって）デートの約束は取りつけてあるのかしら？

コロス　夜零時に。彼が眠りながらメモしているのを確認しました。

月　どうあれ、他に招待状を送っていないのは確かでしょうね？

コロス　マダム、このようなことを申すのをお許しいただきたいのですが、いつも事を荒立ててあっちこっちに招待状を送ってしまうのはあなた様でございます。そうして馬鹿女や田舎者の予期せぬ群れが押し寄せたとき、誰が手を焼くことになるのかお分かりでしょうか？

月　それもそうね。調子が悪いと、どうもうまく考えをまとめられないものですから。何か馬鹿なことをしでかしていないといいのですけれど！

熊　それで、どこで落ち合うことになってるんだ？

コロス　アルトマール[7]街道の裏手にあります、とあるオールドミスの家を選んでおきました。今は空いておりますので。必要な条件にぴったりです。

目立たず、安全で、清らかな場所。気に入っていただけると思います。

我々は三人とも、どこに出ても恥ずかしくないかとは存じます。異論の余地はありません。しかしながら、具体的にどことは申しかねるのですが、どうも我々の身なりには、多少中和しても困りはしないであろう幻想的な風情があるように思えないでもありませんから。

あの小さな庭！　アサガオやナズナに囲まれて、ウールで編まれたかのようなアスターが咲いて、ああいう場所にこそわたくしも居を構えたいものでございます！

あの汚れひとつない客間！　呼吸をしたら汚してしまうのではないかとためらわれるほどです。そこにお邪魔して、家具を覆う鉤針編みのヴェールや、飾り鉢に入った小さな没薬《もつやく》樹に似た植物を目にした時の喜びたるや！　あれぞ我らが求めていたもの！　純潔なる供物！

そしてクリスタルのふたが被された、老嬢の父君のヘルメット。まぎれもなく消防隊隊長のものでございます。

熊　（立ち上がってあちこち飛び跳ねつつ）　さあ、もう出るとしようか！　今夜はやることがたくさんあるからな。原生林の中で目を覚ましてまたあの油っぽい匂いを嗅ぐことになる前に、さっさと済ませないと。俺の小さな相棒たちには、ちゃんと眠っているように言いつけておいた。もし夢でも見ようものなら、シーツの中に潜り込んで、子猫みたいにざらざらした舌べろで足の裏を舐めてやるぞと脅しておいたよ。しかし、もしあいつらが目覚めた時に、見張りに立ってるはずの俺の姿が見えないとなったら、何て言うだろうな。

ふん！ 今夜の俺は同時にいたるところに存在する能力を持っているじゃないか。俺はあの幸せな瞬間の中にいるんだ、

まるで思いっきり足蹴にされて天に吹っ飛んでいる時のような！ また落ちることになるのかどうかもわからず、

軽やかで、荒々しく、逆さまになって、物理的・倫理的・商業的・民事的・軍事的・刑事的なあらゆる法から解き放たれて。人生で我が道を行くというのはこういうことだろう！

さあ俺を見ろ、人形ども！ ミュウウジック！

上からアコーデオンが降ってきて、熊の手元に収まる。[8]

熊（歌って）

このまま運に見放されても
純な心は挫けやしない
たとえ嵐が吹きすさんでも
自然の心をなくしはしない

三重唱。うまく調和しながら、それぞれの人物が別々の曲を歌う。

熊　たとえ嵐が吹きすさんでも
自然の心をなくしはしない

延々と繰り返し。

コロス（月カッターを振り回しながら）
青はいかがで？　緑もござい！
愛も資産もお望みどおり
寄ってらっしゃい見てらっしゃい
こちらは月の量り売り！

月（カッターの回転に合わせて言葉が途切れ途切れになる。顔には、宇宙誌の概説に描かれているような我らが衛星の様々な様相が不規則に浮かぶ）　ヒック……フック……ノック……キック……あく……いく……うく……おく……
なり……けり……ほうけり……どうけり……
ビック……ブック……ブラック……ブロック……トラック……クリック……バック
……ロック……
とろけり……ころげり……

コロス（前に出つつ人差し指を立てて）(9)
愛の母《ヴィーナス》は月《シンシア》の顔を真似る！

全員の姿が見えなくなっていく。

第三場

アルトマールに住むオールドミスの客間。上述の描写どおりに。

中央の丸テーブルは脚を上にして逆さまに置かれており、代わりに白い木製のキッチンテーブルが運び込んである。パイプを口にくわえた修理士が一方の端に、もう一方には飛行士が座っている。

天井から、両手を広げながらシナノキの種のように優雅に旋回し、熊とコロスが降りてくる。

熊　おい、誰かいるぞ！

コロス　あっという間でしたな。さっと設営を済ませたら、早くもお客様が寄ってきなさった。

熊　（飛行士を指して）　あれが我らのポール君てわけか？　かわいいちょび髭じゃないか。会いたかったぜ、そうれ！

飛行士に投げキスを送る。

コロス　彼でございます。しかし、もう一人は誰なのか、それが皆目分かりません。いつも登場人物の中に紛れ込んでくる、あの手の不可解な突然の客がまた一人！

修理士　（口からパイプを取って）　おれは修理士だ。
コロス　修理士だそうで。面白いものです。修理士、つまりは脱臼した木こりの人形を修繕するサヴォワ人の類。
なんでそのような者がここにいるのか、この世の誰にも分かりはしません。ただ存在を認めるほかありません、虹のごとくに。
熊　（暖炉に入って月のことを呼びながら）　マダム、そろそろ下りてきてくださいな！　あんたの若い男が来てますよ。気をつけて、管の途中に鉄の棒があるから。

熊に続いて、月が暖炉から出てくる。熊が丁重に手を貸してやる。

月　幸いなことに、私は圧縮可能なのです。

（月が飛行士に気づく。小さく声をあげて、しとやかに。）

あっ！　（コロスに向かって）扇子を頂戴！

コロスが月カッターを渡す。月は舞台の前面を行ったり来たりする。月カッターで仰ぐのに合わせ、顔の光が明滅を繰り返す。飛行士は反応を見せぬまま。

修理士　たまらねえな。べっぴんな女だ。
月　誰なの、この野蛮人は？
コロス　マダム、この方は修理士でございます。
月　あら、修理士なの？　いいじゃない。
コロス　我らが丸顔女の長所は、何事にも驚かない点にあり。

修理士　ここにいると、ひどく喉が乾くなあ。
熊　俺もそう思ってたんだ。
コロス　それなら、蔵に何かひと瓶ないか見てきたらどうですか。

熊が左手から出ていく。

月（テーブル中央の席に腰かけ、飛行士に向かって）ごきげんよう、ムッシュー。
飛行士　ごきげんよう、マダム。
月　お身体の加減のほうは、いかがかしら？
飛行士　ありがとう、悪くありません。あなたは？
月　私もです！

キッチンから、食器の割れるすさまじい音。熊がグラスをいくつかとナプキンを一枚手に抱えて戻ってくる。

熊　ワインくらいは見つかると思ったんだけどな、やれやれ。この家じゃフランボワーズのシロップしか飲まないのか。
月　何か聞こえたような気がしましたけれど。
熊　何でもない、食器棚をひっくり返しただけだ。ちょっと点検しようと思ってね。
コロス　どうしてそんなことを？
熊　くさびをかませてあるのが見えたもんでね。そんなふうにして棚の脚の下に千フラン札の束を隠す変わり者がいるらしいからさ。
何かと思って見てみたわけだ。見つかったのは、四つ折りになったスペードのキングが一枚だけだったけどな。

グラスに息を吐きかけ、拭いてから、テーブルの上に置く。

コロス　何を飲むのでしょうか？

月　お待ちくださいな、おあつらえ向きのものがあります。近くで水車を見たような気がしますから。

(月は出ていき、少ししてから戻ってくる。満たされた巨大な桶を持っており、それをテーブルの真ん中に荒っぽく置く。水が溢れ、あたり一面に流れ出す。)

みなさん、外にとびきりの月が出ていますわ。ぜひ見ていただきたいものです！

熊　(吹き出して)　こいつ、自分が月の役だってのを忘れてやがる！

コロス　いつもこんな感じなんですよ、朔望の時は！

月　(桶の中に自分の姿を見つけ、魅了されたように動きを止め、うっとりとして小さく微笑む)　ふふ！

熊　はいはい、君はきれいだよ。

月　(自分の像に微笑みながら、恍惚とした声で甘くささやく)　ねえ、ねえ。

熊　待ってるんだがな。

コロス　マダム。招待客の皆様が、あなた様のご意向をお待ちです。

月　あら失礼！　皆様のために、グラスに少しばかり私の魅力と美を注いで差し上げようとしているところですの！　第一級の甘露水！　この透明な聖杯で、私のきらめく魂をどうぞ召し上がれ！

桶から液体をお玉でたっぷりと注いで、順に配っていく。五杯目の時、ぼろぼろの革の履物を掬い上げる。

熊　何だ、そいつは。

月　靴です。さあ皆さん、讃えましょう。とある理想の巡礼者が履き潰したサンダルですよ！　これで私たちの夜のパーティードリンクに隠し味のスパイスがしみ出たはず。アメリカ風のジュレップを飲むなら、ミントの葉を入れるところでしょうけれど。

窓に向かって靴を放り出す。ガラスの割れる音。全員、黙ってグラスを持ち、口にする。

熊　（舌鼓を打って）こいつはいい。

修理士　おれはペラジョワ・ワインのほうが好きだがなあ。

熊　田舎者が！　この特製ワインには、鱒のきらめきと弾丸の衝撃が感じられるだろうが。

コロス　面白いものですねえ。わたくしには、プラウトゥス(10)の韻文の強力で濃厚なアロマが感じられますが。白粘土の壺にオスティアの樹脂で封して保存された、あの偉大なるラティウムの古酒！ローマ帝国全軍の靴が漬け込まれたと言える、あの酒！

熊　（テーブルのグラスにひとり手をつけずにいる飛行士の隣に座って）よお、あんた、飲まないのかい？　びびらなくても大丈夫さ。

飛行士　お目にかかったことはないと思うけれど。

熊　俺のことが分からないのか、相棒。おたがい兵隊だろう？　俺はあんたほど毛並みは良くないけどな。

飛行士　どこの後方勤務だ？

熊　南アフリカの原生林の奥さ。左方第三の滝のところだ。ランの花をつけた腐った幹が急流の橋がわりで、ススキに似た灰色のが宙にたくさんぶら下がって、フクシアの花が襟元に落ちてくる。いいところだよ。

俺はそこで、いわば補給業務をやっているってわけだ。

飛行士　それで、どうやったら今このアルトマールで僕とおしゃべりできるっていうんだ？

熊　ごもっとも。俺も説明してもらいたいところだ。

重々承知しているつもりだが、この身なりもあんたを驚かせているはずだ。俺もこういう格好に慣れているわけじゃない。ポケットがないってのは、不便なもんだな。

飛行士　いったい誰がどうやって僕をこの部屋に突っ込んで、日傘みたいにぱっと出現させたんだ？

それがまったく分からない。何て集まりだ！

熊　少なくとも気難しい連中じゃない。なあ、相棒！　お前の脚の先がどうなってようが、俺らは気にもしないからな！　はっは！

飛行士　熊たちと生きたら、その辺は楽そうだな。

熊　（慰めるように）俺がもし女だったとしても、同じだろうさ。打ちひしがれた顔をした連中とは違う。そうしてテーブルについていれば、みんなと変わらないじゃないか。

飛行士　そいつはどうも。

熊　（物知り顔で）全部の女がこういう意見というわけにはいかない、それは承知しているがね。

飛行士　ふうん、よくご存知で！

熊　失礼ながら、あんたが肌身離さず持っていた手紙を読ませてもらったよ。凝りに凝ってこねくり回した文面だったな。あれを書いた女は只者じゃないよ。学があるんだろう。俺もお近づきになりたいもんだ。

飛行士　読んだのか？

熊　あんたと同じ目で見たわけじゃないけどね、もちろん。

いくつかのことについては、初めて読んだんじゃ意味が分からんみたいだし。

後になってからだな、どういうことか分かるのは。

飛行士　ねえ相棒、もし僕の手に瓶があったら、あんたの面を喜んでぶってやるところなんだがね。

グラスに口をつけ、すぐに不味そうに吐き出す。

熊　ぺっ！　いったい何だ、このドブ水は！　泥とぼろ靴の匂いがする！　あんた、あの女を愛してたんだろう？　それはよく分かる。

（飛行士の胸を拳骨でひと突きする。）

女の方は、そうじゃなかった。

飛行士　彼女は僕のことを愛したことさえなかったって言うのか？

熊　賭けてもいいさ。

飛行士　朝から晩まで、ずっと同じことを繰り返すささやきが聞こえるんだ。頭にたたき込んで分かろうとしても、うまくいかない。

熊　何にしても、もう終わったことだろ。

お前みたいな体じゃ誰にも求められないってことを分かってもいい。愛するってことは、求めるってことだ。人が求めるのはひととおり揃った人間だけさ。

あんたへの敬意はあるんだよ、まぎれもなくね。そして、哀れみも。

飛行士　言っていることは、すべて分かる。ああ、それを聞けてよかったとも思う。もう一度聞かせてくれよ。

熊　マネキンみたいに抱えて運ばなきゃいけない旦那だぞ？　まあ釣りにでも精を出すんだな。けっこう面白いらしいぜ。

飛行士　でも今なら機械の脚だって作れるみたいだ。

熊　俺だったら生身の脚のほうが好みだな。

飛行士　お前なんて動物の四本脚じゃないか！

熊　（ひそひそと）　いいか、お前に必要なのは、そこそこ年配の、お前を気遣って世話をしてかわいがってくれるご婦人だ。
　まだまだ捨てたものじゃないのを一人、知ってるんだがね。
飛行士　その人が、僕にあんたをけしかけたのか？
熊　その人はお前を見て、お前に惚れて、そして金をたんまり持っている。
飛行士　話が早い！　僕の花嫁はどこにいるんだ？
熊　そこが少々難儀なところでね。どうやって説明したもんかな？
　――だがこちらにご婦人の召使がいるから、代わりに何とかしてくれる。何も心配ない！　この人は天然痘を患ってね。ご主人の世話をしていてかかったらしい。そのせいで顔がこんなふうに吹き出物とシミだらけなんだが。味わい深く見目麗しき！
　あとはよろしく、ジョゼフ。

当然、ずっと月は消されたままになっている。

コロス　（歩み出て）　実は引っ込みがちなお方でして！
飛行士　そうらしいね。あなたたち二人がかりでも引っ張り出せないんだから。
コロス　そのとおりで！　彼女から話しかけてくるとは期待なさらないでください。
　さらには、彼女をお目にかけようともお望みにならないよう。
　絶え間なき不在、それこそがこの婚姻の必須条件なのでございます。
飛行士　わかった。
コロス　あの方が求むるは、あなた様のお気持ちのみなのでございます。
飛行士　それでいい。

コロス　眠っている間に訪問を受ける貧しい男の物語を読んだことはございませんか？
その男が朝目覚めると、テーブルの上にローストチキンとボルドーひと瓶と、サン＝ジャックの塔の公園の守衛に任ずる辞令が置かれているという話で。
おや、香水の匂いがしますな！　この繊細な香りは、高級品だ。
飛行士　それは、毎日のことだ。
コロス　では、さる貴婦人が日々通っているという青年についてなのですが。時には額に接吻までしているとのことで。
飛行士　まわりくどいまねはいい。それは僕のことだ。
コロス　そんな風にあなたが死体のようになり、知覚が滅した中で魂のみが目覚めている時、彼女があなたのもとへやってくることになります。
飛行士　窓は開けっ放しにしておいた方がいいのかな？
コロス　その方がよいでしょう。
飛行士　ある日、熱を出した時のことを思い出すよ。ふと目を覚まして、何時なのかも自分が何世紀にいるのかも分からなくなっているような時、
僕は一度、部屋が奇妙な光につつまれているのを見た。あの光は、太陽のものじゃなかった。
熊　それが彼女ってわけだ。
コロス　もし素早く目を開いたら、彼女が逃げる前にスカーフの端くらいは見えると思いますよ！
飛行士　いつまでも逃げ切れるわけじゃない！　少しは僕が回復するのを期待してくれてもいいだろう！
僕の黄色い翼がまた開く時がくるかもしれないじゃないか！　そうなったらもう、僕の姿は地面じゃあんまり見られなくなるぞ。もう歩く手段もないのだから！
熊　そうだ相棒、分かったみたいだな！　俺たちは他と違って三次元の中に生きてるんだ。俺たちのいる場所じゃ、もう足なんていらんのさ。イスラム教徒にとっての包皮くらいいらん。

コロス　もしたまたま雲の合間に階段の最初の一段を見つけることがありましたら、そこが我々の住処です。そこでお待ちしております。

飛行士　ひとつ問題がある。

コロス　何でございましょう？

飛行士　どうやら僕は現時点で眠っていないらしいんだ。僕たちが話していることは何もかも完璧に理にかなっていて、筋が通っていて、的を得ているように思える。あなたたちのようなまともな人たちに会えるのは、夢の中じゃないはずだ。

もっとも、眠っていて行きたくない場所に行ってしまうということもあるけれど。

熊　例えば化学製品工場の方とか。

コロス　黙らっしゃい。

飛行士　いやはや、そこがあなた方の勘違いしているところで、話としては面白いところでもある。

隣の村に、僕にとっては一目見るだけでも毒より有毒な奴がいる。ロドーとかいう女。きれいな女で、それについては反論しようもない。二十歳。高慢ちきな褐色女の類で、大きな黒目でこっちをまっすぐに見てきやがる。あいつのことを考えると、これ以上ないほど苛立ってくるんだ。

誰もがあの女を知っている。タバコ屋を営んでいたからね。

考えてもみてくれ。その馬鹿女が厚かましくも、僕の義理の兄に恋をして、しかもそのことを隠そうとさえしなかった！　（彼はアフリカの戦闘機乗りの将校で、六月のある夜、ドゥオモンのあたりに墜落した）彼と僕の姉が婚約した時、あの女は手紙で嘘とありとあらゆる罵詈雑言を送りつけてきやがった。

——そして今、あんたたちは僕に、そのいかれた女と結婚しろと言う！

修理士　（パイプを口から外して）　そりゃおれの娘だな。——こいつはどうも、紳士殿。

パイプをくわえ直す。

飛行士 それはいいことを聞いた。こいつはどうも。――あの性悪女！　毒婦め！　あばずれが！

コロス わたくしどもは何も言ってないんですがね。

飛行士 （いきり立って）あんたたちは何も言ってない。とはいえ、僕がこの部屋に来てからというものの……僕の部屋はどこにいったんだ？――なんてこった、いつのまにか僕の部屋じゃなくなってる！　壁の地図はどこにいった？　湾の形で押し寄せる黒い戦線がノワイヨンで止まって、ドイツ兵どもを食い止めた場所の印になっていたはず！　僕はどこにいるんだ？

熊 どうにかしろ、目覚めちまうぞ！

コロスが月カッターを操る。

月 （突如激しく光り出して）私がついています、愛しい人！

部屋の中で全てが輝き出す。シャンデリア、消防士のヘルメット、クリスタルガラスと銀の食器が入った戸棚。

熊 （手で目を覆って）どうにかしろ！　切ってくれ！　やりすぎだ！　抵抗器を使え、早く！（月が切られる）まったく、目を潰されるかと思ったぜ。

月カッター。

飛行士 （考えを取り戻して）……とはいえ、僕は毎日毎日（あるいは毎晩と言うべきか）、あの女に後ろからつきまとわずにいられないんだ。あの女に愛を打ち明けずにいられないんだ、口の中では歯ぎしりしながら！
　彼女を後ろから見るだけで、あの褐色の首を、あのちょっと汚れた襟を、魚屋の鉛筆みたいに耳の上にずうずうしく乗っかったあの後れ毛を見るだけで、僕の血は逆流してしまう！
　言っておくけれど、彼女はもうタバコ屋にはいない。今は補給品の工場で働いてる。
　聞いた話じゃ、僕の姉の子らを養い、金を送っているのはあの女らしい。あの子らの爺さんが、家を離れる前、気の利いたことに一銭も残さず家族を破産させてしまったから。そして僕には給金しかない。それであの女はわざわざ！　嫌な奴め！
　それを思うと何よりも怒りが湧いてくる！
　僕がどういう思いか、あいつに全部言ってやりたい。僕は身震いするほど怒っているんだ！　でも代わりに電報の紙テープみたいに口をついて出てくる言葉といえば、オクターヴ・フイエ(11)の主人公よろしく、こんがらがった歯の浮くような長ったらしい台詞ばかりで、
　僕はあいつに雅びに恋心を伝えてしまうんだ！
熊 後ろをついて歩いてるって言ったか？
飛行士 ああ。僕は彼女のうしろをついて歩いている。それで？
熊 はっは！　こいつはいいや！
コロス 気になさらぬように、中尉殿。所詮はただの熊ですから。お話の続きを！　（興味をとりつくろって）それで、そのお嬢さんは何とお答えになるのですか？
飛行士 あの女は面と向かって笑い飛ばすだけさ！　それで僕を荷物持ちに使う！　工場の入り口で僕の手

に雨水に濡れた傘を放り出す！　小さな紙のカップに入ったイギリスのキャンディーをくれる！『カルメン』をとんでもなく調子外れのとろけそうな声で歌う！　僕の舌を引っ張り出して、ポストに入れる手紙の切手を湿らすのに使う！

熊　その子はお前と結婚したいのさ、決まってるだろ！

飛行士　黙れ！

熊　（踊り出しながら、大声で）　そうだ相棒、その子はお前と結婚する気なのさ！　もう決まったようなもんだ！

修理士　乾杯！

修理士が飲む。

熊　喜んで。お気に入りの運動のひとつさ。

飛行士　窓からふっ飛ばしてやるぞ。

突然、女性物のブーツが宙にぶら下がる。

飛行士　あれ！　何か上からぶら下がってるぞ！

熊　女物のブーツだ！　空中で帯に縛られながら、訪問客が頭上からお出ましだ。

熊は椅子の上に乗り、力いっぱいブーツを引っ張る。力を加えて三度めに、ロドーが引き寄せられ、テーブルに頭から音をたててぶつかりながら落ちる。ロドーはすばやく立ち上がり、熊と月の間の席につく。補給品工場の労働者用の青いつなぎと、男物の大きな外套を着ている。

ロドー（修理士に向かって）ごきげんよう、パパ！

修理士　娘に乾杯！

修理士が飲む。

飛行士　ロドー！

コロス　ほうら、睡眠中の人を噂するとこうなってしまうんですよ。拠り所から離れて、魂はエンドウ豆の二枚の花びらと同じくらいふわふわしているんですから。それで蝶々みたいにぱたぱたと駆けつけてしまう。

熊（ずっと飢えたような目でロドーを見つめている）マドモワゼル・ロドー、あなたのことが気に入った！　つまり、あなたは途方もなくきれいだ。時を待たず間髪入れず、今すぐあなたに接吻する許可をくれ。

ロドーにつかみかかろうとする。

ロドー　嫌よ！　何なの、このがさつな人！

熊の鼻面に爪弾きをくらわす。

熊（叫んで）いてっ！　絶縁体！

スイッチを切る。ロドーは手を宙に浮かせ、もう一度爪弾きを加えるために人差し指を構えたまま、固まる。

熊　（飛行士に向かって）　見たか。俺はこの令嬢に惚れちまったし、向こうも俺にぞっこんだ。俺がこの子を嫁にもらえば、あんたにとっても厄介払いになる。あんたはあんたで、自分の電機業者と結婚するんだ。

飛行士　どの電機業者だ？

熊　ああ、あんたに言い忘れてたんだが、あんたを見初めた人ってのは、とある巨大イルミネーション事業の施業権者だ。田舎と都市を股に掛けてのな。

（ロドーのスイッチを入れ、直後に鼻先に構えられていた爪弾きを受ける。）

ありがたや！　ちょっと待て。

我らがベレロポン(12)は、スイッチを切っておいた方がよさそうだ。

スイッチを切る。

コロス　ねえちょっと、私の話も聞いてください！

ロドー　その前にこのつまは……

コロスが自分と熊の周りに絶縁刀で円を描く。ロドーは、爪弾きを構えたまま。

コロス　（熊に向かって）　そうやってこの女性をさらおうと考えているのですか？　ねえ、あなたは自分の姿を見たことがあるのですか？　少しは考えてみましたか？

熊　自分の姿は見ないし、考えてみもしない！　そんな暇はない。

コロス　あなたは熊というものが美しいとでも思っているのですか？　隻眼の、目がひとつしかない熊風情

料金受取人払郵便

綱島郵便局
承　認
3062

差出有効期間
2021年4月
14日まで
（切手不要）

郵　便　は　が　き

223-8790

神奈川県横浜市港北区新吉田東
1-77-17

水　声　社　行

御氏名（ふりがな）	性別 男・女	年齢 歳
御住所（郵便番号）		
御職業	（御専攻）	
御購読の新聞・雑誌等		
御買上書店名	書店	県 市　町 区

読　者　カ　ー　ド

この度は小社刊行書籍をお買い求めいただきありがとうございました。この読者カードは、小社刊行の関係書籍のご案内等の資料として活用させていただきますので、よろしくお願い致します。

お求めの本のタイトル

お求めの動機

1. 新聞・雑誌等の広告をみて（掲載紙誌名　　　　　　　　　　）
2. 書評を読んで（掲載紙誌名　　　　　　　　　　）
3. 書店で実物をみて　　　4. 人にすすめられて
5. ダイレクトメールを読んで　　　6. その他（　　　　　　　　）

本書についてのご感想（内容、造本等）、今後の小社刊行物についての
ご希望、編集部へのご意見、その他

が！
友よ、加えてあなたに言えることがあるとすれば、あなたはまったくおんぼろもいいところじゃないですか！　毛並みはそこらじゅう禿げてしまって。その脚なんて赤い糸でいいかげんに修繕したものでしょう！

熊　美しさはこの女の領分だ、俺の仕事はひとつしかない。こいつを俺に直ちにくくりつけてしまうことだ。俺は考えなんてしない。そんなことをしても物事は進まん！　俺はやることなすことすぐにやる。即座に、情熱の運ぶままにな！

コロス　待ってください。お見せしたいものがあります。世の主婦たちが、卵が新鮮かどうか確かめるのに何をするかご存知ですか？

熊　日光に透かしてみて、透き通るかどうか見るんだろ。

コロス　そこの女性にも同じことができましょう。今、ちょうど月と我々に挟まれた位置にいますから。我らが太っちょをそっと点灯させてみます。
それで彼女の魂の色合いを見てみるとしましょう。どこが濁っていてどこが透き通っているか、デッサンのように全体を映し出してくれるはずです。

そっと月を点灯する。

熊（ロドーを見ながら）おい相棒、こいつはすごいぜ。

コロス　何が見えますか？

熊　純粋な愛だ。騎士道的で、何の見返りも求めず、生と死を通じて、生も死も超えて、誓われた忠誠！
――勇気、執念、熱意、麗しい純真、終生の誓い、そうした完全で確固たるものの美しさ！

コロス　それらを一言でまとめる単語はフランス語にありましょうか？

熊　光輝《オヌール》！　銀の盾のように光に満ちている！

コロス　それなら、あなたがしてあげられることは何もありませんね。

熊　何もない！　だが俺はこの人の幸福を祈りたい。このいたわしい娘の幸福を！　彼女がこんなふうに命を投げ出してるっていうのは胸が痛むな。

分かってももらえない輝かしい精神と引き換えにして。

この子は我らが飛行士と結婚すればいい、これもいい男じゃないか。俺は自分の計画は諦めるとしよう。俺がこの二人の幸福を形作るんだ、この小鳥たちの幸福を！　前と同じ飛行機乗りなら、文句もないだろ。

そうだ、心沸き立つ考えじゃないか！　新しく会社を立てているような気分がするぜ！

俺が若造の代わりにしゃべってやろう、こいつにはどうしたらいいかわからんだろうからな。俺の顧客は、もはや俺と一心同体さ。

俺はこいつになりきる、俺はこいつを取り込む。

まるで、ルイ゠フィリップの時代に相次ぐ不幸から自分をポーランド人に見立てた、あの高潔なる人物のようだ！　俺の場合は、愛によって飛行士に成り替わる。

ここにあるのはもう心臓じゃないぞ。（胸をとんとんと叩く）十二気筒のエンジンだ！　見ろ、この毛皮を！

（両手で思い切り腹の皮をつかむ。）

こいつはもうもたん！　俺にはもう馴染まなくなっているんだろうさ。いずれは翼が、まったく思いも寄らないところに生えてくるはずだ！

スイッチを入れろ！

ロドー（爪弾きを放つが、熊はかわす）……じきをくらえ！　おとなしく受け取ってもらえるとうれしいわ、このつまは……

……じきを！

（熊は鼻先を上げ、うっとりとして待ち受けている。）

鼻筋に放つ。

熊　マドモワゼル、お許しを。私の言葉が誤解を招いてしまったようで。我々には共通の利害関係があるのです。

聞くところ、私は激しく心揺さぶられたのですが、あなたはあの愛らしい孤児たちの生活を支えていらっしゃるのだとか。

（さも人情味がありそうに、声を震わせて。）

厳しい労働からやっとのことで得られるささやかな収入で。

かくいう私も今は遠く離れた国におり、あの子らの遺産相続を管理しております。

ええ、彼らの父親は、財産をはるか遠国に動かして残しておいたのです。その国で私は心からの熱意をもって、利息の管理をしているのです！

ロドー　もしあなたがそこにいるなら、どうして今ここにいるの？

熊　それはどうでもよいことです。その点についてはあまり訊かないほうが、あなた自身のためにも良い。

ロドー　（拳を腰にやって）　みんながあたしのことを知ってるわ。あたしはロドー、修理士の娘だよ！

熊　あなたはロドーじゃない、あなたは天使だ！

ロドー、あなたは誤解なさっている。私があなたに抱きついて、あなたという存在をより十全に感じようとした時、

個人的な目的からそうしたのではなかった。我が友人の熱情をあまりに不十分ながらも表現しようとした結果なのです。

——私のことは、美しいと思わないようですね？

ロドー　ええ。

熊　なぜ私を美しいと思わない？

ロドー　なぜならあなたが醜いからよ。

熊　ああそうですか！　まあいい、私は友人の話がしたかったのです。彼は理性を失わんばかりにあなたを愛している。

しかも、あなたを一目見ただけで歯ぎしりし、首をしめてやりたいと思うくらい、あなたを憎んでいる。

ロドー　どうして私が憎まれているのかしら？

熊　人間は自分の感情を司る者ではありません。彼はただあなたのことだけを考え、そしてあなたのすべてを忌み嫌っている。

ロドー　でも彼は、あたしがいつもの仕草で笑いかけてあげると、うれしそうにするのよ。

熊　じゃあ、誰のことか分かっていると？

ロドー　ええ、分かってるわ。つながりはあるの。工場を出るとき、あの人が車椅子でうろついているところに出くわすのよ。一度お花をあげたら、顔を真っ赤にしていたわね。

熊　工場でのお仕事は、何を？

ロドー　製鉄よ。あたしがどでかいハンマーのてこを操るの。えいやってね。叩きつけると地面が揺れるの。

熊　皆まで言わずとも！　眼に浮[13]かぶようだ！

立ち姿は乱れ髪のベローナのごとし、両手から油が滴り落ち、
微笑み、勝ち誇り、
金槌が放つ雷電の閃光で朱色と紅色に染まり、その入念にして力強い一撃で、共和国の偉大なる鋼を鍛え上げる！

死者たちの仇を討ち、ドイツ人どもを震え上がらせる、正義に輝く鋼鉄を！

ロドー　まったくそのとおりよ。マッチを売るよりは楽しいわ。

熊　それで、いくら稼げるんですか？

ロドー　一日六フランね、うまくいけば。

熊　うち半分がオスティアーズの子供らのところに行くと。

日々の給付金だけじゃ不十分でしょうからね。

ロドー　あなたには関係ないわ。

熊　どうしてあの男が結婚した時、あんな匿名の手紙を家族に送りつけたんですか？

ロドー　（激怒して）　あたしは匿名の手紙なんて送ってない！

熊　あなたがそうやってささやかな嘘をつくところを見るのは、なかなか楽しいもんだ。

ロドー　あんなお嬢さまと結婚されて、どうやって喜べっていうの！　あたしのほうが幸せにできるはずなのに！

熊　その女が、彼の子を産んだ。

ロドー　今ではあたしが母親よ！　日曜日に会いに行くとあの子たちがどんなふうにしてあたしに飛びついてくるか、知らないでしょう！

熊　それでも、自分で作った子供とまるっきり同じってわけじゃない。

ロドー　あの人はあたしたちのために命を投げ出してくれた。あたしはあの人のために自分の命を捧げるわ。

熊　今さら何を捧げようと、彼にとっては何にもなりませんよ。

ロドー　いいえ。あたしにはあの人が喜んでいるのが分かる。あたしもそれが嬉しいのよ。

熊　我らの友人たる足のない飛行士に、何と言っておきましょうか？

ロドー　彼は今まで以上に飛べるようになるわ！　もう体を汚すようなこともない！　歩けないのなら、踊ればいいじゃない！

彼は私と同じことをした。彼はできることをして、捧げられるものを捧げたの。そして今、彼は自由になったのよ。
頭がおかしくなるくらい嬉しいことだと思うけど。絶対に取り戻せないものを捧げることができただなんて！　意図もせず、決定的に！
もう一度彼の足を生やすことはできない！　そしてあたしは、そんな彼の気に入ろうが気に入るまいが、別の人のために自分のきれいな心を捧げてしまった！
それを取り返したいと思ったからって、一度捧げたものはまだあたしたちのものなのかしら？　あたしたちは障害者のささやかな幸福を取り戻そうとすべきなのかしら？　もう一度自分のために鈍臭く生きようとすべきなのかしら？　一市民として！
それはもう捧げられたものなの！　今さら何も取り戻せなんてしないのよ！　だからこそあたしは、鉄を鍛えながら、三度ずつぶったたいて町をまるごと震わせながら、喉をいっぱいに広げて歌うのよ！

熊　あなたが愛した人にまつわるすべてのものが、
いつの間にやら丸ごとあなたにしがみつこうとしている。

ロドー　お望みなら、彼のことだって他の子供たちと一緒に引き受けてあげるわよ。

熊　あなたは一日六フランで全員を養う気なのか？

ロドー　あら、あたしの大きな心があれば、一日六フランでフランス全土だって養ってみせるわ！

熊　おやおや！　ひょっとして貯えがあるんじゃないか！　そうだ、俺の直感がそう言っている！
（下がってロドーを眺める。傍白で、）
間違いない、こいつは金を持っている。月の神秘の光で、金の黒い染みが浮かび上がってやがる。
（ロドーに向かって）金を持っているな！

ロドー　あんたには関係ないわ。

熊（極度に興奮して）　どうやら事情が変わった！　位置を変えてよく見させてもらおうか、運命が残したこの唯一の目玉でな！

（月とロドーの間に来る。）

貯えがあるな！　血がたぎってきたぞ！　苦しみ、節制し、希望を捨てず、赤貧の中で神々のごとく生きる！　何て美しい！

毎晩毎晩寝るときに自分のささやかな善行を思い浮かべ、かの実直な男があっちの世界で恩寵を受けてくれるようにと祈る、

もっとましな世界で！

——失礼でなければだが、その小さな財布には何を入れてるんだ？

ロドー　国防債券よ！

熊　何て哀れな！　たったの六パーセント、それがフランスの不毛な風土の恵みだ！　十二音綴の国のな！

俺の方は、コーヒーとチョコレートと糖蜜と松脂で溢れかえった国に住んでいる！

そこでは黒んぼの肉みたいな生臭い赤土に棒を突き刺しておけば、次の日の早い時間にはココナッツがすっかり収穫できる状態で群がっているから、適当なもので取り引きして、手持ちのキルシュでココナッツ・ジュースに彩りを添えるのさ。

今すぐ俺にその財布をよこせ！　もしも明後日までに倍の倍にして返さなかったら、裁判官に喰われてやるよ。

ロドー　（熊をじろりと見て）　あたしの小さな財布さんは、今のままで心から満足してるわ。

熊　（苦悶の叫びをあげて）　信用してもらえないみたいだな！　このちょっとばかりだらしない外見が不安を煽るのか。

気にしないでくれ！　この皮膚は時々便宜的に身につけるやつで、俺のトーテムの毛皮だ（分かろうとしなくていい、説明すると長いんだ）。

滞在制限とかいう専門的な問題でな。

実際、ひどい目にあったこともある。だが俺のことをもっとよく知ってくれ！　折を見て見限ってくれればいい！　本当にあんたをだますつもりだと思ってるのか？　俺はもう一度純潔なイメージを取り戻そうとしているのに？
パリでは皆が俺を知っている。「アパッチ号」と名づけられたヨットで、アカデミーのお偉いさんやら国立劇場の女優さんやらと一緒にあちこち巡ったもんだ。
狩りに行くとなれば、法務大臣が俺の後ろで猟銃に弾を詰める係になった。
そう、銃身を傾けて力いっぱい息を吹き込み、煙を払うのはそいつの役目だった。
俺はスコットランド製の手織の服に、ネギみたいな緑色のネクタイを締めて、格好良くきめていたものさ！

ロドー　（少し前から熊を見つめたまま）もしあなたが望むなら、会計係として雇ってあげるわ。わかってるわよね、あたしをかつぐことなんてできないわよ。

熊　何だって！　一日六フランの金で独立しようってのか？

ロドー　（離れて、ますます注意深く熊を見つめながら）一日六フランと、あんたがくれる分でね。

熊　どうしたもんだ！　金をよこせだって！　俺は受け取る側さ、それが俺の仕事だ。そもそも金がないしね。

ロドー　金がないって言うけど、その毛皮の下に何か星みたいに輝くものを持ってるでしょう。

熊　（傍白で）お見通しか！　ロドーと月の間に来たのは失敗だったな。

その場から動こうとする。

ロドー　待って、動かないで、お願いだから！　その光っているのは何なの、聞かせなさい！　なんて澄んだ光！

熊　たぶん俺の魂だろう。
ロドー　いいえ、それは別に見えているわ。波長が全然違う。もともとは備わってなかった物ね。
熊　わかった、言うよ。偽のダイヤモンドさ、売りさばくように言われてね。
ロドー　偽物じゃないわ！　そのダイヤは、あんたにお金も希望を奪われたかわいそうな人たち全員の涙でできている！　その涙は、すべて見ているわよ。
　この泥棒！　あなたには、我慢を重ねて奴隷のようになりながら少しずつお金を貯めるというのがどういうことなのか分からないのよ！　お人好しからお金を奪うのは楽でしょう、でもそのお金を作るのは簡単じゃないのよ！
　父親がいなくなる時に奥さんとちっちゃな子供たちに残す大切な宝なのよ！
熊　俺は略奪する者さ。俺の使命は奪うことだ。
ロドー　今日の使命は返すことよ。あたしにはそのダイヤが必要なの。
熊　ところが、ついついこれには執着しちまってね。仲良くしていた友人が俺のために残してくれた、唯一の思い出だから。
　オスティアーズに屋敷を持っている奴だった。
ロドー　オスティアーズ！　あたしの子供たちのことじゃない！　それはあたしの子供らのものよ！
熊　つまりあんたのものではないってことだ。
ロドー　ねえかわいい熊さん、あたしによこしなさいよ。
熊　嫌だね。
ロドー　それが実業家ってものなのかしら！
熊　その自負はあるね。
ロドー　それで、そうやってコルセットを巻いた婆さんみたいにお宝を皮と肉の間にしまいこんでいるのね！　何も生み出さないお宝を！

熊　不誠実な人間たちが信用ならないからさ。
ロドー　十万フランはするダイヤでしょうね。
熊　もっとだ。
ロドー　もしあたしが十万フランを持っていけば、あたしの叔母が同じだけの額をくれて、そしたらすぐにパティシエのいとこが二十万フランの都合をつけてくれる。信用できるわ！
熊　何のために？
ロドー　あなたは戦争が終わったら有価証券・債権のみみっちい事業をまた始められるとでも思っているの？　月の土地でも担保にする気なのかしら？　ああ、あなたは現代的な人じゃないものね。どいつもこいつも寝る時にまでお金を抱きしめちゃって。銃を手放せない兵隊みたい。あんたのお金、あたしによこしなさい。
熊　何のために、と訊いてる。
ロドー　飛行機エンジンの工場をやるのよ！　当たり前じゃない！　もう仕事は分かっているわ、それで働いているんだから。
素敵だわ！　何にも阻まれずに何もかもを飛び立たせる強さ！　心臓みたいに複雑で小型サイズ。爆発する心臓！
あたしを信用してちょうだい、それですべてを動かせるわ。
熊　がらくた工場の女がか？
ロドー　この仕事は女にぴったりよ！　根気よく、入念に、ずっと同じことを繰り返す仕事。編み物や縫い物と一緒なの。
鉄板に穴を開ける機械！　真鍮の細長い削りくずを取る針！　石灰水を噴射されながら少しずつ完成に近づいて行く、旋盤上の部品！
やってみたことのない人は、皆で一緒に働く時の心の安らぎを知らない。機械のリズムに乗って、悪い天気からも不測の事態からも守られて。
あたしとしても、この二本の腕だけじゃ足りない。やることは山ほどあるのに、たいていの人は無気力で間の抜けたようになっている！　そしてあたしには人手が要る！
あたしなら十万人の男と十万人の女を指揮して、仕事を与えられる！　あくびをするような暇な人は、一人も出さないわ。

熊　大したもんだ！　発起人の株が欲しくなってきたね。

ロドー　そのダイヤモンドをくれるかしら？

熊　代わりになる書類をくれてやるさ。いわゆる享益株ってやつだ。

ロドー　嫌よ。

熊　（椅子の上で、身震いするふりをして）　おお！　おお！　こいつを皮膚からむしり取ったら、ずいぶん痛いだろうなあ！

ロドー　それはあんたのものじゃない。あんたにくっついているはずがない。

熊　（同じようにして）　嫌だね、お前にはやらん。

ロドー　さっさとなさい！

熊　（同じようにして）　嫌なこった、お前になんてやるもんか。おお！　おお！　はっは！　やあい、やあい！
痛いだろうからなあ！

ロドー　早く！

熊　（ロドーに飛びかかり、抱きしめるようにして、同時にポケットから財布を抜き取ろうとする）　全部独り占めにしてやれ！

ロドー　誰か助けて！　人殺しよ！

月カッターを奪い取る。

飛行士（目覚めて）　南無三！

月カッターをつかみ、熊の体に突き刺す。熊は仰向けに倒れる。ダイヤモンドが体の外に飛び出す。

ロドー　あたしのダイヤモンド！

ダイヤモンドを親指と人差し指でつまみ上げる。

コロス（月カッターを奪い取り、振り回す）　停止！

全員が動きを止める。

コロス（舞台の前方に歩み出て、捕虜に向かって）　さて、そこにいる男、七枚の月のヴェールに覆われた男、ドイツの地獄に囚われた男、

これは君のダイヤモンド、私たちが見つけたものだよ。どうしたらよいだろうね？

捕虜　子供に返してやらなきゃならない。

コロス　でもそうしたら、もうあの子にとってロドーは必要なくなってしまうだろうね。彼女としても、あの子に心血を注いで何かをしてあげずともよくなる。

天にいる君の息子にとっても、地上にいるこの女はもう要らない。彼を永遠の星と見なして、身も心もすべて捧げたというのにね。

我らがポール君としても、もしロドーが働いて飛行機の大工場を建てる理由がなくなったら、彼女が天に飛び立たせようとしている翼の生えた駿馬たちは、誰が検査し調教するんだろう？　これからの彼にとっての唯一の拠り所だっていうのに？

捕虜　そして、君自身の捕虜生活は、いったい何のためだったということになるんだろう？　ひとりの母親は、一個のダイヤモンド程度の価値しかないんだろうか？

コロス　だったら、それを持っていた泥棒に返してやってくれ。

捕虜　でも君も分かっているはずだ、この物体はあいつのものではないし、あいつに平穏を与えるわけでもない。

アブみたいにひっついて、牛皮の中のノミみたいに皮膚の中に食い込んでいたものだ。この蝕む星はいずれ、彼を貪り尽くしてしまう。

コロス　それなら、好きなようにすればいい。

捕虜　君の息子が一秒間でも空に大きな光を放ったのは、無意味なことだったのかな？

コロス　フランス全土がその光で照らし出されたんだ！

捕虜　光というのは、それを溜め込むダイヤよりも価値のないものだろうか？　目というのは他の何のために作られているんだろうか？

この娘の指の間に、一瞬であれ素晴らしいものを目にすることができたなら、あの子はそれだけで一生照らされるんじゃないだろうか？　魂をつかまれるんじゃないだろうか？

あの子が自分の父親の光を、かつての晩にドゥオモンの上空で一瞬でも太陽の輝きを超えたあの光を、もしも似せたもので目にすることができたなら！

ダイヤモンドになったもの、それがお金に変えられてしまうのなら、あまりに残念なことだ！

目を見開け、子供よ！

月カッターの一振り。ダイヤモンドがまばゆい輝きとともに消えてなくなる。

捕虜　俺の子の全財産が、消えていく。

コロス　消えはしないよ。あの子の中で復元されるのさ。

君はあの子に命を与えることはできなかった。でも、あの子の中に光を撒くことはできた。私たち皆が持つ、永遠の光のひとかけらを。その光を盲目の肉体から解き放ってあげない限り、私たちに安息は訪れない。それは、飛んだり、跳ねたり、叫んだり、喜んだり、与えたり、見たり、欲したりするための心だから。

私たちの内に秘められた、紺碧すべての輝かしい元素たる不変の聖水の原子！　その中に多くの犠牲と引き換えに生まれた、ただひとつの星！

（月を点灯する。）

月　私が守っている子、私の子は、自分の宝物を見つけることができたのかしら？

マダム、終わりました。我々のささやかな企みは、遂げられたのでございます。

コロス　今は彼の中にございます。もう二度と奪われはしないでしょう。

女中の入場。皿の上に乗せて持ってきたカードを、月に渡す。

月はカードの上に書かれた言葉を読む。激しい動揺の仕草をあれこれ見せながら、飛行士に手渡す。

飛行士（カードを読んで）「ブルギニョン」。意味が分からない。

コロス　ブルギニョン！　それはつまりアントニー界隈の園芸家たちが言うところの……。

月（鋭い叫びとともに）太陽！　逃げましょう！

コロス　そうですね、ここに長居しすぎたようです。つい公式の時計にだまされてしまいました、何の当てにもならないというのに。
よっと！

月を抱きかかえて、窓から飛び出る。

熊　（息を吹き返して、窓から飛び出る）　逃げろ逃げろ！
飛行士　助けてくれ！　僕を置いていかないでくれ！
ロドー　あたしの背中に乗って、中尉さん。連れていくわ。

舞台装置が見えなくなり、即座に次の場のものに置き換えられる。

第四場

大きな道が素早く上昇していき、舞台の反対側で下っていく。坂の頂上には距離標が置かれており、その上に修理士が腰掛けている。相変わらずパイプを口にくわえ、片腕をぴんと伸ばし、その手にグラスを持っている。
夜の終わり。東側はかすかに白み、西側には雲に隠れた月の弱々しい光が見える。

月　きれいな月！　とっても詩的で、山の風景に映えるわね。見惚れずにいられませんわ。
左側にコロンビエ峠があって、右側にはベレー市、大きな街ね。後ろにはオスティアーズのシナノキの森。前にはブルジェ湖。昔はあそこで裸になった女中やら侍女やら大勢と一緒になって、水浴びをするのが好きだった。
はて、どうやってあの雲の中の円形邸宅に帰ったものか、ちょっと思いつきかねます。
熊さん、助けてください！

熊　まっぴらごめんだね！　茶番にはもううんざりだ！　あんたを助けたらどんな目にあうか、もう充分分かった！

コロス（熊に向かって、興味ありげに）痛くないんですか、さっきのちょっとした外科手術は？

熊　それどころか、楽になったよ！　ずっと息苦しかったんだ！　チョッキの四つめのボタンを外した気分だね。

コロス　ダイヤモンドは？

熊（なまめかしげに）お嬢さんが、俺の心に与えた傷を安全ピンでもってふさいでくれたら、埋め合わせがつくと思うよ。

ロドー（背中に飛行士を乗せたまま）この坊やを背中に乗せたままで、どうやってあんたに何かしろっていうの？

熊　地面に放り出しちまえよ。

飛行士　嫌だ、放さないでくれ！

コロス　お待ちを。どうすべきかお伝えします。（飛行士に向かって）怖がらないで、わたくしがベルトをがっちりつかんでいますから。
あなたは飛行機の原理を知っていますね？　凧のそれと同じです、風にぶつかって上昇し、凧の尾の代わりにエンジンの後押しで高さを維持するのです。

飛行士　分かる。

コロス　あそこの青白い線に目線を合わせてください。日が昇ろうとしているところです。

飛行士　見える。

コロス　開いた空の隙間から風が届くのを感じますか？　目に見えない流れを迎えようと、魂が舳先をあげているでしょう？

飛行士　感じる。

コロス　人間の心が、石油で動く汚いエンジンよりも肉体を力強く持ち上げられないなどということがあるでしょうか？　さあ両腕を思い切り広げて、手で支えとバランスをとるように。

飛行士　とった。

コロス　では、空と、昇る太陽を見つめて。そして、その創世の有様とともに、神の姿を。さらには、その姿を見て詩篇一三五[14]を歌い出そうとしている大地と、その上の山や、森や、谷を。

コロスが飛行士を放す。

飛行士　（両手を広げて空中に浮かびながら）見える！

コロス　よろしい！　あとはよく落ち着いて。

飛行士　ちゃんと放さないでいてくれるよな？

コロス　放すわけがないでしょう！

飛行士　疲れさせていないかな？　ああなんて美しい！　でも僕は病院に戻らなきゃいけない。看護婦が何て言うだろう？

ロドー　あたしは工場に行かなきゃ。ほら、もう始業のサイレンが鳴り出すわ。

熊　俺はホテルに戻って、旅行客どもを起こすために額にキスして勘定書をひらひらさせて回らないと。

ロドー　もう朝ね。冷えるわ。

コロス　今から皆様方をご招待したいと思います。まだ目覚めまで三十分あります。これを利用しない手はありません。至高の三十分！

熊 そういうこった、船に乗ってくれ！

飛行士 あんたの船はどこにあるんだ？

熊 （雲の切れ間に輝くおおぐま座を指して） あれだ。

飛行士 あれは船じゃないだろう！ 七つの光の井戸[15]があって、それぞれの近くに、ヤシの木の下で冥想する賢者が見える。

熊 間違いなく船だ。あのたくさんの灯火が見えないのか？ 俺は船がどういうものかは分かっているつもりだ！ 「アパッチ号」に号令をかけておいたのさ。こいつは「おおぐま」と呼ばれている。俺のトーテムだ。（分かろうとしなくていいからな）

あの船首の波切りや円材が見えないか？ ちょっと曲がってるってのは認めるけど。

飛行士 あんなに高いところにあったんじゃ、届きもしないだろう。

熊 高いって？ 何を言ってやがるんだ？

飛行士 あれ本当だ、今度は足元に見える。

夜の港の大型客船みたいだ。

熊 錨がそこの地平線の下にある。五つのダイヤモンドからなる十字[16]に似たやつだ。

南極の珊瑚礁のいちばん奥深くに食い込ませてある。

空の下の方で斜めに傾いて、一直線に並んだ我がヤシの木を見下ろしている。一列になった高さ五十メートルの百本の木を！

ロドー （手を叩いて） 急いで！ 出発するわよ！

飛行士 少なくとも、ここが乗り場で間違いないのか？ 普通だったらバス停みたいに渡し板があるはずだけれど。

熊 （距離標を指して） 見ろ！

ロドー　（修理士の足の間の文を読んで）「二つの世界の境界」。間違いないわ。

熊　使いの黒鷲がじきに来る。ここで待つだけだ。

長い旅の後に見知らぬ港にたどり着き、

船の巨大な丸窓の輝きに照らされて、突如舷門に見えるはひとりの光沢ある黒人、

そいつに招かれ降りていくと、特大の果実を抱えて踊る船団たちの輪！　そんな調子になるだろう。

飛行士　あそこに灯火が見えるだけだな、僕は特に何も求めていないけれど。

ロドー　（熊に向かって）なんだか怖くなってきたわ！　これから行くところは本当に面白いんでしょうね？

コロス　天国ですよ。

熊　もし面白いところじゃなければ、どうしてこれほど見られないように隠しておくものか？

こういう夜は珍しいんだ。

ロドー　雲が晴れたわ。ローヌ川や大きなシュトーニュ沼にも、まだ靄《もや》はかかっていないわね。

熊　天国！　それがすべてを伝えているな。まるで八月に山や海を云々うたう引越し業者の張り紙みたいだ。

そしてそれを眺めるモントルグイユ通りの貧乏パリジャンども！

ロドー　そうね！　天国！　うん、その言葉を聞くとうれしくなるわね、どうしてか分からないけど。

飛行士　僕には灯火しか見えないがね！

ロドー　黒い紙に浮かぶ白い点。

コロス　いいえ、光のチュニックに身を包んだ神々でしょう。

熊　ただの白い点かどうか、今に分かるさ。

飛行士　何百万もの〇の形をした口！

コロス　夜の旅で、ほとんど寝ぼけている時みたいですね。

もうすぐ到着するでしょうか？　あとは車室のガラス窓を拭いて、そこから分厚い暗闇の中に、留針の先ぐらいの大きさの光をひとつだけ見出すことになりましょう。

十五分ほどすれば、とある街の途方もない広がりの中で目覚めることになるでしょう。河と堤防。ありとあらゆる単語が目に入り、人々が真ん中を横切っていく、際限なき道路。人々が進んでいく大通り。人で溢れかえった大きな駅の喧騒！

ロドー　あるいは、クローバー畑の香りに包まれて、聖霊降臨祭の休暇から戻った人たちが通っていく、数々の駅。

そしてそのひとつひとつにいる、リラの花籠と花束を抱えた女子学校の少女たち！

熊　さあ行くぞ！　惚れた女との初めての口づけよりも、もっと遠くへ運んでくれ！

皆それぞれ頭を枕に乗っけて目覚める前の、最後のひととき！

凄まじい勢いで、サイレンのうなりとともに、黒人の小人が運転する車がやってくる。全役者がそれに飛び乗る。飛行士はロドーの腕に包まれている。

月（皆に忘れられている）　ちょっと待って！　私を置いて行かないで！

なんとか月を引き上げ、車は大急ぎで発進する。遠く離れてから、サイレンの音。

修理士（ひとり残って）　ふくらはぎが見えちゃったぞ！

第五場

第一場の舞台。昇りゆく太陽の悲しい光。

夜明けの光、入場。

捕虜（自分を外から見ているかのように、独り言で）なんて醜いんだ！　老いさらばえて！　なんて惨めな！

この男を目覚めさせないでくれ、女神よ。

ああ！　あまりに哀れじゃないか！　眠りはあまりに心地よく、目覚めはあまりにも辛く、

あの永遠の捕虜生活に引き戻されてしまう！

目を開けば、心と体とともに、あの恐ろしいやるせないあれこれが取り戻されてしまう！

ああ！　この男がどうしても目覚めねばならないのだとしても、目覚めの一瞬前に見たあの光景の思い出は、どうか消えないでくれ！

あるいはせめて、光景が消えてしまうのだとしても、そっとしるしづけられた喜びだけは。

光の深淵の中に浮かぶ、グラスの縁よりも薄い、張られたハープの糸よりも細い、地の果て。

泡の押し寄せる島、干上がった巨大なヤシの木が覆い尽くす仄暗い山のふもとの浜辺……

夜明けの光が、捕虜を包むモスリンのヴェールを一枚一枚剥ぎ取っていく。悲しげな黄ばんだ顔が、白い毛羽に覆われて現れる。夜明けの光が、捕虜の額に息を吹きかける。

捕虜（小さな声で）日が昇る！

リオデジャネイロにて、一九一七年四月十六日

［注］

（1）一九一五年入隊予定の訓練兵を指す。

（2）フランス東部の村。

（3）古代ギリシアの弦楽器。

（4）ヴィクトール・ユゴーの小説。

（5）フランスの航空機会社。

（6）ポイベ、ヘカテ、セレネは、それぞれ月を司るギリシア神話の女神。

（7）オスティアーズの東に位置する町。

（8）「アコーデオン」は証券取引所の隠語で、古い資本の縮小と新たな金銭の流入を連動させた、あの手の巧妙な金融取引のことである。（原注）

（9）ガリレオ・ガリレイの言葉。金星（ヴィーナス）の満ち欠けの様子が、月（シンシア）のそれに似ていることを示す。

（10）古代ローマの劇作家。

（11）十九世紀の小説家・劇作家。

（12）ギリシア神話で、ペガサスにまたがってキマイラを退治した英雄。

（13）ローマ神話における戦争の女神。

（14）旧約聖書、詩篇第一三五編。「ハレルヤ。賛美せよ、主の御名を」（新共同訳）から始まる。

（15）おおぐま座の一部をなす特に明るい七つの星、北斗七星のこと。

（16）南十字星のこと。

石の一投

——十二の舞による造形組曲

中山慎太郎訳

登場人物

ナダ・ロドカナシ

アリキ・ヴェレール

舞の演目

一、右手を挑発する左手

二、目覚め

三、泉に映った像

四、矢

五、石の一投

六、バラ

七、ブドウの房

八、種まく女

九、雨

十、運命

十一、アポロンとダプネ

十二、十字を切る

舞台は、とある城の広い客間。城は冬のあいだ閉め切られていたが、今は春。片隅には丸められた絨毯《じゅうたん》。鏡があるが、表面は新聞で覆われている。ピアノ（弦がない）。椅子が二、三脚、積み上げられている。

アリキ登場。部屋に置かれたものを次々と見る。鏡へと向かい、新聞の一部を破って自分の姿を覗《のぞ》く。次にピアノへと向かい、演奏しようとする。音は出ない。ピアノの内部がすっかりなくなっていることに気づく。それでも両手で左から右へ、右から左へと鍵盤を弾く。その瞬間、ある考えが浮かぶ。鞄から、ごそごそ石をひとつ取り出してピアノのうえに置く。それから、ゆっくりとした足取りで客間を見て回る。まるで部屋の広さを測るかのように。さらに、足早に部屋の向こう端に戻ると、石をぱっとつかみ投げる身振りをする。

そのときナダが入ってくる。

ナダ（声をあげて）アリキ！

アリキ（石を落として）ナダ！

二人は激しく抱擁する。

ナダとアリキ（声をそろえて）びっくり！
本当にびっくり！

二人は抱擁する。

アリキ　パリから来たの！
ナダ　海から来たの！
（二人は声をそろえて言うが、ナダはすこし遅れて。）

二人は抱擁する。

アリキ　ほっぺがまだしょっぱいわ。
ナダ　ヴァランスに向かっているとき……
アリキ　　グルノーブルに向かっているとき……
ナダ　少し寄っていこうと思って。
アリキ　　少し寄っていこうと思って。
ナダ　中国の賢人様たる、おじい様の家を見に（1）。
アリキ　　プロテウスたる、おじい様の家を見に。
きのう着いたの。庭師の方が寝床をしつらえてくれたわ。簡単にだけど暖炉の火も用意してもらって。
朝から、この大きな家をこっそり見て回っているの。
ナダ　絨毯が丸められていたわ。
アリキ　　鏡が新聞で隠されていたわ。
ナダ　傷や汚れがつかないようにしているのかしら？　それとも
何か写っているものが消えてしまわないようにするためかしら？
アリキ　開けたの　　そーっと　　おじい様の仕事部屋を。
でも誰もいなかった。

ナダ　灰色ネズミはいたわ。
アリキ　そうね！　灰色ネズミがいたわね。本当に恐かった！　山となった古びた書籍のなかで夢中だったから、私には気づかなかったけど。
ナダ　ネズミなんかではなかったの！　本の目録を作っている教養たっぷりな天使なのよ！
アリキ　歯でカリカリっとメモを取っていたのね。
ナダ　灰色カリカリネズミ様ですわ！
入ってらっしゃい、灰色ネズミ様！
アリキ　ほらほら、私たち胴長のフェレットが二匹来たわよ……
ナダ　ほらほら、私たち胴長のオコジョが二匹、解き放たれているんだから、カリカリ族とか小走り族は皆どこかに行ってちょうだい！

二人は並び、右腕で同じ身振りをする。

アリキ　アテナイとスパルタ！
ナダ　おじい様はそんな風に私たちを呼んでいらしたわね。
アリキ　アテナイはどっち？
ナダ（さっと帽子をとって）　もちろんアテナイは私。頭《こうべ》に冠するは菫《すみれ》、耳のうえには、かの黄金《こがね》のセミ！
アリキ　私はスパルタでありたいわ。そうよ、スパルタよ。スパルタこそがいちばん強いの、パルテノン神殿の門には今でも投げ槍のあとが残っていますわ！

アリキは槍を投げる身振りをする。

ナダ　ペロポネソス戦争[2]は終結していますわ。

アリキ　ねえ！　戦争は、ちょくちょくラムネー通りの浴室で繰り返されていますけど[3]！

ナダ　でも今は旧友のローヌ川のおかげで仲直りしているでしょ。

アリキ　……私たちは同じ流れに運ばれて……

ナダ　……ピュテアス[4]がオールを漕いで遡ったあのローヌ川ね……

アリキ　……ほら、あれはくすんだクルミの木の葉よ……

ナダ　……黒いイトスギじゃなくなった……

アリキ　……今度は柳の葉よ、葉っぱに銀色の裂け目があるオリーブじゃなくなった……

ナダ　……でも、どこまでいってもブトウの蔓が絡んでいるわね。だから私たちもブドウの蔓に絡まって、
おでこをくっつけましょうよ！

アリキ　そう、ここが「母」なる「海」のおわる場所、
ここで青々とした水の流れが雪の湖岸に突き当たるの。
ここでは響きあうのではなく、すべてが
転調するの。人の英知によって象《かたど》られた大地には愛が染みこんでいますわ。
私が吸い込んでいるのは染み渡った魂、
その魂のおかげで、執拗な日差しは常しえの繁栄へと転じているのよ。

ナダ　ドーリス方言の朗々たる母音はアッティカ方言[5]の摩擦音に統合されて、今では色とりどりなシカモアの幹に絡んでいる！

アリキ　だから左手は右手を助けようとしているの！

ナダ　鍵盤の底から音を轟かせながら、左手は右手に襲いかかっているのよ！

アリキ　右手が一番強いわ！

身振り

ナダ　左手は右手を挑発しているわよ！

身振り

アリキ　思い出すわ、あのささやかな詩ね！　おじい様は私に覚えさせようとしていたわ！

身振り

ナダ　じゃあ、稽古しましょう！　おじい様は私にどのようにしたら良いか説明してくださった！　おじい様が言うには、北の人にとって右手は道具で、使わなくなるとポケットにしまうものなの。でも、イタリアやギリシアの人たちを見てご覧なさい！　一人ひとりの腕の先には巧妙な関節人形が一列に並んでいて、いつも熱のこもった会話や、言い争いや、議論に参加するの。ほら、みんな自己紹介をしあっているわ。

（身振り）

右手の勝ち！　右手は逆らおうとせずに舞い上がるわよ！　果敢にも天へと。そして、震える五本の指すべてから叫びのようなものを醸し出すの。いいえ、鋭いめしべのようなものを醸成しているの。でも、左手は自分自身の内に閉じこもっていても、ふつふつと煮えたぎっていて、まだ諦めてなんかいないわ！　左手はなにか新しいことを企てているみたいよ。気をつけて！　ほら、襲いかかってくるわよ。

一の舞

ほら捕まえたぞ、不遜な美しい女よ！

アリキ　始めちゃったからには

詩人のおじい様がいないのを利用して……

ナダ　むしろ、おじい様がいることを利用して、じゃない？　だって、

おじい様ほど、いなくても存在感がある人はいないわ。

アリキ　この家の鏡なら　おじい様の代わりに

私たちを見てくれるかもしれないけれど、うえには紙が被せてあるわね。

ナダ　そうね！　ねえラケダイモン[6]、

それに乗じて、

そのささやかな無言の詩を一緒に稽古しましょう。おじい様は私たちに覚えさせることは出来なかったけど、私のために

この紙きれに演目を書いて下さったの。

（ナダはその紙切れを鞄から取り出す。アリキはコートのボタンをはずし、脱ぐ。アリキはダンスのコスチュームを着ている。）

まったく、抜け目ないラケダイモンだわ。先手を打っていたのね！

アリキ　そう、今朝、おじい様のものであるこの家で

おじい様が思い描いていたことを何とか実演して、たった一人で　この不在と孤独を埋めようとしたの。

ナダ　だいたいの内容は覚えているわ、

この石を投げることよね。

ナダは投げる身振りをする。

アリキ　だめ！　女の人みたいに腕で投げちゃだめ、手首をつかって、
男の子みたいにするの。腕の関節をすべてつかって。細長い紐や激しくしなる鞭のように体中の関節をすべてつかうのよ。

アリキは言われた通りの身振りをする。

ナダ　時間も距離も超えて石が飛んで行った！
あそこ！　北方の国の水たまりの真ん中！　灰色の空に覆われた、もの悲しいハンノキの木陰で子どもがびくっとしたわ。石が落ちたのよ！

アリキ　誰が投げたの？

ナダ　傷ついた柱の近くの女の人、デロス島のナツメヤシ[7]の下にいる女の人よ、
傷ついた柱の近く、ボロボロのアーチの下で
眠っていたけど、ほら、お目覚めよ！

（すでにアリキは眠っている女性のポーズをとっている。）

まさに彼女ね！
頭が重くなり、片腕はたわんでいて、片手だけが動いている、そして、垂れさがる、
片手は体を意識し、再び上へと登る、魂が目覚める、
体は膝をバネにして
立ち上がる……

二の舞

アリキ（立って）　目が開くわ！
ナダ　天を仰ぎ、次に大地を見るの。そこには泉。
アリキ　飲む！
ナダ　飲むの？
その泉の水じゃなくて、地面から直に湧いたこの水よ！
その泉の水じゃなくて、あなた自身の顔を飲むのよ！

三の舞

さあ、映っているあなたの顔に重なるわ、
あの星が。あなたの目の輝きと競って挑んでくる星を
狙って、撃って！
あそこ、あそこに向かって弓を構えて、
海を超え、山を超え、何世紀も先のところ、
あの西方の星、あなたの額がその燦めきを捕らえた星に向かって
矢を放って！

四の舞

アリキ　矢が飛んで行った！

ナダ　持っている石を投げて！

五の舞（冒頭）

アリキ　止めて！　なんでそんな風にぐるぐるするの？　自分自身にもどったり、自分ではなくなったり。的に命中させるためよ！　だって遠くにあるんだもの！　没頭しなければならないの！　今はそれにだけに集中しなければならないのよ！

五の舞

ナダ　何か聞こえる？
アリキ　こだまよ！
ナダ　石があまりに遠くに落ちたから聞こえないわ。
アリキ　そうじゃないの！　私の投げた石がとどいて向こうの水面にさざ波が立ったのよ！　石が落ちたところから色んな波が生まれ、広がり、交差し合い、混じり合っているわ。
ナダ　魂のバラ！
アリキ　「バラ」ね！「バラ」！　いつか私はそのバラを思い出すことになるわね、おじい様が薫りを嗅がせてくれていたバラだもの。

（身振りをやりかける。）

ナダ　演奏でもしてくれれば花が開きそうな感じがするんだけれど。でも、この音のない音楽で我慢して。だって、あなたも知ってるはずよ、この力を失ったピアノにはもう鍵盤しか残っていないの。
でも聞いてくださる？　本はあるの。「バラの賛歌⑧」を読んであげる。

アリキ　拝聴しましょう。

ナダ　「おお、バラよ！」　ここね……　「おお、バラよ！」
「なんと！　我々が嗅ぐとき　　神々に命を吹き込むあの香りを」
分かる？　嗅がなきゃいけないの。バラが自分の香りを嗅ぎながら呼吸しているようにしなければならないのよ。
演じなければならないのは、　まさに　　バラは自分の香りを吸い込むから、赤、ピンク、白、
黄色といった鮮やかな色で
あのうっとりとするような神聖な杯《さかずき》をかたち作り、咲き誇らせているってことよ。まさに、神のみが
鼻を近づけるにふさわしいものとしてね。じゃあ続きを読むわ。
「私たちが手にするのは、あのかりそめの、ささやかな心だけでしょうか？
それは指で掴むやいなや、散り、溶けてしまうのです、
まるで人が己の肉体に口づけしつつ、
幾度も体を折り縮め、蹲《うずくま》るかのよう。」
「それは薔薇ではありませぬ！　そう、えも言われぬ丸みを帯びた至上の言葉なのです！
そのなかに、あらゆるものが遂に、刹那　　生まれたのです、この至上の刻に！」
いいかしら？　次の頁に行くわね。
「亡びゆく私たちにとって、こんなにも儚《はかな》さを薫らすものはあるのでしょうか、
いつの時代でも変わらぬ本質にまして、そして、刹那ではあるけれど、尽きることない薔薇の香りにまして。」
「ものは死に近づくほど、己自身の終末にあるほど、

末期《まつご》の息をはくのです　発することの出来ぬ言葉と　そして　己を引きとめる秘密がある
ために！」
「ああ、ひと年《とせ》の最中《さなか》、　何とあの永遠の瞬間とは、　かくも脆くとも、時を超越し、始まりと
終わりをもたぬもの！」

アリキ　分かった！　ただバラの香りを嗅ぐだけではなくて、その話も聞かなくてはいけないのね。

六の舞

じゃあ、続きをよろしく。

ナダ　どこ？

アリキ　あの文章よ。ワインとブドウの木のところ。

ナダ　（本をめくりながら）「祭壇に捧げられた大きな壺が、価《あたい》知れぬ葡萄酒で満され、鋭く尖った先端を足に揺らめいているかのよう！」
ここ？

アリキの身振り

アリキ　続きをお願い。

ナダ　「ならば、女であることは何の意味があるのでしょう、摘まれるのでないのなら……」

アリキ　そこよ！（身振り）続けて！

ナダ　「……そして、あの薔薇も、貪るように摘み取られるのでないのなら？　かつて女として生まれたことも何の意味があるでしょう？

殿方に捧げられないのなら、屈強なライオンの獲物となるのでないのなら。」
「では、声は？　己の前に発せられた声に合わさるのではないのなら。
命は？　与えられるものでないのなら。女は？　殿方の腕《かいな》に抱《いだ》かれて女になるのでないのなら。」

アリキ　その通りなんだけど、その箇所じゃないの！　ブドウの房が語られるところよ、私はブドウを摘み取って、果汁を搾りながら、それを表現するの。

身振り

ナダ　ここね！（読む）
「私たち女はどうすれば良いのでしょう？　あの方の腕のなかでしか女になり得ない私たちは。あの方の御心のなかでしか盃《さかずき》の葡萄酒ではないのです……」

アリキ　そう、そこよ！

すぐにもアリキは舞おうとする。

ナダ　「ああ、あの方が葡萄を摘もうとしないなら……」
わかる？　ブドウの木と房のことなの。あなたが同時に演じなければいけないのは、ブドウの木と房、摘むものと摘まれるもの……
「……葡萄を摘もうとしないなら」

アリキ　「ああ、あの方がその陶酔の香りを嗅ごうとしないなら……」
静かにして！　静かに！　分かったわ！

これだとブドウの房？　これだと盃？

ナダ　大体そんなものね。さあ聞いてくれる？（読む）

「皆様に申しあげましょう、もちろん神なのです、人ではありませんと、
ひとつの盃に全てを一緒くたに注ぐなどと思いつく方は！
太陽の熱さも、薔薇の色も、血の味も、そして、飲まれんとする水の誘惑も！
私たちの魂を解放するため、神がおなじ盃で飲むようにさせて下さったのは
形あるものを溶かす水とともに、身に染み入る炎なのです！」
「ああ、あの方が私を連れていくつもりがないのなら、手を取ってはいけなかったのです！」
「ああ盃を乾《ほ》すつもりがないのなら……」

アリキ　「唇を触れてはならなかったのです！」

ナダ（本を閉じながら）　などなど！

アリキ　まだ閉じないで！　ブドウの房だけじゃなくて、小麦のところもあるはずよ。
記憶違いじゃなければ、今あなたが穀物の種をついばむように読んだ本のちょうど半ばぐらいに
小麦で一杯になる箇所があったはず！　木の枝を通して見えるのよ、その秘蹟の金が
遠くで黄に染まり、白に染まり、波打つのが！　まるで月あかりに照らされた海のように！

ナダ　そうね！　わざわざ詩人のおじい様を呼び覚まして、あの石を背後から投げつける必要はなかったのかも知れないわ……

アリキ　……咲きかけのバラをただ拾ったり、すっかり枝垂《しだ》れたブドウの房をぱくりとくわえる取るためだけだったらね！
ブドウの房はかじりたい欲望でぱんぱんに膨らんでいるわ！

ナダ　ほら、今では、おじい様は古代の長老のようよ。土地を我が物とする古代の入植者みたい。足で大地を踏みならし、地平線を見つめながら先を見通していらっしゃる。果てのない大地に目をやりながら、足や手を広げて測ることで
大地を線引きし、自分の領土の境界を定めているわ。今では広大な土地がおじい様のものとなっているから、あとは将来収穫するための種を播けば良いだけね。

アリキ　雨が降れば良いんだけど！

ナダ　雨はあと！　今は種まきよ。

アリキ　前へ、北に向かって。私は、私は、種まく女よ！

八の舞

ナダ　ほら、畑が用意されたわ。今度は雨の恵みがあるよう「天」に祈りましょう。

アリキ　すでに蒸気が雨を出迎えに上へ上へと舞い上がっているわよ。
天の竜と地の竜が二重になって、絡みあい、もつれ合っている。巨人の太鼓が慌ただしく鳴りはじめた。稲光よ！　雨が降ってきた！　雨が降ってきた！　雨が降ってきたわ！　私は、私は、雨よ！
私は、私は、雨よ！

九の舞

ナダ　そのことについてのテッサリアの詩があるわ。農夫が牛を厩舎に戻したのは雨があまりに強く降っているからなの！　いや違うわ、強すぎることはないの。遅かったのよ！　みんな喉がからからで、大地もからからなのに。ああ、どんなに大地が乾き、私も同じように喉が乾いていたことか。あれほど何日

も何日も待ち続けたのに、雨は降らなかった。でも今は雨が降っている、降っているわ！　良かった！　本格的に降っているから止んでしまう心配はないの！　私はまるで喉が渇いて一気に飲み乾す人みたい。まだ喉が渇いているってもう一度気づいて、冷たい水の入った大きなバケツに頭を突っ込むの！　口だけじゃないわ。顔全部、頭全部、体全部よ！

アリキ　雨を演じていると、ふとギリシアの神話のお話を思い出したわ。壺に描かれている話。あなたはご存じのはず！　舞台はアテナイ。アテナイ人のあなたがたはご存じのはずよ！

ナダ　ボレアスとオレイテュイア！

アリキ　そう！

ナダ　とあるアテナイの善良なブルジョワが涼しい時刻に、ふたりの娘さんと散歩していたの。そこに突然、北風の神ボレアスが現れ、ミストラル[9]みたいに三人に襲いかかる。

アリキ　彼女を見そめて捕らえたわ。あっという間に！　ほら、ものにして、さっさとお持ち帰りするわ。

ナダ　もう一人の娘さんはどうなったの？

アリキ　目に入らなかったし、どうでも良かったの。彼女だけが残されてお父様と一緒にいるのよ。

ナダ　何て名前だったかしら？

アリキ　信じられない名前だけど、出どころは確かよ。「薬」という名前。

ナダ　二等級の薬というわけね[10]！

アリキ　今ではモレステルに薬局を開いていて、毎日、薬の瓶の真ん中に座っているところが見られるって話よ、

瓶の一つはザクロ色で、一つはエメラルド色。

——痛っ！

アリキは座り込んで片手で足を持つ。

ナダ　どうしたの？

アリキ　石にひっかかっちゃった。

ナダ　何の石？

アリキ　草に埋もれた石なの、地面に転がっていた石なの、気づかなかった石なの。墓碑でもあるのよ、これは！

アリキは石のプレートに見立てた物を床から拾い、じっくり眺め、こねくり回す。

ナダ　名前は？　何か書かれているの？

アリキ　名前は書かれていないけど見覚えがあるわ。これは運命の石で、いずれ躓《つまづ》くって決まっていたのよ。そうよ、鏡を覗くみたいに、私たち人間はつねに目を光らす習慣を身につけなければならないの。

アリキは身振りを始める。

ナダ　何はさておき、あまり急がないようにね。とくに演じなければいけないのは、ありきたりな身振りなの。激しい恐怖や畏怖の身振りよ。新聞に写真で掲載されているような、踏切の番をしている女性の身振り。しかも息子が電車にはねられるところを見て額に手をやる女性のね。大切なのは、それをゆっくり、ゆっくりとやること。しっかりとね。重量挙げをする人みたいに！　鏡を持ち上げる人みたいに！　紙に目をよせ、じっくりと読みながら恐怖に震える人みたいに！　もちろん読んでいるのは死の宣告文！

十の舞

アリキ　（立ち上がりながら）　そろそろよ！　逃げなきゃ！

アリキは服の一部を投げ捨てると短いチュニックの姿になる。——身振り、背後を見る。

ナダ　こうして石を投げ、矢を射っていた狩人の女は、
ほら、次に
狙われる獲物になるわ！

アリキ　逃げなきゃ！

同じ身振り

ナダ　アポロンとダプネの話ね！　アポロンはニンフを追いかけるわ。
ダプネはいくら逃げてもアポロンに追いつかれてしまうの。アポロンに抱きしめられたら月桂樹に変わってしまうわ！

十一の舞の第一部。ダプネは立ち止まって振り返り、アポロンが追いかけて来るか見る。

あっ、わわ、あああ、逃げて、逃げて！　止まっちゃだめ！　分からないの？　止まってしまうと、
アポロンはもっと勢いづいてあなたを追いかけてくるわ。

第二部 「月桂樹」

かくして詩人は美を追うが、手にするは栄光のみ。

アリキ 月桂樹は苦い植物ね。

ナダ デルポイのピュティアに
アポロンは月桂樹の葉を授け、
彼女はそれをかじり、かみ砕くの！
そのおかげで未来を予見できるようになるわ。

アリキ 先へ！ 放たれる矢よりも遠く！ 投げられる石よりも遠く！

ナダ 石が星に！ 月桂樹が、あの苦い木が、
見て！ 十字架になったわ！

アリキ 美は拘束され、その柱に縛られているの。

アリキはひざまずく。

ナダ 両手はひとつに縛られているけれど、まだ十字を切ることはできるわ。

十二の舞

両手は　聖杯のように　空へと上っていく
それから、両手は　授かった　祝福に恵まれて　降りてくる　心へと、
それから、　順に向かう　左へ　右へ、

まさにそこ、私たちの腕へと。実行の道具たる私たちの手が、体につながるところへと。

ミツバチが一匹入ってくる。

アリキ　ミツバチよ！　ミツバチ！　何がしたいのかしら？

ナダ　ほら！　たぶん長《おさ》がいなくなって

蝋と蜂蜜の国は気が気でなくなっているのよ。

アリキ　いなくなるって、どういう意味？

ナダ（小声で）知らないの？　バスク地方では、誰かがいなくなるという事態が

生じると、長男が家から出て、巣箱へと向かうって。そして、巣箱に囲まれて大声で知らせるの。

「一家の長は……

アリキ（目でミツバチを追いながら）「長は……　長は……　長は……

一家の長は……

ナダは口に片手をあてる。

ナダ　遠くに逝ってしまった、矢を放っても、石を投げても当たらない遠いところに！

パリにて、一九三八年一月二十六日

[注]

(1) 解題にあるように、クローデルはナダとアリキの義父にあたるが、クローデルが老境にさしかかっている時期に本作が執筆されたことから、セリフに登場する「クローデル」を想わせる人物については「おじい様」と表記してある。

(2) 紀元前四三一年から紀元前四〇四年、古代ギリシアで起こった、アテナイ陣営のデロス同盟とスパルタ陣営のペロポネソス同盟との戦争。

(3) パリ八区のラムネー通りにあったナダのアパルトマンでは、電話機が浴室に置かれていた。

(4) ギリシアの植民都市マッシリア(現在のマルセイユ)出身の地理学者(紀元前四世紀頃)。

(5) ドーリス方言はスパルタを主要な都市とするドーリス人の言語。一方、アッティカ方言はアテナイを中心とした都市国家で使用された。

(6) スパルタ市民は自らの都市をラケダイモン(女神スパルタを妻とするギリシア神話の神)と称した。

(7) レトがヘラの嫉妬による迫害から逃れ、ゼウスとのあいだにもうけたアポロンをデロス島のナツメヤシの側で出産したというギリシア神話を踏まえている。

(8) 以下、括弧内はポール・クローデル『三声のカンタータ』(一九一一―一九一二年に執筆)、「バラの賛歌」、「ローヌの賛歌」、「葡萄の賛歌」からの引用。

(9) フランス南東部に吹く風。地中海に向かって吹く冷たい北風。

(10) フランス南東部イゼール県にある町。

宮脇永吏訳

自分を探すお月さま

——ラジオのためのエクストラバガンザ[1]

登場人物

合唱隊《コロス》
夜踊《ヨオドリ》（年老いた男の半獣神）
ヴォルピヤ（若い女の半獣神）
ある詩人
ストロンボー(2)
端役
ト書き担当係

ああ、ぼくらは八月をさえ冬ごもりさせた、
もの言わぬ月の友愛の名において《ペル・アミーカ・シレンティア・ルナエ》！
――ジュール・ラフォルグ(3)

合唱隊　ご説明しましょう！　作者というのは、人生の終わりにさしかかれば、残骸とは言わないまでも、少なくとも悔恨のかずかずを背後に残しているものです。たとえば戯曲の断片、いわば作品の部品たち、手足のない人物、生命をもち、動き、脈うつ四肢、ひとつの身体に貢献する術をもたなかったものたち。または風景、自然と瞬間の差し出すもの、詩人はそれらについて満足のいく解釈をして満足できたためしがなかったのです。たとえばとある満月の晩、田畑と森林の広がる風景、わたしのように目を閉じれば、しんとしたその絵が浮かんでくるでしょう、万物が眠りさえすれば砂漠のあらゆる魔法が解放されるこの風景という被造物、ああ幾度、心の光景に耳を傾ける奇妙な仕事を生業とする人間どもがこれをふさわしく描こうとしたことでしょう！　成功もあれば失敗も多かったけれども！　満月の晩で特別なことは、この途方もない静けさやすべての無為の感じだけでは言い尽くせません、これはおそらく、夢の地理学が彼の足もとに広げる地図の一方の地平線から反対側の地平線へと移動しなければならないわれらが衛星を邪魔しないためなのです。日常の気取りのない世界、平凡といってもいいくらいの、日中のわれわれが慣れ親しんだこの世界、それがここへきて厳かで崇高な何かになったのです。詩人は気付いたのです、大切なのはその世界を描くことではなく、夢見ることなのだと。しかし、そこには驚くべき矛盾がある！　この魅惑的な恍惚、射すくめられた沈黙から、何が生じると思いますか？　一種の神秘的熱狂、狂気や暴力、叫び、並外れたギャロップといった野蛮な欲求！　そうでなくてはならないのです、なぜって古典文学はキュベレーのお供たち、バッコスの功績、コリュバンテスたち(4)でいっぱいなのですから！　なるほど、わたしはラテン語の詩や古代ギリシア語のちんぷんやらかんぷんやらで口元

までいっぱいの誰かさんを知っています！　いかにしてこれを調和させるのか？　それこそが作者の悩みです、彼は絶望からわたしというちっぽけな可能性に頼ることに決めたのです。というのも、わたしこそは人呼んで合唱隊《コロス》、そうではないですか、たとえて言えば、積み荷にあまり自信がない船の主からお供するよう言いつかった代理人ですよ、まるで引っ越しする貧しい人々の荷車についてまわって手助けをする善意の友人のようです。というわけで、よろしければ、わたしは一口飲みますよ。乾杯！

ト書き担当係　彼は一口飲む。

合唱隊　想像してごらんなさい、例の作者は、もう安定したと考えてもおかしくない年齢に達したところで、突然十四歳(5)に戻ってしまったのです！　べつの言い方をすれば、悪意に満ちた愛人が、わたしはこれがお月さま自身だと思うのですがね、とある怪物を彼に託したのです、彼がうぶな年頃に作ってしまったこの私生児は、六十年以上経ってもなおこの世界に生れ落ちる術を知らないときている！　お月さま、おわかりでしょうね、広大な月です、中学生はそこに文学作品と先生方を登場させなければ気が済まなかった、つまり男女の半獣神です、古典の蛇口が幼い少年の貪欲さのなかに吐き出すありとあらゆるもの！　ほかのものがよくて、どうして男女の半獣神が駄目だというんでしょう、ねえ？　半ば獣で半ば神、蹴上げる後脚、生ける爆発、山羊の耳にカンガルーの足、その小さな蹄はほとんど地面に接してすらいない、これはまったく適切な登場人物ですよ。そんなわけで、ご注意ください！　わたしは十四歳、これからどんな風にこのちっぽけな物語が始まるのか、あなた方と同じくらい知りたがっているし、待ちきれないくらいなのです。最初にすべきことはもちろん、周知の通り、雰囲気を作ること。わたしが音楽家だったら、お安い御用なのでしょうがね。一番単純なのは、自分の巻き上げる美しいものが大好物のこの蓄音機にレコードをのせることです。

ト書き担当係　彼はレコードをのせる。蓄音機は大音響でわめきだす。「マルグリットは病気だ……」。彼はなんとかそれを止める。

合唱隊　このバッコスの酔いどれリフレインがここに何をしにきたのか、疑問に思われることでしょう。しかし、あの小さな少年の身にもなってください、古いお城の一番高い窓辺で、身体中の毛という毛を逆立て、いまお話しようとしているこの限りない恍惚の海、そこに繰り広げられる山々、森林、穀物、ブドウ畑で心をいっぱい、目いっぱい、胸いっぱいに満たそうとしているのです。そしてどこかの片隅では、ほとんど聞き取れないほどの音量であの小さなオーケストラが鳴っている、大太鼓にシンバル、そして時折聞こえる金管の低いうなり声がひそかに泣かせるというものです。ああ、この盛大な混沌《カオス》に飛び込んで、狂わんばかりの雄叫びをあげながら駆け巡ることができたらどんなにいいでしょう！　というのも、われらが夢想家はアウグストゥスの月(6)のいつ何時でもお伴するよう任ぜられたこの輝かしい乱痴気騒ぎにはだまされない、月の女神セレネはまたの名をヘカテ(7)ということを知っているのですから！　彼は思い出す、秋分の幾晩かを、天翔けるワルキューレ(8)の関の声にぎざぎざに引き裂かれた空をギャロップしてゆくあの黄色い馬を！　下界のほうでは、ぴんと張られた神秘の幕に、稲妻を放ちながら物思いに耽るなにかが幾つもの瞬く染みとなって跳びはねるのが至るところに見られる！　真夜中の誘惑にさらされたこの神の作品から、想像してみようじゃありませんか、人間の女でありながら、雌鹿でもエリュマントスの雌猪(9)でもあるような何か、一種の驚異的な酔っ払い女、急勾配に熱狂しながら間投詞と返答を繰りかえす一種の人間的雪崩、これをストロンボーと名付けてなんの支障があるでしょう？

ト書き担当係　遠くからオートバイの音が聞こえる。

合唱隊　さあもうタクサン！　あちらの森のなかからオートバイの大音量が聞こえてきました、もうわたしとは一緒にいられませんよ。乗り越えがたいヴェールで隔てられた輝く闇夜の風景を完全にあなた方に見えるようにし、そこに男女の半獣神を放つ時がきました――今日わたしがその企てを補佐している年老いた台本作者の望みどおりに――そしてそれは男女の半獣神であるがゆえにわたしにはたやすいことなのですが――半獣神たちについてはよしとしましょう！　実をいえば彼らは、いまや声だけの存在になってしまったのですから――聞いていますか？　声はあらゆるところから聞こえますよ、聞く目も、話す耳も、草の下に、梢の下に、あるのです……　ほら！　われわれの頭上にあるこのポプラの大木の枝先にもちょうど一つ……

声　（木の高みから）　気をつけろ！　止めるんだ！　そいつを止めてくれ！　国境を破ったぞ！

合唱隊　こりゃわたしがお話した小男ですよ、詩の才能が猛烈な歯痛のようにうなりをあげる年頃のあの男、彼のつくりだしたストロンボーと呼ばれる驚くべき人物が道を横切る、まるで翼の生えた岩のように、性欲に狂った穴ぼこだらけのグリュイエールの一切れのように！　こんなにも心ときめくものに抗う術があれば教えてください！　解き放たれたこの隕石をつかまえるには、人間の力では足りません！　幸いにも、とわれらが熱狂詩人は言いました、今日われわれはペガサス[10]より速いものを持っているではないか、十馬力のイナズマバイク、携帯用機関銃で股のあいだから一斉射撃！　わたしは道路でやつのゆく手を阻むとしよう、作戦の位置につくぞ……

ヴォルピヤ　（割ってはいる）　どしーん！　この高圧電流、あなたこれを忘れていたわね！　第一あなたが神秘の国境をとおって……

夜踊　……現実と表現を隔てる境界……

ヴォルピヤ　……落っこちようとしたのよ！

ト書き担当係　どしーん！

合唱隊　退散！　退散！　みなさま方、時間がないですが、わたしの跡を継ぐために呼ばれたこの粗野なカップルのご紹介だけはしておきますね。台本を信じるなら、この若い女のほうはヴォルピヤと申します、そしてこちらの老いぼれは、ケナガイタチと密猟監視員との混血でして、お気に召すならば、ヨオドリ、と呼んでやってくださいませ。

夜踊　なんなりとお申し付けください！

合唱隊　夜踊《ヨオドリ》ですよ、おわかりですね、夜を奪格にして彼が夜に踊るっていうわけじゃないんです、それじゃあまりに単純です！　彼は夜を踊るのですよ、ポルカを踊ると言うようにね、夜は対格なんです。

ヴォルピヤ　出ておいき、あんたにはみんなうんざりよ！　なんておしゃべりなの！

ト書き担当係1　彼は立ち去る、みんな彼にはうんざりした。

ト書き担当係2　半獣神係の警察官が、いましがた紹介された二人で構成される法廷に詩人を連れてくる。

ヴォルピヤ　この獲物はなんなのかしら、そんな耳を引っ張って連れてくるなんて？

半獣神係の警察官1　とんまな野郎ですよ、国境の柵に隠れていました。

半獣神係の警察官2　まさにあそこで……いや、つまりその裏側で……というより、あの国境の一番敏感なところで。

ヴォルピヤ　あたしの虫歯ですぐに気づいたわ！　ここで起きることはなんでもあたしの悪くなった歯でわかるのよ！

夜踊　それで、なにかね、腕白坊主さんや？　当然あるべきパスポートはなしかい？　こんな風に正面突破して、頼まれてもいないのに人々の真ん中で両手両足なげだしてひっくり返るのは正しいことかな？

詩人　ごめんなさい！　ごめんなさい！　ごめんなさい！　悪気はなかったんです！　知らなかったんです！　ぼくは一体ぜんたいどこにおるのでございましょうか？

夜踊　あちら側だよ、隠喩の向こう側。

詩人　意味が分かりませんが。

ヴォルピヤ　教えてあげるわ。彼が言いたいのは、ここにはもう表側の場所がないっていうことなの。おわかりかしら、ぼうや、裏側なのよ。そうでしょ、裏側があるにきまっているわ、表側が存在するのなら！　だからここは、裏側の国というわけ。あんたがいた場所のちょうど裏側よ。

詩人　でも全部が似ていて全く同じに見えるぞ！

夜踊　その通り。まさにそのことを考えなくちゃならんのだ。同じものであるときは、本当にあんまり似ているからな。用心しなくちゃならない。

詩人　それじゃたとえば、あそこにあるお月さまは……？

夜踊　あれはな、お月さまの表側ではなく、お月さまの裏側だ。

詩人　まさか！　でも真ん中のロゴには見覚えがあるな。
ヴォルピヤ　ロゴ！　ロゴなんて知ったこっちゃないわ！　あれはロゴじゃなくて、カフェのボーイよ。
詩人　なんだいそれ、カフェのボーイだって？
ヴォルピヤ　そう、カフェのボーイよ！　お盆のような平原が見えるでしょう？　そんなお盆があるところにはどこでもカフェのボーイがいるものよ。
詩人　何をしているんだい、そのカフェのボーイは？
ヴォルピヤ　何をするかって？　大変な仕事よ。お月さままで困るのは、地面に染みをつくることなの。こんなに汚いものはないわよ。あの女は地面を染みだらけにしてしまう、そこで染みを消すためにカフェのボーイが必要になる。ボーイは布巾を持って染みを消しに来るというわけ。
詩人　なるほど！　ごもっとも！　考えもしなかった！　これぱっかりは！　あちらのお空の一階で起ることは思いもよらないな！
声　（するどい声が突然空に響く）　彼女の名はストロンボー！
詩人　助けて！　あの上のほうで叫んでいるのは誰だ？
夜踊　気にしなくていい。しかし実際、否定はできないぞ、彼女の名はストロンボーだからな。
詩人　そりゃ誰なんだい、ストロンボーというのは？
夜踊　もちろんお月さまだ、他に誰がいるというのかね？
ヴォルピヤ　ああ、本当に迷惑な女なのよ！
詩人　お月さまが迷惑だって！　おかしなことを！　ぼくにしたらこれ以上ないくらい穏やかで非の打ちどころがないものなのに。
ヴォルピヤ　そう思うわ。でも時々……
夜踊　あやつは夢を見る！
詩人　夢見るのはいいことだ。

ヴォルピヤ　夢見るのはいいことですって？　あんまりしっかり釘づけにされて動く手段のないものが、どんな夢を見ると思うの？
詩人　そりゃ動くことにきまっている。ぼくなら他のことは考えられないな。
ヴォルピヤ　そうよ、お月さまだって同じ。あの女はあんまりへばりついているもんだから、放出するしかないのよ、わかるでしょう？　たっぷり運動しまくっているのよ、動かないまんまで！　ひとたび満月や新月になれば、止めることもできやしない！
詩人　そうか、それでもどうやって動くんだい、動けないはずなのに？
ヴォルピヤ　あんたはどうなの、眠っている時、動かないかしら？
詩人　ああ！　まさか。枕に頭を置くか置かないかのうちに八十日かけて三回も世界一周しているよ！
ヴォルピヤ　それじゃ、わかるわね、振り返ることさえできない哀れなお月さまは……
夜踊　……どれだけ放出して遊んでいることか……
ヴォルピヤ　……思いのままに放出するんだから……
夜踊　悪ふざけを！
ヴォルピヤ　あの女は受信者なのよ……
夜踊　自分が供給する側でもあるのをいいことに……
ヴォルピヤ　……同時に至るところに出没する。目覚めて、静かな気持ちで、そこにお月さまがあると思うでしょ、それがあいつときたら、ボケ老人の腹の上に発疱薬を塗るために五万キロで逃げ出した！
夜踊　捕まえるのは無理だ！
詩人　でも彼女は一体何を夢見るんだ？
ヴォルピヤ　あんたなら何を夢見るの、もし逆さまの立場なら？
詩人　待ってくれ、考えてみよう。
夜踊　あやつはそれしかしておらんな、お月さまはお空で考えごとをしながら光を反射するばかり！

ヴォルピヤ　裏返しということよ、おわかり？　頭をひっくり返すだけでは済まない、すべてが！　自分の表側を決して享受できない運命！

詩人　ぞっとする！

ヴォルピヤ　たまに逃げ出したくなるのもわかるわね！　自分の尻尾を追いかける犬だって比較にならない！　やっぱり少しくらいは自分の表側について知りたいのよ、あの女だって！

詩人　それじゃ……

ヴォルピヤ　だからあの女の通り道にあるものには気をつけなさい！　風で引っ張られるわよ！　ちょっとはどんなだか知っているでしょ、お坊ちゃん！

夜踊　行政と良識の侵すべからざる限界……

ヴォルピヤ　あの女は気に留めやしない！　突き破るわ！　ああ、なんて迷惑な！　このあいだ、あいつが一体どこで見つかったかわかる？　金庫のなかよ！　ちょっと考えてみてごらんなさい！　真夜中に錠前屋と予審判事をたたき起こす！　まったく気分が悪いったら！

詩人　ぼくの意見を言わせてもらえば、最高に面白いな。

夜踊　最高に面白い、とおっしゃる！

ヴォルピヤ　それはあんたよ、ぼうや、面白いのは！

詩人　わからないな！

声（くぐもった声が下から聞こえる）　彼にはわからない！

夜踊　静かに！　不愉快だぞ！　まったく純粋なる真実なのだが、われらが麗しのストロンボーは……

ヴォルピヤ　……ぞっこん惚れ込んでいて……

声（上下左右、至るところから、鋭く高い声が重く低い声になって響く）　ぞっこんぞっこんぞっこんぞっこんぞっこん。

詩人（取り乱す）　……

ト書き担当係　……ほとんど泣きじゃくっている！

詩人　……ぼくのために？

爆発（あちこちから声）　まさに！　よく言った！　もちろんだよ！　ご明察！

ト書き担当係1　などなど。

ト書き担当係2　沈黙。

詩人　……

ト書き担当係　先ほどと同様。

詩人　……ぼくのほうが彼女を探していると思っていたのに……

ヴォルピヤ　それがあんたなのよ、まったく！　追いかけられていたのは、あんただったの！

夜踊　お前さんだ……

ヴォルピヤ　もちろん！

夜踊　……お前さんがやってくるために、お前さんのいないあらゆる場所を親切にも夜に教えてやっていたのだ。

詩人　話がうますぎる！

夜踊　おわかりかね、あのストロンボーというやつは、悪く言いたくはないのだが、まあちょっとお馬鹿さんなのだ。あやつはあんまり裏側に慣れ親しんでいるものだから表側を見せても無駄かもしれん、本当に表の顔であるものは、あやつにはわからんのだ！　説明してやらねばなるまい。それには説明する人間が必要というわけさ。

詩人　つまりはしたがって、ぼくの間違いでなければ、ぼくのまわりで吹き荒れているこの嵐のようなものは……

夜踊　文句はあるまいな、それがあやつなりに恋人にあてた……

ヴォルピヤ　……小さな合図なんだから。

どこかからの声　（どこだかはわからない）　小さな合図だって、いやらしい！

ヴォルピヤ　あんたに目配せする女がどんなだか聞いたかしら、あんたに色目を使う女が？

夜踊　œil《ウイユ》の目はo《オー》で、瞳はe《ウー》、i《イ》の上には弾丸みたいな点がある、それから捉えた獲物を持ち帰るための投げ縄のl《エル》。

ヴォルピヤ　そんなものストロンボーは持っていやしないわ。だからあいつは自分なりにやるしかなかったのよ、かわいそうな女。

どこかからの声　目はどうだっていい、問題はまなざしだ。

夜踊　すまんがト書き担当係さんよ、おぬしはト書きを指示するためにここにいるんであって、われらに個人的意見を言うためではないぞ。

ト書き担当係　わたしは何も言ってません。

夜踊　わしはこの若き友人にひとつ質問をしようとしていたのだ、こやつは登録局のどこかの定員外職員の卵[11]だと思うぞ。

詩人　詩人の卵ですよ！

夜踊　ほとんど同じものさ。では、何が詩人をつくっているのだね？

詩人　なんという質問！　e《ウー》の上のトレマ以外の何ものでもない、それがなけりゃe《ウー》は無音に、詩人は無言になってしまう。

ヴォルピヤ　それは困るわ！

夜踊　では、そのトレマ、お前さんの頭上にくっついている二つの目だが、そいつをお払い箱にするというのは、そんなに容易いことだと思うかね？

ヴォルピヤ　二つの目ですらない、二つの点、二つのまなざし……

ト書き担当係　コンセントの二つの穴！

夜踊　みなが邪魔をする！！

ト書き担当係　おやごめんなさい。あなた方が言うことがあんまり面白いもんで、ちょっと一言口を出さずにおれなかったんですよ。

声（木の上から熱狂して）　ラマディエ[12]万歳！

夜踊　あいつもだ！　あいつはまた何を言っているんだ？

詩人　ぼくもそれを聞こうとしていたんです。

ヴォルピヤ　彼はラマディエ万歳！　って叫んだのよ。じゃあ何、ラマディエ万歳って叫ぶのは禁止されているわけ？

夜踊　表の世界では誰かが可愛い女を夢見ているが、こっちじゃこんな月星人の阿呆が木の上に、ということになるわけだ。

ト書き担当係　わたしにひとつ言わせてもらえれば、表現は必ずしも思考に対応していないっていうことでしょうね。

詩人　あなた方のせいでこんがらがってきたぞ！　こんなこと言われたら、もう何を話していたのかわからない！　あなたが言っていたのは、あの響く声の主が……

夜踊　ストロンボーだ。トロンボーンじゃないぞ。ストロンボー。

ヴォルピヤ　ストロンボー。

ト書き担当係　指摘させてもらいますが、台本ではこの人物をストロンボーとは呼んでいませんね。

ヴォルピヤ　何て呼んでいるの？

ト書き担当係　Mb です。

ヴォルピヤ　何ですって？

ト書き担当係　Mb です。エム・ベー。

ヴォルピヤ　エム・ベーなんて子音二つじゃ名前にならないわ！

夜踊　せいぜいアソコが隠れるくらい。

詩人　ああ、このト書き担当係ってのは、うっとうしいな！　ぼくはストロンボーのほうが好きだ。ストロンボーはいいよ。たしか彼女はぼくの助けが必要ということだったけれど。

ヴォルピヤ　そうよ。あの女は裏側ではわからないから、表の顔を説明してくれる人を探している。自分自身を信用していないのね。

夜踊　あやつに必要なのは、とあるまなざし……どう言えばいいのかな？

ト書き担当係　客観的な。

ヴォルピヤ　それよ、あの女に必要なのは客観的なレンズ、自分の姿を説明してくれるための。

夜踊　とても知的だが、ちょいとお馬鹿な誰かさん。

ヴォルピヤ　ちょうど彼のような。

夜踊　そこで、旦那さま――われらが同胞と呼ばせてくださいよ――ひとつ助言させてもらえば、お前さんのトレマは額に引き上げて、ものを見るのには両目をお使いになるのがよろしいでしょう。

詩人　ものを見るのに、ぼくの両目だって？　ご免こうむる！　ぼくはね、ものを見たいと思ったら、目をつむるんだ。

夜踊　あやつの真・の・姿、だぞ？　あやつの真に本来の姿、みなどれほどそれを知りたいことか、知るだけでなく、理解したいことか！　誰かが必要なのだ、そうではないかね、お前さんに説明するために、誰か抜け目ないやつが！　ストロンボーのやつめが！　姿だけではない、あやつの見るものすべて、あやつの知らないあちら側の世界における本来の自分の顔で見るものすべて！　あやつの知らない自分の顔であちら側の人々に見せているものすべて！

詩人　それなら、ぼくのほうでも、自分の本来の姿について知る必要があるとは思わないかい？

夜踊　本来の姿だけではありませんよ、旦那さま、それとともに大事なものが。

詩人　何だい？

ヴォルピヤ　おいで、彼が耳打ちして教えてくれるわ……

声（木の上から声を限りに）心だよ！
ヴォルピヤ　そこ、おだまり！　でしゃばりなやつね！　なんてお育ちが悪いのかしら！
詩人（泣きながら）なんという無上の喜び！　ぼくはその香りを吸いこむ！　今からそれを求めて鼻が鳴る！　まさに……
ト書き担当係　率直でありながら大袈裟だ。
詩人　……まさにぼくがずっと夢見ていたことだ！　彼女はぼくのなかに自分を見出し、ぼくは彼女のなかに自分を見ることを決してやめないだろう！
ト書き担当係1　これ以上ないほど甘美なことは、愛人がいつでもそのつもり……
ト書き担当係2　……ができていて、自分が文学に利用されて喜ぶこと！
夜踊　お月さまと寝た者はみな感動的な思い出を持っている。
ヴォルピヤ　面白いわね。
夜踊　つまりは心地よい思い出を。
ヴォルピヤ　そう言おうと思っていたのに！
夜踊　人は慣れてしまう。
ヴォルピヤ　彼女は美しい、と言い続けたら、最後には本当にそうなるのよ。
詩人　それで、ぼくはどこからどうして落ち合うようにしたらいいのかな、あの人に？
夜踊　お前さんは詩人ではないのかね？
ヴォルピヤ　それなら這いまわることには慣れていらっしゃるでしょう。
詩人　意味がわからない。
ヴォルピヤ　脚韻よ。
詩人　だから？
夜踊　緋色。

ヴォルピヤ　単語を置いたわ、「緋色」だそうよ、それそこあなたの前に、明らかに。
夜踊　さあそれをつかまえるんだ。
ヴォルピヤ　手を使うんじゃないわよ。
夜踊　歯を使って！
ヴォルピヤ　ちょうどデブの太鼓腹が歯を使って部屋のドアのところまでブーツを取りにいくように。
夜踊　さあ、ゆけ、小僧！　這って、這って、這って、這いずりまわるのだ！　胃の下に十二本の足が生えているかのようにして！　おや、ちょうどここにお前に必要な穴があるぞ！
ト書き担当係　詩人は潜りこもうとする。
ヴォルピヤ　気をつけなさい、あんたが思っているほど簡単じゃないわ！
夜踊　分かれ道あり、××《フクロ》小路あり、地下水路あり！　重要なのは宇宙光線を見つけることだ。
ヴォルピヤ　宇宙光線が見つかったら、それを手首に巻きつけるだけよ、そうしたらあとはひとりでにうまくいく。幸運を祈るわ！
ト書き担当係　さて、ここでわれわれは突如として移動します、裏側から……
合唱隊　……表側へ！　ほらほら！　またわたしですよ！　わたしたちは表側にやってきました。しかしこの表というやつ、一体何なのか知りたいものです。
ト書き担当係　彼は自分のまわりをあちこち見渡す。
合唱隊　わたしにはまったくドイツのビアガーデンのように見えますがね。この表と裏についての問題で厄介なのは、正確にはぴったり一致していないことです。ひとたび裏側に行ってしまうと、どこから表側に戻ればいいやらまったく場所がわからなくなってしまう。時間についても同様にわかりません。しかしながら、この月明かりの美しさには、ドイツロマン主義のもっとも良き年代であると思いたくなる何かがありますよ。だから注意しなくちゃなりません。この場の雰囲気があまりに音楽に満ちているので、ほんの少し油断するだけでも音楽を繰り出してきますよ、黙らせる方法はありゃしません！　われらが若き友人にこの音楽の消息をたずねてみてください、なにしろ彼はそれを聞く方法を手に入れたのですから……

ト書き担当係1　音楽を、ということですな。

ト書き担当係2　この場と瞬間にぴったり密着した音楽ですな。

ト書き担当係1　密着するだけでなく、相応しいものです。

合唱隊　……彼がやさしく抱き寄せているこの太った若いブロンド娘を通じて。彼はいまやすっかりおとなしい。彼の両腕のなかにもたらされたのは、もはや軌道からはずれた流れ星ではなく、エリュマントスの猪でもなく、あるいはまた何だかわからないが怪物のような魚でもなく、太っちょの若いブロンド娘なのです。太った若いブロンド娘、これ以外に言いようがありません。白いワンピースを着て、頭にはオレンジの花でつくった冠をのせた若い女。それで彼には十分なのです……

ト書き担当係　彼とは、もちろん詩人のことです……

合唱隊　……彼には十分なのです、傍らにこの規則的な呼吸を感じていれば、最後には彼の腕のなかで神の秘跡が勝利することを理解できる。平穏の秘跡。見えるでしょうか、一方は白い服、もう一方は黒い服で、輝くビールの水たまりの真ん中で眠っているこの二人が？

ト書き担当係　どうだかな！

合唱隊　お気になさらず！　どうだかな！　これがこの裏側の国の、場所が逆さまのこの国の最後のこだまです。わたしが小指でもってあなた方をひとときお連れしたこの場所の……。おや、どうやらわたしも詩人になってしまったようです！　こりゃ真面目じゃありませんね。われわれみんな夢には片をつけたんです。それに音楽について、この音楽は、誰かが言っていたように……

ト書き担当係2　……この場と瞬間にぴったり密着している。

合唱隊　……心配しないでください！　音楽はしっかりとこの太った若いブロンド娘の腕のなかにつながれています。ベートーベンのソナタのようなものですよ。これに限りますね、左手は右手を魅了し抑制する、右手が混乱を引き起こさないようにするために。なんという安らぎ！　官能の音楽がつなぎとめられたいま、われわれの心が大きく開くのを妨げるものはもはや何もありません、この素晴らしき夜に向けて、あの知性の太陽、モナ・ルナに向けて。あなた方はこの月の女神が何も言わず何もしていないと思われるでしょうが、彼女は神さまの恩恵にあずかってとどまることをしらない、天地創造の彼方にあるあの海を引っ張ってわれわれのところへ運んでくるのですから。お聞きください！　──お聞きください、と言っているんです！　──おわかりでしょうか、身支度をして、膨れ上がり、あなた方のところへやってくるのです、水という幸福なる要素の抑えがたいこの力が、ひとつ、またひとつ、さらにまたひとつと打ち寄せて満ちるまで、あの空に浮かぶお月さまは、あなた方のために飽くことなく太平洋の貯蔵庫を求めるのです。

ト書き担当係　ここで月明かりが消える。

合唱隊　月明かりが消えるなんて！　そんな馬鹿な！　おい、ちょっと、きみ……

ト書き担当係　規定通り、電源を切る。

合唱隊　仕方ないか。でも、やっぱりあと少しだけ明かりをつけてもらえないでしょうか、台本に何て書いてあるか見る間だけなんですが？

ト書き担当係1　よし。

ト書き担当係2　もう一度つけます。

ト書き担当係1　月は再び明るくなった。

合唱隊　ふむふむふむ……。どれどれ。ここだ！

ト書き担当係1　括弧の中。

ト書き担当係2　読みながら……

合唱隊　彼は退場する。彼は退場する、と書いてある……。ならばわたしは退場するしかありませんね。さようなら！

ト書き担当係1　彼は退場する。

終

一九四七年九月十三日

［注］

（1）　十九世紀末のイギリスおよびアメリカで流行した音楽劇で、手の込んだ舞台装置を用いた。

（2）　ジュール・ラフォルグ『聖母なる月のまねび』には、「タニットに仕えし巫女、可憐なるサランボーの霊に捧ぐ」とある。ストロンボーの名はサランボーを意識してつけられた可能性がある。

（3）　前述のラフォルグ『聖母なる月のまねび』に付された銘句。ラフォルグの原文では、「七月」となっている（『ラフォルグ全集　一』広田正敏訳、創土社、一九八一年、二七五頁）。ラテン語の引用部分はウェルギリウス『アエネイス』（Ⅱ、二五五）から。

（4）　キュベレーは古代ギリシアの地母神。その信奉者であるコリュバンテスは、太鼓や踊り、飲酒を伴う盛大な乱痴気騒ぎによってこれを讃えた。

（5）　『自分を探すお月さま』の前身である『眠れる女』をクローデルが書いたとされる年齢。実際には前作を書いたのは十八歳の時であったと考えられる。

（6）　八月のこと。

（7）　ヘカテは夜、魔術、出産などを司る冥府の女神。月の女神セレネやアルテミスと混同された。

（8）　北欧神話にでてくる女神。馬に乗って雲間に現れる。若きクローデルは、オペラにワルキューレを登場させたワーグナーを敬愛していた。

（9）　これらの獣は狩と月の女神アルテミスに関係している。ケリュネイアの鹿はアルテミスの聖獣のうちの一匹であり、足の速さで知られた。アルテミスがエリュマントス山に放ったとされる大猪は田畑を荒らす粗暴な獣である。これらの獣を捕らえたことは、ヘラクレスの功績とされた。
(10)　詩的霊感の象徴。
(11)　クローデルの父は、エーヌ県ヴィルヌーヴ＝シュル＝フェールの登録局で仕事をした。
(12)　政治家ポール・ラマディエ（一八八八―一九六一）。一九四七年一月、首相についた。

前山悠訳

スカパンのはめはずし

――モリエール『スカパンの悪だくみ』の再編（1）

登場人物

運び手その1
亭主
威厳のある親父
A
B
ゼルビネット
運び手その2
C
D
X
Y
Y2

ルドゥスー氏
Z
片割れ
アルガント
スカパン
シルヴェストル
舞台監督
ジェロントI
ジェロントII
レアンドル

十字を切る縛られた手――そのような一種の啓示的な幻影を見たことで、『火刑台上のジャンヌ』[2]を書こうと決心した。後になって、また別の幻影を見た。それは何か？　上からぶらさがる綱である。綱だって？　いやはやお許しを！　我々がいるのは劇場であり、ここでその手の話はご法度なのだ[3]。現実との輝かしき競争の原動力たる、あの目に見えない神聖なる紐のことは。ぶらさがる綱。それがぶらさがっているのは、のどかな酒場の中だ。田舎にはまだそういった酒場があり、第十七の世紀には酒場とはそういうものだった。綱の端には鉤《かぎ》がついていて、屋根裏に物を入れるのに使われる。そこにある古くからの貯蔵品の中に、我が国の学者たちは絶えず掘り出し物を見つけてきた。

私もだ。

例えば、モリエールである。私は彼の『人間嫌い』を、コルネイユの『ポリウクト』と同様、どうしても許すことはできないだろう。だが、なんと叙情的な詩人か！　言葉によるものとは異なる詩情がそこにはある。現実から材料を借りてきて、想像の領域に移し替えてしまう詩情。そのため事件は深刻さを失い、痛切さも、我々の自我に対する脅威もない。人生のすべては、ただ状況に還元されている。そこから何を引き出そうものか？　我らはもはや悲惨とは無縁で、バッコスの思し召しで平衡を忘れるまで気持ちよくなり、幸福な目で思案する。連中は我々に登場人物の性格の話をしてくるだろう。やれ「けちんぼう」だ、やれ「偽善者」だと……。私たちが気にするものか、性格なんて！　性格なんぞ、撃ち合いでもしてくたばればいい！　吝嗇、金、愛、自己愛、病気――あとは何だ？　――死か？　ああそうか、死か！　おいおい、それは腹を抱えて笑うべきものだろう。気に病むようなもんじゃない！　さあ、同志よ！　ローランくんという人物は、単にアナスタジーちゃんから無理やり台詞を引き出すためにしか存在しないし、そしてこの二人とも、バルブちゃんとサテュルナンくんの前でうまく立ち回るために存在しているだけだ！　もはや作者はいない！　我々が作者となるのだ！　我々は続きを必要とし、それは実現されるのだ！　口にする言葉のひとつひとつを、舞台上の者どもに、我々が耳打ち《スフル》して教えてやればいい！　そして彼らは我が物《スフル》にしていく——舞台上の者どもは、己の口にする言葉のひとつひとつを！

まさしくそれこそが、今からご拝聴いただく小芝居において、私が見せたかったものだ。酒場に、暇な俳優たちがわんさかしている。何をしていることやら、酒を飲んで、煙草を吸って、あくびをして、言い争って、カードで遊んで……。そのとき突然、大きなカゴが持ち込まれ、中には山ほどの衣装やカツラ。まるで電気ショックが走ったかのよう！　各々たちまち役に入った。我々の眼前で、ひとりでに芝居が始まる！　例の綱も垂れているし、例の役立たずな袋も隅に置かれているし、時が来たら天井の上げ蓋に手繰り寄せられる鉤も……。さあさあ！　始めようじゃないか！

モリエールと組めるのはなんという喜びだろう！　なんたる喜びか——じっくりと、気ままに、舌なめずりしながら、この珠玉の散文を書き写せるというのは！　不要なものなど何もない！　最大の作家にも、たとえばラシーヌにさえたまに見られる埋め草は、ここにはない。死体もなしだ！　すべてが生き生きとし、すべてが活力を放ち、すべてが輝きと、優美さと、快活さと、健全な陽気さと、正直さを帯びている！　こんなふうに書けたらと思うものだ。

「口上役」はコルネットの音色が担い、喜劇の規則と特性に関する長広舌を華々しく表現すること。

オーケストラの各種楽器が観客に代わり、所感を表明すること（指摘、賞賛、疑念、異議、ちょっとした口論）。


幕が上がり、その後ろにまた透明の幕があり、奥からがやがやとしたざわめきが聞こえる。

女商人の呼び声――「柔らかだよ！　青やかだよ！」

幕が消える。

酒場の大広間。テーブルがぎっしりと並べられ、たくさんの男たちと何人かの女たちが座っている。煙草の煙がもうもうと立ち込めている。テーブルのひとつではさいころ遊び、また別のテーブルではじゃんけん遊《モーラ》(4)びが行われている。負けた者の鼻が、コルク栓やロウソクで黒く汚される。テアトル・フランセ近くの酒場で、特にその筋の客が多い。

幕が上がると、酒場の亭主の指示のもと、男の一団がうめきながら樽を天井の上げ蓋まで引き上げているのが見える。

盲人がひとり、犬と一緒にいて、擦弦楽器《ヴィエール》をとても小さな音で弾いている。

扉がふたつあり、明かりのついた通路に続いている。ひとつは洗い場につながり、もうひとつは……もちろん！


ふたりの少年が入ってくる。十五歳から十六歳。柳の大きなカゴを肩に担いで運んでいる。

運び手その1　どうもどうも、ごめんなすって、おじさん方、おばさん方、失礼します、一座の方々。ちょっくら教えてほしいんですけど、テアトル・フランセってのはどこにあるんでござんしょうか。

一同に衝撃が走る。

亭主　テアトル・フランセ？

威厳のある親父　テアトル・フランセ、だと？

運び手その1　はい。

A[5]　おいお前、知ってるか？　テアトル・フランセって。

B　聞いたこともねえや。

威厳のある親父　テアトル・フランセか。ここに、テアトル・フランセとは（不快そうに、威厳たっぷり）ど、い、い、い、い、い、い、い、こにあるんでござんしょうかと尋ねる輩がおる。

問いと返答が、舞台の端から端まで繰り広げられていく。しかし、テアトル・フランセについて聞いたことがある者は誰も出てこない。

ゼルビネット（洗い場の扉から現れて）あたしが教えてあげるよ！　ちょっと前に、グランジュ・バトリエール川でミノー釣りをしていた爺さんと喋ってね。そいつが言うには、テアトル・フランセってのはサン＝ロック教会の鐘の目と鼻の先にあるんだってさ。

運び手その2（手をぱしりと叩いて）それだ！　サン＝ロックの鐘！

運び手その1　たしか、サン＝ロックの鐘が見えたらそのまま前に十五歩って言われた。

A　……そこから後ろに十四歩。

運び手その1　……左に二十五歩だったかな。そしたら石でできた心臓の悪そうなおっさん[6]が見えるってさ。あとは入るだけってさ。

亭主　こっちに来なさい！　その前にちょっと一杯やって涼んでいったらどうだい。
運び手その1　喜んでいただきます。
亭主　おいそこの、こちらの紳士さんらに、うちにある最高のクレ・ビヨン酒を持ってきてくれ。(7)
B　よしておけ！　ヤギでも嫌がるようなアルジャントゥイユの酸っぱいワインじゃねえか。
C　腹に収まりゃ一緒だろうよ！
威厳のある親父（尊大な、気品漂う笑みで）で、サン＝ロックの鐘の話に戻るとだな……。
C　やめてくれ、サン＝ロックの鐘の話はもううんざりだ。
B　サン＝ロックに鐘なんてないぞ。
A　いいや待て、間違いなしに鐘はある。ただ先週は、縄を使って鐘を谷底のほうに引き降ろしてたんだ。あご下の首のところに鈴がないからつけてやろうってんでね。
威厳のある親父　説明上手で結構なことだ。だがお許しくだされよ、この気を引くカゴ、この心に訴えかける荷物は……。
A　……中身は……。
威厳のある親父　……容赦願おう、わしは己の心に従わずにいられん、つまりは中身を漁りたし！
運び手その1（グラスに鼻まで突っ込んで）どうぞどうぞ、好きなだけ！

たった一度、その言葉が発せられただけで、皆がカゴの周りに押し寄せる。カツラやら、衣装やら、喜劇用のアクセサリーやらが次々と引っ張り出される。そして、台本も。一同の歓喜。

A　なんだってんだいったい、このお宝の山は？
運び手その1　『スカパンの悪だくみ』をやるみたいです。
威厳のある親父　『スカパンの悪だくみ』！（一同どよめく）『スカパンの悪だくみ』だぞ！　聞いたか！

運び手その1　そうそう、『スカパンの悪だくみ』。来週テアトル・フランセで上演するみたいですよ！

威厳のある親父（絶望の叫びをあげながら。最初鋭く、あとは重々しく）『スカパンの悪だくみ』を、来週テアトル・フランセで上演するだと！　わしは役をもらってたはずだぞ！　総し・は・い・に・んの約束で！

叫び（あちこちから）　俺もだ！　俺も！　俺も！　けしからんぞ！

B　見てくれよ、金をかけてやがる。この帽子、この衣装、このカツラ、こっちは金髪で、こっちは白髪だ……。

C　……こっちはまるで、夕陽の光から作ったみたいじゃないか。

B　……こっちもいやはや、神掛けて言うが、優美の女王から刈り取ってきたものに違いねえ。

カゴが略奪にあう。皆がカツラをかぶり、衣装を身につける。

A　やあ、みんなおめかしは完了だな。聞いてくれ、実はひとつひらめいた。ちょっと静かに！　静かにしてくれ！

（テーブルをスカパン用の棒で叩く。まずまず静かになる。聞き取れるのは盲人のヴィエールだけ。）

不正に挑もう！　裏切りを許すな！　逆境に立ち向かえ！　我らの不幸をくじくぞ！『スカパンの悪だくみ』だ、俺たちはこの芝居を知り尽くしているし、中で演じたこともあるわけだから……。

X　ブラボー！

Y（もう一人のYをひじで突いて）　あいつ、道具方だ！

A　もう一度言うぞ……おめかしが完了した今、どうだろう、俺たちみんなで演ってしまうってのは……。

C　くじけることなく！

D　台本もあるから思い出せるな。
A　ぜんぜん、いい、いい。こういうときはなんて言うんだっけ？
威厳のある親父　善は急げだ。
A　善は急げだ。

スツールから降りる。

威厳のある親父　その芝居は、頭の中に全部入っておる。わしはかつて、かのド・モリエール氏とこれを上演したことがあるのだ。ドン・ディエーグを演じたのはわしだ。(8)　（太くこもった声で、）
「平手打ち！」

音を立てながら左手を頰に当て、もう片方の手で見えない剣を振りかざす。

Y　思い出した！(9)　それで女房が今か今かと帰りを家で待ってるんだった！　なんて名前の女房だったっけ？
Y2　イピゲネイア！
Y　イピゲネイア、それだ！　誰がイピゲネイアを演ったんだい？
大男（憲兵風のひげ。ここまで何も言わずにきたが、立ち上がり）おれだ！

再び着席。

Y3（口の端からパイプを取って）「今日、まだこの胸に、だきしめてはおりませんもの(10)」。

A　くじ引きがわりにカツラを引こう。老人二人、若者二人だ。

威厳のある親父　ろくでなしが！　それでは駄目だ！　よろしいか、老人が若者を演じて、若者が老人を演じるのだ！　六十にでもならねば、若さとはいかなるものかなどこれっぽちもわからん！

D　なるほどな！　じゃあ老人ってのがどんなものかわかるのは、若者だけってわけだ。俺がアルガント役をもらおう。

カツラをかぶり、衣装に着替える。多少こっけいな身なり。

役が分けられる。

皆が台本を大急ぎでめくる。

Y　残る問題はひとつだけだな。

A　なんだ？

Y　スカパンだよ！　誰がスカパンを演るんだ？

威厳のある親父　デカルト殿がやるべし！

ルドゥスー氏　（ここまで何も言わずにきたが、隅に縮こまったままで）私はデカルトなんかじゃない、わかってるくせに！　私の名前はルドゥスーだ。(11)

フェルト帽をかぶっている。フランス・ハルスが絵に描いた、著名な哲学者デカルトの顔つき。全身黒づくめの、みじめな服装。嗅ぎタバコで汚れた襟。どうしたことか、右目に殴られた跡がある。長靴下に穴が開いており、肌がだいぶ見えている。

隣に「片割れ」がいて、同じく黒づくめだが、いっそうずたぼろに見える。

威厳のある親父（敬意を込めて）誰もがあなたをそう呼ぶじゃあないですか！　謙遜はおよしなさい。誰もがあなたの血筋を知っておる。素晴らしいご家族ではないか！

ルドゥスー氏　私はただのルドゥスーですよ。

威厳のある親父　ドイツのストーブが効いた狭い空間で、神があなたの父上に解明せしめたあれこれ(12)を思うと、あまりにあっぱれで我を忘れてしまうわい。

Z　ああ！　方法さえ知ってれば便利なもんだね、三次元空間って。

ルドゥスー氏　ただ似ているというだけです、しかも、二次的なことで。したがって、そういう無作法な当てこすりはもう終わりにしていただきたい。

B　最近この辺であんたの姿を見なくなったなあ。いや文句のつもりじゃないんだが、ルドゥスーさんよ。

ルドゥスー氏　聖職の任がありますから、余所にいるんですよ。

B（ルドゥスーの片割れに、小声で）こいつ、教会に入ったのか？

片割れ　そのようなところです。

B　下級職か？　侍祭とか、お祓いとか、門番とか。

片割れ　そのようなところです。彼はようむ……

B　おうむ？

片割れ　用務。教会用務員というやつです。サン＝ロック教会の門で灌水棒を振るうのは彼の仕事です。聖水撒布と呼ばれる尊い儀式を司る者に任ぜられたので。

B　なんてこった！　あれだけの才能がありながら、舞台を諦めちまうなんて！

威厳のある親父　この人の演じるスカパンは、他の誰にも真似できん。わしはこの人がやる初演を観たんだ。まぶしいほどだったよ！

ルドゥスー氏　もともとド・モリエールさんが演ろうとしていたんですけど、もう体が弱っていたんです。あの忌まわしい咳が彼を苦しめたせいで！

ゼルビネット みんな覚えてるかしら？　あれは聞いてて辛かったわよねえ。あの……あれで声もしゃがれちゃって。もうガリッガリの痩せっぽちで！　あの……あれで声枯れが……。あれ、なんて言ったかしら？　誰か教えて！　……そく、そく、そく……気管支の……。

誰か 纏足《てんそく》。

ゼルビネット そう、それそれ。纏足の発作のせいでね。

ルドゥスー氏 それで私が代わりをやらねばならなかったのです、どうにかして。

B お・み・ご・と、でしたよ！

A （媚びるように）それで、もう一度この場でやってみせる気はないのかい？　ちょっとだけでいいんだ、俺たちを喜ばせると思って。

ルドゥスー氏 そういう悪ふざけは、もうやめにしたのです。

A ちょっとだけでいいから！

ルドゥスー氏 「人々がさまざまに立ち騒ぎ、宮廷や戦場で危険や苦労に身をさらし、それからあれほど多くの争い、激情、大胆でしばしばよこしまな誘惑などが生ずるのをときおり観察するようになってから、私はしばしばこう言ったものだ。人間の不幸は、ただ一つのこと、一つの部屋に落ち着いて」……（突如ぶるっと震える）……「じっとしていられないことからやってくる(13)」。

Z ああ！　まさしくその通り！　ド・モリエールさんはいつでも言っていた、人間は一本の葦にすぎないって。

B ……自然の中で最も弱きものである……。

C ……だがそれは考える葦である(14)！

威厳のある親父 そうだ！　そういうことなのだ！

ルドゥスー氏 （思慮深げに、グラスを持ちながら）あなたがさっきずいぶんと軽い調子で話していたデカルト氏は、こう言ってのけました。

「俺は幸運にして、若い頃に道に踏み入り——（だんだん早口になっていく）——考察と格率に導かれ、そこから俺はひとつの『方法』を練り上げたのだが、これによって徐々に自分の知識を増やしていけるだろうと[15]」

（ゆっくりと、聖杯のごとくグラスを掲げる。）

「そして少しずつ高めていけるだろうと思った。俺の凡庸なる精神と短い人生が許しうる限りの……」

（グラスを下ろし、ひと口飲む。）

「……最高点まで」。

威厳のある親父　素晴らしいぞ！

ルドゥスー氏（人差し指を向け）「というのも……」彼曰く——ちゃんと聞いていますか？

威厳のある親父　皆、全身全霊をあげて聞き入っておるよ。

ルドゥスー氏　……「というのも」彼曰く、

「俺はすでにこの方法で多くの成果を挙げてきたのであり、俺が俺自身を判断する上では、常に独善よりも疑心の側につくよう努め、哲・学・者の目で……」

（威厳のある親父の顔に止まったハエに気づく。）

「人間たちの様々な行動や企図を眺めたならば」

（素早い優雅な動きでハエを捕らえ、親指と人差し指でつまんだまま目の前に持ってくる。）

（甘やかに、哀愁を漂わせ）「……無意味で無利益に見えぬものはほとんどない」

（深いため息とともに首を振る。——それから弾けたように、）

「とはいえ

俺は真理の探求において己がすでに遂げたであろう前進に極めて満足しているし、未来にも大きな期待を抱かずにいられないがゆえに、もしも人類の活動の中で

純粋に人間的な活動の中で

（力強く音を区切りながら）何かひとつ確実に正しくて意義あるものを挙げるとしたら」

（威厳のある親父が手で号令をかける。皆が耳を傾ける。ルドゥスー氏はそのまま喋り続ける。軽やかに、）

「それは俺が選んだ活動だろうと思うのだ。」

ハエに息を吹きかけ、飛び去らせる。

こうした間に、アルガント役がこっけいな衣装に身を包み、あちこち行ったり来たりしながら、台本に食い入っては顔を上げて覚えこむのを繰り返している。水を飲む鶏のよう。

威厳のある親父が、その姿をルドゥスー氏にあごで示すが、ルドゥスー氏は何も見ていないふりをする。

威厳のある親父　それ行け、アルガント。

アルガント　こんな不埒な行いを聞いたことがあろうか？

（この場面では最初、「片割れ」が台本を見ながら台詞を返す。ルドゥスー氏ははじめ無関心を装っているが、だんだん興味をあらわにしていき、表情のみの演技を差し挟んでいく。）

なんと浅はかなことよ！

片割れ　まだコツをつかんでいませんね。

アルガント　このおめでたい結婚について、ぜひともあいつらの言い分を聞いてみたいものだわい！

片割れ　言い分ならもう考えてあるよ。

アルガント　とぼけたふりでもする気か？
片割れ　そのつもりはないね。
アルガント　あるいは弁解するだろうか？
片割れ　それはありうる。
アルガント　とんでもない作り話で、ごまかしにかかるか？
片割れ　そうかもね。
アルガント　何を言ってきても無駄というものよ。
片割れ　さあどうだか。
アルガント　この儂を騙せはせんぞ。
片割れ　そう言い切れるかな。
アルガント　馬鹿息子め、鍵をかけて閉じ込めてやろうか。
C　こっちも手を用意しておくさ。
アルガント　そしてあの与太者のシルヴェストルは、めった打ちにしてくれよう！
威厳のある親父（シルヴェストルの役を引き受け）　やっぱり、あっしのことをお忘れのはずがない。
アルガント（シルヴェストルに気づいて）　やあやあ、こんなところにおいでか！　いとも思慮深き養育係殿、若者らの高潔なる導き手よ！
ルドゥスー氏（立ち上がり、役を始める——以後のスカパン）　アルガントさま。無事のお帰りをお目にかかれてうれしゅうございます。
アルガント　ごきげんようスカパン。（シルヴェストルに）お前は言いつけをしっかり守ってくれたものだのう！　儂の留守の間、息子はたいそう品行方正に過ごしていたそうじゃないか！
スカパン　見たところ、たいへんお元気そうで！
アルガント　まずまずな。（シルヴェストルに）だんまりか、この下衆野郎め！　なんとか言ってみろ！

スカパン　ご旅行はいかがでしたか？
アルガント　おお、良かったよ。ちょっと放っておいてくれんか。思い切り叱りつけてやらねば。

スカパン、後ろから、

スカパン　叱りつけたいのですか？
アルガント　そうだ、儂は叱りつけたいのだ。
スカパン　いったい誰をでございますか？
アルガント　この不届き者をだ！
スカパン　そりゃまたどうして？
アルガント　儂の留守中に起こったことを聞いとらんのか？
スカパン　ちょっとしたことがあったとは聞いてますが。
アルガント（突然スカパンのほうを向き、鋭い目で睨みつける）ちょっとしたこととはなんだ！　これほどまでの行いを！
スカパン　まあわかりますけどね……。

後ずさり。

アルガント（手を背中の後ろに組んで。スカパンを上手《かみて》に追い詰める）こんな恥知らずなことがあろうか？
スカパン（後ずさりして）ごもっともで。
アルガント（追い詰めて）父親の同意もなしに結婚する息子がいようものか！
スカパン　はいはい、それは文句をつけたいところもあるでしょう。でもね、わたくしとしては、そんなに騒がないほうがいいかと思う次第ですよ。

アルガント（がなりたてて地団駄を踏む）そんな次第があるか！　儂は気がすむまで騒ぎまくってやるぞ！

（少し落ち着いて）なんだ、貴様は儂が怒るのも当然だと思わんのか？

スカパン　思いますとも！　私だって最初は話を聞いて怒りましたよ。あなた様の身になって、代わりに息子さんを叱りつけたほどですよ。

（下手《しもて》に抜け出し、聴衆のひとりの腕をつかんで揺らす。）

ご本人に聞いてみてください、わたくしがどれほど胸を打つお説教をしたものか。父上への敬意があまりに足りない、本来ならばお父様の歩くうしろを足跡にキスしながらついていくくらいのものなのに！　——そう言ってやったんです。

（アルガントの方に振り返る。）

あれほど立派なお説教は、お父様自身にもなかなかできないと思いますね。

（アルガントの方に戻り、お互い近づく。）

とはいえ！　わたくしも道理というものを考えまして、よくわかりました。結局のところ、息子さんは周りが思うほど悪いことはしていないんじゃないかと。

アルガント　何を言っていやがるのか？　どこの馬の骨とも知れぬ女とわけのわからないうちに結婚して、悪いことはしていないだと？

スカパン　仕方のないことだったんじゃないでしょうか。

（アルガントに靴紐がほどけていることを教えてやり、丁重に促してテーブルの椅子に腰掛けさせる。）

運命には、逆らえなかったんですよ。

アルガント　ほお！　こいつは見事な道理が聞けたもんだ！　もうどんな罪でも犯し放題だな！　人を騙そうが、物を盗もうが、殺しをやろうが、運命には逆らえなかったと言い訳すればいいわけか！

スカパン（アルガントの前に膝をつき、ごく熱心に靴の手入れをしてやりながら）　わたくしが言いたいのは、息子さんは思いがけず今回の件に巻き込まれてしまったということです。

アルガント（もう片方の足を伸ばし）　どうやって巻き込まれたというんだ？

スカパン（靴をハンカチで拭き、息を吐きかけて湿らせてから、磨いて艶出しをする）　息子さんにお父様ほどの分別を望めますでしょうか？　若者というのは（はー、ぺっ）なにせ若いものですから、思慮を欠いて理にかなわぬこともしでかすでしょう（はー、ぺっ）。うちのレアンドル様がいい証拠です。わたくしがあんなに諭したり諫《いさ》めたりを繰り返したにもかかわらず、おたくの息子さんよりもっと厄介なことをしでかしたんですよ。そこでお聞かせ願いますが（立ち上がって）、あなた様にも若かった時がおありでしょう？　自分だけは火遊びと無縁だったとは言わないでしょう？

アルガント　それはそうだ、否定はせんよ。（立ち上がる）だが、儂はいつだって遊びだけに留めてきたぞ。あいつみたいに度を過ぎた真似はしなかったわい。

スカパン（自分も席について）　どうしてみようもなかったんでございましょう。若い娘に出会って気に入られてしまう（お父様に似て、女という女に惚れられてしまいますからなあ）。息子さんのほうでもかわいい娘よと気に入ってしまう。甘い言葉を連ねたり、優しい言葉で求めたり、情熱的な振る舞いをして。そのうち娘も押し流されて。あとは行き着くところまで行くのみです。そこでなんと、二人のところを娘の親に抑えられ、こうなったら結婚しろと凶器を片手に迫られたというわけでして。

シルヴェストル（傍白）　これがこいつの巧みなたくらみ！

スカパン　息子さんはそのまま殺されるべきだったとおっしゃいますか？

ここで、次の台詞がわからないことを仕草で示す。

片割れ（耳打ちして）　死ぬよりは結婚したほうがまだましでしょう。

スカパン　死ぬよりは結婚したほうがまだましでしょう。
アルガント　儂が聞いた話とは違う気がするんだがな。
スカパン（シルヴェストルを指して）　それならこいつに確かめてください。
シルヴェストル　間違いありません、旦那様。
スカパン　わたくしが嘘を言おうとするでしょうか？
アルガント　そういうことならすぐ公証人のところに駆け込んで、無理強いがあったと訴えるべきだろう。
スカパン　そうしたくなかったんですよ。
アルガント　そうしたら儂が結婚など簡単に解消してやったものを。
スカパン（ゆっくりと立ち上がり、アルガントの顔を覗き込む。アルガントは後ずさりする）　結婚をか・い・しょ・う、ですって？
アルガント　そうだ。
スカパン（手を組んで、一歩にじりよる）　あなた様にはできません！
アルガント（後ずさりして）　儂にはできない？
スカパン　できない。
アルガント（後ずさりして）　なんと！　儂には父親としての権利があるし、息子への無理強いを償わせてもよいではないか？
スカパン（顔を前に突き出し、両手を広げて）　同意してもらえませんよ。
アルガント（後ずさりして）　同意してもらえない？
スカパン（首を振って、手をぱしりと叩き、半歩にじりよる）　もらえない。
アルガント（後ずさりして）　儂の息子にか？
スカパン　そうです。息子さんが自分の臆病なまねを認めるものでしょうか？　力に屈して事を進められたなどと白状するでしょうか？　そんなこと、言おうとするわけがありませんよ。自分に傷がつきますし、あなた様のような父君に恥をかかせることにもなるんですから。

アルガント　儂のことならどうでもよい！

スカパンに背を向け、上手のほうへ歩き出す。

スカパン（背中に向かって）　息子さんの名誉のためにも、ご自身の名誉のためにも、世間様にはあくまで自分から望んで嫁をもらったと言っておきましょうよ。

アルガント（一歩離れて）　儂は儂の名誉のためにもあいつの名誉のためにも、それと逆のことを言ってもらいたいのだ。

スカパン（一歩近づき）　いいえ、息子さんは言いません。

アルガント　無理にでも言わせてやる。

スカパン（一歩近づき）　言いませんったら言いません！

アルガント（床を蹴って）　言わせる。さもなくば勘当だ！

スカパン　あなた様がそうすると？

アルガント（一歩離れて）　そうする。

スカパン　これはこれは！

アルガント　なんだそれは。

スカパン　あなた様には勘当なんてできませんよ。

アルガント（ばっと振り向いて）　勘当なんてできないだと？

スカパン　できません。

アルガント（腕を組んで、雄牛のようにスカパンに詰め寄る。スカパンは後ずさりする）　勘当なんてできないだと？

スカパン（後ずさりしながら上手へ）　できません！
アルガント　絶対に？
スカパン　絶対に。
アルガント　これは愉快なことよ。（腕を組み直す）儂が息子をか・ん・ど・う・で・き・な・い、と申すか！
スカパン　できませんったらできません！

二人で顔を突き合わせる。アルガントが再び背を向けて歩き出し、スカパンが一歩ずつ後を追う。

アルガント　誰が邪魔立てするのか？
スカパン　あなた様ご自身です。
アルガント　儂？
スカパン　ええ。そんな勇気、出せないでしょう？
アルガント　出す！

再び振り返る。上手のほうへ。

スカパン（動かず）　冗談はやめましょう。
アルガント　冗談など言っておらん。
スカパン　父親の愛情というやつが働くでしょうよ。
アルガント　なんにも働かん。
スカパン　はいはい。

アルガント　儂はそうと言ったらそうするのだ！
スカパン　ばかばかしい！
アルガント（わめきだして）　そんな言葉は言わせんぞ、ばかばかしいだと！
スカパン（アルガントに二歩踏み寄って）　おやれやれ、あなた様のことはよくわかってますよ。あなたは生まれつきお優しい方だ！
アルガント（両手を天に掲げ、わめいて地団駄を踏みながら）　儂は優しくないぞ！　その気になれば意地悪くもなれるんだ！

（カツラを外す。）

もうやめだ、こんな腹の立つ話は！

威厳のある親父　ブラボー！

アルガント役の手を握る。
二人の役者にグラスが運ばれてきて、一緒に乾杯する。
この間に、他の二人がジェロントの役を取り合っている。

舞台監督　悪くないじゃないか。時に、ジェロントは？
ジェロントⅠ　俺がやる！
ジェロントⅡ　俺がやる！
舞台監督　ジェロントが二人になるな。
ジェロントⅠ　でもジェロントが二人いてだめなことがあるか？
舞台監督　ふむ、いいか、いいだろう、続けるぞ！

二人のジェロントが衣装を分け合う。一方がキュロット〔貴族用の半ズボン〕をはき、もう一方がジュストコール〔男性用の膝丈の上着〕をまとう。キャノンズ〔男性用の膝下の飾り〕もひと組しかないので、それぞれ片方ずつ脚につける。以後の場面において、ジェロントの台詞はジェロントⅠとジェロントⅡによって交互に発せられる。両者の杖は左右対称になるように。

レアンドル　（二人のジェロントをまとめて抱きしめながら）　ああ、お父さん！　無事のお帰りをお目にかかれて、うれしくてなりません。
ジェロントⅠ　（抱擁を押しのけて）　まあ待て、少し話がある。
レアンドル　（ジェロントⅡのほうに向き直る――以下交互に）　ちゃんと抱擁させてください。それから……。
ジェロントⅡ　待てと言っている！
レアンドル　そんな！　お父さん、僕が喜びあふれて抱擁するのを拒むというのですか？
ジェロントⅠ　その通りだ。片付けておかねばならない話がある。
レアンドル　なんでしょうか？
ジェロントⅡ　いいかね、こちらをまっすぐ向きなさい。
レアンドル　はい？
ジェロントⅠ　ちゃんと私の目を見なさい。
レアンドル　はあ。
ジェロントⅡ　こっちで、いったい何があった？
レアンドル　何があった？
ジェロントⅠ　そうだ。お前は私が留守の間、何をしたんだ？
レアンドル　僕が何をしたって言うんですか、お父さん。
ジェロントⅡ　それを言うのは私じゃない。……。

ジェロントⅠ　……何をしたのか、お前に訊いているんだ。
レアンドル　僕？　叱られるようなことはなんにもしてませんよ。
ジェロントⅡ　なんにもか？
レアンドル　はい。
ジェロントⅠ　えらくはっきり言うんだな。
レアンドル　自分の潔白は、自分でよくわかっていますから。
ジェロントⅡ　ところがスカパンがお前の話をしてきてな。
レアンドル　スカパン！
ジェロントⅡ　ほう、その言葉で赤くなったな。
レアンドル　あいつが僕のことで何か言ったんですか？
ジェロントⅠとジェロントⅡ（ふたり腕を組んで）　こんなところで洗いざらい話すのもためらわれる……場を変えて話の続きといこうじゃないか。

ふたりして厳かに、杖を手に去っていく。

舞台監督　ここでひと区切りだ。そしてすぐにアルガント、アルガントの見せ場にいくぞ。アルガント！
　アルガント！　ろくでなしが！　アルガントの野郎はどうした！
アルガント（口元を拭きながら）　いきましょう、ボス。

アルガントの振る舞いは、目に見えない相手と話しているかのように。

スカパン　おっと、何か考え込んでいるらしいな。

アルガント　まさかこれほど分別も思慮もないとは！
　あんな結婚に飛び込んでしまいおって！　おお！　若さとは浅はかさなり！

鼻をかむ。

スカパン　これはこれは、アルガント様。
アルガント　ごきげんよう、スカパン。
スカパン　息子さんの件で思いふけっているのですね。
アルガント　実のところ、ほとほと困り果てておるのだ。
スカパン（だんだん尊大な調子になって、哲学者ふうに）いいですか、人生というのは紆余曲折あるもので。たゆむことなく備えておくのがいいんです。耳にしたのはだいぶ前ですが、昔の人の言葉で忘れられないのがありましてね。
アルガント　なにかな。
スカパン（気取って、金言を振りまくような調子で）一家の父親たるもの、たとえ少しでも家を留守にするならば、
　帰ったときに待ち受けているかもしれぬあらゆる種類の災難について、思いを巡らせておくべきである。想像しておくのだ、
　家が焼けているだとか、
　金が盗まれているだとか、

（アルガントは聞きながら、どんどん不安げになっていく。）

　女房が……
　死んでいたりだとか。息子が……

不随になっているとか！

そして、こうした不幸の中で起こらなかったことがあれば、そのぶんだけ幸運に感謝せよ。

わたくしは、この教えを自分なりの考え方でいつでも実践してきたわけです。毎度家に帰るときには覚悟を固めておくようにしてましてな。ご主人様に怒られるとか、ののしられるとか、なじられるとか、

（達観したように崇高な調子で、）

尻を蹴飛ばされるだとか、

棒で叩かれるだとか、鞭で打たれるだとか。それで免れたことのぶんは、運命に救われたものと感謝を捧げてきた次第です。

アルガント　ご立派な心がけだな。だが、あのたわけた結婚に我慢しろというのは無理だ。いま弁護士たちに会ってきたところだよ、破談に持ち込むためにな。

スカパン　いいですか、悪いことは言いません。事を収めたいなら他の手を使うべきです。訴訟というのがどういうものか、ご存知でしょう？　いばらの道に突進していくようなものですよ。

アルガント　お前の言う通りだ、儂もよくわかっておる。だがな、他にどんな手がある？

スカパン　ひとつ案を見つけまして。

アルガント　ありがたい。

スカパン　結婚する娘の兄上に会いにいったんです。

（右拳を立てて、そこに帽子をかぶせる。帽子は自分のものでも聴衆のものでもよい。）

こいつがなんとも野蛮な（左手の人差し指で帽子を示す）剣客でして、事あるごとに剣を振り回し、口を開けば決闘の話ばかりで、人を一人殺すことなんぞ、酒でも一杯あおるくらいにしか思っていない。わたくしはそいつに今回の結婚のことを持ち出しまして、（噛んで含めるように、胡散臭い調子で。自分

の顔と帽子を近づけながら）思い知らせてやったんですよ、
無理強いで決めた結婚なんて、いともたやすく破談にできるんだぞ！
父親としての特権というものがあるんだ！
裁判となったら、あの方の権利やお金やご友人が後ろ盾になるんだからな！

（帽子に動揺を表現させる。）

そんなふうにですね、
あの手この手でこねくり回してやったんで（帽子をこねくり回す）、ようやくこっちの提案に耳を貸すようになりまして。いくらかで話をつけようということになったんです。あなた様が出すなら、破談に同意しようと言っています……。

金銭をほのめかす仕草。

アルガント して、いくらだ？
スカパン いやはや、最初は途方もない額をふっかけてきまして！
アルガント どれくらい？
スカパン それはもう……とんでもなく。
アルガント なんだと？
スカパン（苦々しく） 最低でも五、六百ピストール、と言ってきました。

帽子を持ち主に差し出す。

アルガント（叫んで） 熱病を五、六百回くらってくたばってしまえ！ 人をなめくさりやがって！

スカパン　わたくしもそう言ってやりましたよ。（また帽子を手にする。）そんな申し出はぴしゃりとはねつけ、（帽子を右拳から左拳に移す）あの方はそんなお人好しじゃないぞ、五、六百ピストールなんてねだっても無駄だ、そう言い聞かせてやったんです。結局、あれこれ言い合った結果、話はこうまとまりました。

（帽子はきっちり距離を置いて位置づける。一対一の交渉を表す。スカパンは文の句切れごとにうなずき、きちんと頭に入れている様子を示す。）

奴曰く、「おれはもうすぐ軍に行く身だ。その準備で金が入り用だから、仕方ない、そっちの言い分に折れてやる。軍隊用に馬が必要なんだが、まともなのを買うのに六十ピストールはいるだろうな。」

アルガント　ほう、六十ピストールか、それは出してやろう。

スカパン　「鎧と鉄砲もだな、もう二十ピストールでなんとかなるか」

アルガント　二十と六十で、八十ピストールか。

スカパン　そうです。

アルガント　高いが、まあいい。それで手を打とう。

スカパン　「あとは召使いを乗せる馬もいるから、それで三十ピストールかかるかな」

帽子を元の持ち主の頭に戻す。

アルガント　なにを！　ふざけたことを！　歩いて行かせろ！　もう何もやらん！

スカパン（悲しげな微笑みとともに）　アルガント様。

アルガント　だめだ、馬鹿げている。

スカパン　召使いは徒歩で行けと？
アルガント　何で行こうが好きにしやがれ。主人のほうもな！
スカパン　そんな。いいですか、この程度のことで思いとどまってはなりません。全部あげてしまいましょうよ、裁判から逃れるためです。
アルガント（行ったり来たりしたあとで）よかろう！　その三十ピストールも、出してやるわ！
スカパン（ゆっくりと手を上げ、持ち主の頭の上の帽子を指差して）奴が言うには、「それから、荷物を乗せる騾馬《らば》……」
アルガント　ああ！　騾馬と一緒に悪魔に食われてしまえ！　もういい、はっきりさせよう、（泣きむせばんばかりに）裁判所でな。
スカパン（ハンカチを差し出して）アルガント様、小さい騾馬でいいんです！
アルガント　驢馬《ろば》一頭くれてやる気もないわ。
スカパン　このくらいのでいいですから！

盲人が連れている犬を寄越すように指図する。手から手へと渡されながら、届けられる。犬には補助車輪がついている。

アルガント　だめだ！　訴訟のほうがましだ！
スカパン　あなた様はいったい、何を言っているんですか！　考えてもみてください、裁判の（熱気を帯びて）曲がりくねったわずらわしさを！

（曲がりくねりを右手で示す。）

何回も控訴して、何段階もの管轄を経て、（両手をくるくる回す。手が互いに互いの周りを回るように）いくつもの手続きをして。どれだけの連中が獣のように爪を磨いて獲物を待ち構えていることか、執達吏やら、代訴人やら、弁護士やら、書記官やら、検事代理やら、報告官やら、判事やら、そいつらの助手やら！

（遠い目をして、情感を込める。）

そんな奴らの一人一人が、ほんのささいなことでごく当然の権利を踏みにじることができるんです。

（一文ごとに、聴衆のひとりを男女関係なくつかみ、訴えかける。）

執達吏がでたらめな令状を出し、知らないうちに有罪にされるとか。

（同上）

代訴人が（早口かつ小声で）訴訟相手とぐるになっていて、金で売られるとか。

（同上）

弁護士も同じく買収されていて、弁護の時間になっても現れないとか、支離滅裂なことばかり話して、言うべきことを言ってくれないとか。

（同上）

書記官も同様、勝手に欠席裁判にして、こっちに不利な仮判決や確定判決を出してくるとか。

（同上）

報告官の助手もこれまた書類を盗み出すとか、報告官自身も見たことしか言おうとしないとか。

（同上）

（腕組みしながらゆっくりとアルガントの方に戻って、）

そしてもし、これでもかと用心を払って、こうした難をすべて逃れたにしても、びっくり仰天、判事が（ひそひそと）信心深い連中やら、愛人やらに丸め込まれていて、敵に回っているとか。

ね、いいですか、（きっぱりと、腕を天に掲げて）できることなら、そんな地獄からは抜け出すことです！　この世の地獄ですよ、裁判なんてね。訴訟を起こすだなんて、私だったら考えただけでインドの果てまで一目散ですよ。

黙る。陰気な沈黙。

アルガントが咳払いする。スカパンが耳を傾けるが、何も言わない。ようやく、

アルガント　騾馬はいくらと言っている？

スカパン　アルガント様、騾馬と、奴が乗る馬、召使いが乗る馬、鎧と鉄砲、あとは宿の女将に待たせている金が少々で、しめて二百ピストール頼むとのことです。

アルガント（消沈して。頭を手で抱え込む）二百ピストール！

スカパン　いかんともしがたいですが、その通りで。

アルガント　よしよしわかった、裁判といくぞ！

スカパン　よくお考えを……。

アルガント　訴訟だ！

スカパン　やけにならないで……。

アルガント　儂に訴訟させろ。

スカパンの正面にじっと立ち、生気のない目で見つめる。

スカパン　しかしですね、訴訟をするんでも金が取られるじゃありませんか。令状でごっそり。
（この四音のみはっきり区切る。他は極めて早口で、つぶやくように。）
訴訟登録でごっ、そ、り。代訴人への委任状、代訴人の決定状、鑑定料、書類提出料、日当でごっ、そ、り。弁護士の相談料と弁護料、書類一式が入った袋を取り戻す権利代、書類の写し代でごっ、そ、り。検事代理

の報告書代や謝礼、書記官の登録税、予備判決・仮判決・確定判決、助手がやる登録やら署名やら謄本やらで、ごっそり。

この上さらに、あれやこれやの貢ぎ物を考えなきゃならんのですよ。

（堂々たる調子で、）

奴に金をくれてやりましょう、それでこの件とはおさらばです。

アルガント（飛び上がって）何を言う！　二百ピストールだぞ！

背中に手を組んで離れていく。

スカパン（左を見る。周りがシルヴェストル役に変装させ、口ひげを整えているところ）ええ、そっちのほうが得でしょう。

（左にちらと合図して、）

早くしろ。（徐々にゆっくり）ちょいと計算してみたんですが、奴に二百ピストールやってもまだお釣りがきますよ。

シルヴェストル（慌てて登場。皿洗いの十二歳の少年が扮する。串焼き用の大串を手にし、その先っぽにはコルク栓が刺してある。周りが台詞を耳打ちしてやりながら）オクターヴの親父の、アルガントとかいう奴はどこだ。教えてもらおうか。

スカパン　何かあったんで？

シルヴェストル　いま聞いたところでは

おれを訴えて、妹の結婚を裁判で破談にしようとしているらしい。

息つぎをして、頰を膨らませる。「フィー・フォー・ファイ・フォーン！(16)　出てこい、ひょっとこどっこい！」

スカパン　あの方がそういう考えかはわかりませんが、あなたが求める二百ピストールは、これっぽっちも出す気がないと言ってます。あまりに高いということで。

シルヴェストル（大串を振り回して、虚空に突き出しながら）あの野郎！　あほ野郎！　へちま野郎！　見つけたらぶちのめしてやるぞ！　車裂きの刑にされてもかまうものか！

アルガントはスカパンの後ろに隠れる。

スカパン　旦那、オクターヴ様の父上は豪胆な方だから、あんたなんか物ともしないでしょうよ。

シルヴェストル　あいつが？　あの野郎が？　なす野郎！　へちま野郎！　もしここにいたら、今すぐこの剣を……剣を……。（周りが耳打ちする。「ひと突きどてっ腹にくれてやるのに。」）ひと突きどてっ腹にくれてやるのに！　誰だ、この男は？

スカパン　この人じゃありませんよ、旦那。決してこの人じゃありません！

シルヴェストル　あいつの仲間じゃないのか？

スカパン　いえいえ旦那、それどころか、あの方を宿敵と憎む人でして。

シルヴェストル　宿敵？

スカパン　ええ。

シルヴェストル　ほお、そうかそうか、そいつは何よりだ。旦那、あんたもあいつの敵か、あの下衆なアルガントの！

スカパン　そうそう、そうなんです。（アルガントもうなずく）わたくしが保証しますよ。

シルヴェストル　（手袋をとって手を差し出す。アルガントがその手を焼けた石炭のように恐る恐る取る……。握手して力強く揺さぶりながら）　さあ握手だ。あんたに誓いますぞ、おれの名誉にかけて、この剣にかけて、ありとあらゆる……。

（周りの耳打ち。「宣誓で。」）

聞こえないよ。

（もう一度。「宣誓で。」）

ありとあらゆる宣誓で……。

（周りの耳打ち。「ありとあらゆる宣誓で約束しようじゃありませんか。」）

……ありとあらゆる宣誓で約束しようじゃありませんか。日の終わりまでに（と二度繰り返す）あのとんでもない悪党を、あの下衆なアルガントを厄介払いしてやりますよ。

（周りの耳打ち。「大船に乗ったつもりでいてください。」）

大船に乗ったつもりでいてください！

スカパン　旦那、この国じゃ暴力は許されませんよ。

シルヴェストル　（口ひげをしごきながら）　知ったことか。どうなろうが惜しくないね。

スカパン　あの方だって用心して身構えてますよ。親戚やら友人やら召使いやらを総動員して、あなたの仕返しに備えるはずです。

シルヴェストル　望むところだ、こんちくしょう！　望むところだ！

（大串を手に、猛牛のごとく暴れ出し、聴衆の中を突っ切って、テーブルや椅子をひっくり返す。）

へちま野郎！　なす野郎！　今すぐ仲間どもと一緒に出て来やがれい！　三十人くらい引き連れて目の前に現れてみろ！　さあ武器を持ってかかってこい！　どうした野郎ども、おれにかかってくる勇気はあるか！

（フェンシングの構えをとって、突きを繰り出す。）

さあいくぞ、こんちくしょう！　くたばれ！　容赦しないぞ。来やがれ。腰抜けめ。突き合いだ。足がふらついてるぞ、目が泳いでるぞ！　そらそら野郎ども、受けてみろ！　さあ。この突きはどうかな。もうひとつ。こっちはどうだ。そっちは！

（いつのまにか女商人の前に来ていて、手で威嚇される。慌てて引き下がる。）

スカパン　おっとっと、旦那、わたくしらは敵じゃないですって。

どうした、逃げるのか！　腰抜けめ、こんちくしょう、腰抜けめ！

シルヴェストル　どうだ、おれにちょっかいを出したらこうなるんだからな。

（ゼルビネットが腕を取って迎える。皆の賞賛。）

アルガント　スカパンよ！

スカパン　なんでしょう？

アルガント　二百ピストール、くれてやることにしよう。

舞台監督　続けるぞ！　続けるぞ！　今度はあの見どころ、ガレー船の場面だ。ジェロント！　ジェロントはいるか！

ジェロントⅠ　います！

この間に下級憲兵二人がやってきて、ジェロントⅡを探して回る。

（台本を読んで、）

舞台監督　さあ出番だ、出番だ！　続けるぞ！

なんてこった！　こんな不幸があるなんて！

スカパン　なんてこった！　こんな不幸があるなんて。誰か、ジェロント様がどこにいるか知らないものか？

聴衆が笑いながら、親指でジェロント様がどこにいるか示す。スカパンは舞台を突っ切り、人をなぎ倒し椅子を飛び越えながら駆け回る。アルガント(17)が追いかける。とうとうスカパンを捕まえると、その正面に立ち、両手を広げる。

ジェロントⅠ　どうしたのかね、スカパン？

スカパン　どこに行ったら会えるものやら？　この悲運を伝えねば。

ジェロントⅠ　何があったっていうんだ？

スカパン　どこを駆け回っても見つからない。

ジェロントⅠ（両手を広げて）　ここにいるじゃないか。

スカパン　思いもよらない場所に引っ込んでしまったにちがいない。

（ジェロントがスカパンの体を揺さぶる。）

ああ旦那様！　なかなかお見つけできず。

ジェロントⅠ　さっきからずっとお前の前にいたぞ。いったい何がどうしたっていうんだ？

スカパン　旦那様……。

逃げ出す。「ああ！　こんなことを口にするなんてなんと恐ろしい！」

ジェロントⅠ　なんだ？

スカパン（嗚咽を漏らしながら）　若様の……。
ジェロントI　おお！　息子の……。
スカパン　身に……。

しゃっくり。死んでしまいそうなほどのおののき。

ジェロントI　言ってみなさい。
スカパン（極めて冷静に）　とんでもない不幸が降りかかりまして。
ジェロントI　どんな？
スカパン　さきほど若様をお見かけしたところ、それはそれは落ち込んでおられたのです。よく知りませんが、旦那様に何か言われたとかで。そういえばわたくしのことも悪く引き合いに出されたそうですね。それで、若様の憂いを晴らそうと、一緒に港のほうを散歩したわけです。港というのはいろんなものがありますが、中でも目に留まったのが、なかなか見事なトルコのガレー船。人のよさそうな若いトルコ人が、中を見るかと手を差し伸べてくる。中に入る。丁重なもてなしとともに、食べ物まで出てくる。そこで、考えうる限り最高においしい果物、知る限り最上のワインにありつきまして。
ジェロントI　それのどこが不幸だっていうんだね？
スカパン　お待ちください、ここからなんです。わたくしたちが食べている間に、男はガレー船を海に出してしまったんです。そして港から離れたところで、私だけ小舟に乗せられまして、旦那様に伝えてこいと送り出されました。今すぐわたくしに五百エキュの金を届けさせるように、さもないと若様をアルジェに連れ去る、てなことで。
ジェロントI　なんだと！　そんな、五百エキュだと！
スカパン　そうなんです、旦那様。しかも、猶予は二時間しかやらんと。

ジェロントⅠ　おお！　外道なるトルコ人め！　こんなことをして、私に死ねというのか！

スカパン　旦那様、一刻も早く救出の手立てをお考えください。あれほど大事にしている坊ちゃんが、捕まっちゃったんですよ。

ジェロントⅠ　なんだってあいつはガレー船になんか乗ったんだろうな？

「注目！」舞台監督が聴衆に身構えておくよう指示する。

スカパン　こんなことになるとは思っていなかったんでしょう。

ジェロントⅠ　行くがいい、スカパン、行ってそのトルコ人に伝えてやりなさい、司法の手を送ってやると！

スカパン　海のど真ん中に司法の手って！　人をからかうおつもりですか！

ジェロントⅠ　なんだってあいつはガレー船になんか乗ったんだろうな？

スカパン　運命のいたずらに導かれるときだってありますから。

思案の時間。

ジェロントⅠ　いいかね、スカパン。（スカパンの肩に手を置く。）

ここはひとつ、忠実なしもべとして動いてもらおう。

スカパン　どういうことですか。

ジェロントⅠ　そのトルコ人のところに行って話してきなさい。息子を返してもらうかわりに、要求の金が集まるまでお前が身代わりになるということでな。

スカパン　そんな、旦那様、ご自分で何を言っているかおわかりですか？　トルコ人だって馬鹿じゃありません、坊ちゃんの代わりにわたくしみたいなちんけなのを受け取るわけがないでしょう！

ジェロントIが口を開こうとするが、ゼルビネットがさえぎる。

ゼルビネット　なんだってあいつはガレー船になんか乗ったんだろうな？
スカパン　こんな不幸がありうるなんて考えなかったんですよ。

（ジェロントのベルトにある懐中時計を取る。）

旦那様、猶予が二時間しかないのをわかってくださいね。

ジェロントI　ええと要求の額は……。
スカパン　五百エキュです。
ジェロントI　五百エキュ！　そいつには人の心というものがないのか？
スカパン　本当ですよね！　トルコ人に人の心なんて！
ジェロントI　五百エキュがどれくらいのものか、わかっているんだろうか？
スカパン　ええ、わかっているみたいですよ、千五百リーヴルに等しいって。
ジェロントI　その不届き者は、千五百リーヴルがそのへんの道端に落ちているとでも思ってるのか？
スカパン　理屈の通じる相手じゃないんですよ。

ジェロントが口を開こうとするが、誰かがさえぎる。

誰か　しかしなんだってあいつはガレー船になんか乗ったんだろうな？
スカパン　確かに——しかしですね、そんな先のことまで見通せなかったんじゃないですか！　旦那様、お願いですから急いでください。

ジェロントⅠ　いいか、ここに私のタンスの鍵がある。

スカパン　はあ。

ジェロントⅠ　それでタンスを開けるんだ。

スカパン　なるほど。

ジェロントⅠ　左側に大きな鍵がある。それが物置の鍵だ。

スカパン　はい。

ジェロントⅠ　大きなカゴに服が入っているから、全部持ち出して古着屋に売ってしまいなさい。それを息子の身代金にするんだ。

スカパン（鍵を返して）ちょっと、旦那様、寝ぼけているんですか？　そんなことしても百フランにもなりませんよ。それに、時間がないって言ってるじゃありませんか。

ジェロントの合図。

聴衆の一人　しかしなんだってあいつはガレー船になんか乗ったんだろうな？

スカパン　もう！　無駄話はたくさんです！　ガレー船のことはうっちゃっておいて、時間が迫ってるってことをわかってください！　自分の息子を失うかどうかの窮地なんですよ！　ああ、なんてかわいそうな若様、もうこの世ではお会いできないかも。こんな話をしている間にも、アルジェに奴隷として連れて行かれてしまうなんて！　でも天は見てくださっているはず。わたくしは坊ちゃんのためにできるかぎりのことはしたんですよ。あなた様の身代金が用意できないのは、もっぱらお父様の愛情不足のせいですからね。

ジェロントⅠ　待て、スカパン。私はその金の工面に動くぞ。

スカパン　お急ぎください、旦那様。手遅れにならないとも限りません。
ジェロントⅠ　四百エキュと言ったな？
スカパン　五百エキュです。
ジェロントⅠ　五百エキュ？
スカパン　はい。

ジェロントの合図。

聴衆の一人　なんだってあいつはガレー船になんか乗ったんだ！
スカパン　おっしゃるとおり。さあ、さっさと動いてください。
ジェロントⅠ　ああ！　憎らしきはガレー船よ！
スカパン　ガレー船のことがそんなに気になるもんかね。
ジェロントⅠ　いいか、スカパン。今までうっかり忘れていたのだが、私はさっきちょうどその額の金貨を手にしたところでな……（嗚咽を漏らしながら）それにしてもこんなに早く手放す羽目になるとは！
（スカパンに財布を差し出しつつ、手放そうとしない。興奮して腕をぶんぶんと振るが、スカパンも財布を取ろうとやり返す。）
さあ、この金で息子を取り戻してきておくれ。
スカパン　はい、旦那様。
ジェロントⅠ　だが、トルコ人に言ってやるんだぞ、極悪人めとな。
スカパン　はい。
ジェロントⅠ　恥知らずめとな。
スカパン　はい。

ジェロントI　罰当たりめ、泥棒めとな。
スカパン　そろそろ行かせてください。
ジェロントI　お前は法を犯して五百エキュ奪うんだぞ、とも言ってやれ。
スカパン　はい。
ジェロントI　死んでもただではやらんぞ、ともな。
スカパン　承知しました。
ジェロントI　とっ捕まえて落とし前をつけてやるぞ、ともな。
スカパン　はい。
ジェロントI　さあ行くんだ、早く息子のところに。
スカパン　お待ちを、旦那。
ジェロントI　なにかね。
スカパン　お金がいるんですがね。
ジェロントI　お前に渡したじゃないか？
スカパン　いいえ。ご自分のポケットに戻してましたよ。
ジェロントI　ああ！　あんまり苦しいと頭も混乱するものだな！

スカパンに財布を渡す。

スカパン　わかりますよ。

ジェロントIは、左右の手で、合唱隊《コロス》に合図を送る。

合唱隊（悲哀に満ちた声で、隅から）

だがどうしてあいつはガレー船に乗った！
だが・どう・して・あい・つは・ガレー・船に・乗っ・た！
だがどうしてあいつはガレー船に乗った！
だがどうしてあいつはガレー船に乗った！

（便所の中から痛切な声で、）

先ほどの下級憲兵二人が再び現れる。ジェロントIが呼ばれ、二人のところへ。

舞台監督　続けろ――続けるぞ！
いよいよ袋の出番だぞ！　袋はどこだ！　ろくでなしが、袋もなしか！

亭主（口笛で呼びかけて）　袋だ！　袋！

天井から巨大な袋が落ちてくる。

舞台監督　あとはジェロント、出番だぞ！　ジェロントはどこだ！
さっきは二人もいたくせに、今度は一人もいなくなりおって。どこだ、ジェロント！

誰か　連絡はしたんだけど。電話で。

スカパン　気にしないでいきましょう！
（袋を広げながら、）
私たちには袋がある、それが何より大切なことです。袋の存するところ、おのずから中に入るジェロントも存するものですから。

ゼルビネット　あら、ぴったりな人がいるじゃないか！　こんな手近に……。（亭主に向かって、）

ねえ、ちょっとそこのひよこちゃん、しらばっくれなくたっていいじゃないの！

亭主　おれに言ってるんで？　マダム。

ゼルビネット　あんただって、ド・モリエールさんがいたころは芝居に出ていたじゃないの。あの神々しい手から棒で打たれたことに、誇りはないの？

亭主　だからこそ余計に、もう二度と打たれたくないんでさ。

ゼルビネット　嘘つきがいるわ！　本当は望んでいるくせに。嘘をつくなんてみっともないわね、このチキン野郎！

誰か　本当にさ、いつもだったら口を開けば役者の頃の昔話で、俺たちをうんざりさせてるんだぜ。

ゼルビネット　いい？　この人はあの袋にノスタルジーを抱いているはず！　既婚女がウェディングドレスに感じるみたいにね！

威厳のある親父　さあ、さあ。快く受け入れてくだされ！　袋に入っていただこう。わしらが頭から突っ込んでやろうではないか。

ルドゥスー氏　もしこのような傑出した方と声を合わせられるということなら……。

（「片割れ」が亭主の周りを一周して、面白いものを見つけたとルドゥスー氏にほのめかす。ルドゥスー氏は、見栄え良く袋をひるがえす。）

ぜひお願いしたい。我が主人役よ、どうかこれ以上、思い出と文学の呼びかける声に耳を背けないでください。

亭主　この小麦粉まみれの袋には、どうも目を背けたくなってね。

ルドゥスー氏　この袋が？　じゃあストーブ部屋ならいいんですか？　もし語られていることを信じるなら

ば、さっき話に出たあの大作家が例の不滅の序説を書いたのは、ドイツのストーブ部屋の隅っこに縮こまりながらですからね。

ゼルビネット　ちゃんと聞いてるの、ニコラちゃん？

ルドゥスー氏　そして、私は知っています――ド・モリエール氏が『人間嫌い』の最初の構想を描いたのは、まさしくこの袋の中だったということを。(18) あるいはよく似た別の袋だったかもしれませんが。

ゼルビネット　わかったの、ニコラ？　ひらめきを得るなら、袋みたいな場所はまたとないのよ。

ルドゥスー氏（一本の棒を見せて）　そして私が手にしているこの棒、群衆を芸術と思想の祭典に召集するべく使われる栄光の棒、これの名前を知っていますか？

亭主　「旅団長《ブリガディエ》の棒」(19) だろ？

ルドゥスー氏　かつてはそう呼ばれていました。しかしながら、輝かしき我らが頭領の肩の上で神聖化されて以来、それはモリエールと呼ばれるようになったのです！

亭主　そうだ！　モリエール！

ルドゥスー氏　我らが栄光の一座に入団するなら、儀礼としてこの棒で尻を叩かれねばなりません。(20)

亭主　やろう！　もうためらうことはない！　あんまり強く打たんでくれよ！

前掛けをとって上着を脱ぐ。腰元にくくりつけられた革の財布が目立つ。「片割れ」も気を引かれ、それを物欲しそうに眺める。

舞台監督（手を叩いて）　続けるぞ！

亭主（台本を手に）　おおスカパン、息子のことはどうなったのだ？

スカパン　ええ、坊ちゃんは今は安全な場所にいらっしゃいます。しかし今度は、あなた様の身にのっぴきならない危険が迫っておりまして。お屋敷から動かないでいてくださったらよかったのに。

ジェロント　どういうことだね？
スカパン　こうしている間にも、追っ手があなた様を殺そうとそこら中を探し回っておるのです。
ジェロント　私を？
スカパン　ええ。
ジェロント　誰がだ？
スカパン　例の方の兄上です。

（続きは音もなくパントマイムで。そして大きな声で、）

そいつの友人もみんな剣客で、あなた様を見つけようと隈なくかぎまわっているところです。

（パントマイム。それからまた声に戻って……。）

右でも左でも一歩でも動いたら、奴らの手に落ちてしまいます。
ジェロント　どうしたらいいんだ、なあスカパン！
スカパン　どうしましょう。とんでもないことになったものです。旦那様の危険を思うと、頭の天辺から足の爪先まで震えが止まりません。あ、お待ちを！

熟考するふり。

ジェロント　なんだ？
スカパン　ひとつ案が降りてきまして。
ジェロント　頼りにしてるぞ。
スカパン　天から降りてきました！
ジェロント　そういうものだ！

（スカパンが天井に向かって口笛を吹き、合図をする。上からゆっくりと綱が降りてきて、その先には鉤がついている。)

いったいなんだ、これは?

スカパン　天使です。

ジェロント　私には鉤針にしか見えないが。

スカパン　天が下ろした救いの錨《いかり》!

ジェロント　ふざけた冗談を!

スカパン　我らを救いに現れた、天からの使徒!

ジェロント　何を言ってるんだ!

スカパン　誰か来ます!　誰か来ます!　早く!　早く!　袋の中へ!　袋の中へ!

(亭主が袋の中に入ったら、道具方はそれを床から十五センチほど浮かせること。)

隠れてください!　刺客が探しにきました!

スカパンに合図された聴衆の誰かが、台本を手に役を演じる。

誰か　なんだ、この俺にジェロントの野郎を仕留めることはできんとでもいうのか?　誰か慈悲深い人、奴の居場所を教えてくれんか?

スカパン　(ジェロントに)　動かないように。

X　べらぼうめ!　必ず見つけ出してやるぞ、地の底に隠れていようとな!

スカパン　微動だにしないでください。

X　おい!　そこの袋男!

スカパン　なんでしょう?

X　お前に一ルイくれてやる、ジェロントがいそうな場所を教えろ。
スカパン　ジェロント様をお探しなんですか？

手で袋を撫でる。

X　おお、そうだとも！　あの野郎はどこにいやがる。
スカパン　どういったご用件で？
X　どういったご用件かだと？
スカパン　はい。
X　べらぼうめ、あいつを棒でぶちのめしてあの世に送ってやるのさ！
スカパン　おお旦那、あのような方を棒でぶちのめすだなんて。そんな目に遭っていい人じゃありませんよ。
X　ほう、あのジェロントの阿呆が、へっぽこが、ひょうろくだまが！
スカパン　ジェロント様は阿呆でもへっぽこでもひょうろくだまでもありません。そんな言い方はやめてもらいましょうか。
X　なんだと？
スカパン　立派な方を侮辱するなら、わたくしが許しませんよ。
X　お前、ジェロントの野郎の仲間か？
スカパン　ええ、そうです。仲間です。
X　そうか、べらぼうめ、あいつの仲間か、ちょうどいい！

（袋を棒で何度も叩く。）

どうだ、あいつの代わりにこれでもくらえ！
スカパン（袋の紐をきつく締めたまま）　いて！　いて！　痛い！　旦那、いて、いて、いて、やめて！　お手柔らかに！　オイ！　オイ！　オイ！

X　そら、あいつにもお前からくれてやるんだな。あばよ！

立ち去る。

ジェロント（袋から頭を出して、台本を手に）　元の文にはオイオイオイなんて書いてないぞ！

スカパン　なんでしたっけ？

ジェロント　アーアーアーだ！（威張ったように）アーアーアー！　この小麦粉にはもううんざりだ！　アー、アー、アー、あっくしょい！

スカパン　アーアーアー！　ギリシア語だったらオイオイオイって言うんですよ！　ギリシア語への愛から、そうしたまでです。

ジェロントを抱きしめるふりをして、頭を袋に押し込む。

Xが引き続き同様の役を続ける。途中で、ジェロントが袋の中でくしゃみをする。スカパンは今度、その場に留まるのではなく、袋を盾として使いながら、舞台の端から端まで引き回す。

ジェロント（袋から頭を出して）　つくづく結構な働きだな、お前の守護天使は！　なんとも神がかった鉤針だよ！

スカパン　まだうまく動いてないんですよ！　天使というのは、常にうまく動くとは限りませんから。

ジェロント　それにしたって私を棒で打たせるというのは、馬鹿げた話じゃないか！　よくも私を盾やクッションかのように使ってくれたな。

スカパン　ああ、旦那様、あなた様は演劇というのがどういうものか、おわかりでないのです！　わたくしにははっきりと、あなた様とひとつになっているのを感じられました。あなた様の肩に私の肩を乗せ、振り下ろされる棒にうっとりと身を捧げていたのです。

ジェロント　お前をうっとりでぶん殴ってやりたいわ！

スカパン　さあ今回はうまく動くはずです！　（天井の道具方に合図を送る）ご用心を！　物騒な面構えをした連中が近づいてきます。気をつけて！

テーブルの上によじ登る。袋は人間の背くらいの高さまで引き上げられる。続きの場面は、様々な聴衆が参加する朗唱として調整されること。スカパンが棒でリズムをとる。「片割れ」が、そっと袋に近づき、ナイフで底の方を切り裂く。最初に亭主の両脚、次に臀部が現れる。「片割れ」が財布を切り離す。逃げ出したのを、スカパンが見てとる。一同、石のように固まる。

亭主　この恥知らず！　このならず者！　この極悪人！　こんなことをして、私に死ねというのか！

（腰のあたりを探って、財布がなくなっていることに気づき誰の目にも明らかな犯人の手をつかむ。芝居の台詞に続くかのように、）

この人でなし！　この下衆野郎！　この極悪人！

スカパン（片足を鉤に乗せて）お助けを、いと高きところの天使よ！

亭主（財布をゼルビネットに渡して）ちょっと、財布を頼む！　あとは誰か、誰か、警察を呼んできてくれ！

X　駄目だ！　それはやめておけ、ニコラ！

亭主（テーブルによじ登りながら、スカパンに）ちょっと降りてこい！　話がある！

スカパン（空中で）もしよろしければ、ここで待つことにしたいものです――しばしの時間と考慮を経て、あなた様が理性と言葉遣いを取り戻すまで。

亭主　（天井に向かって）　こいつを下ろせ！

スカパン　なりません！　わたくしを高く引き上げよ！　心を高く上げよ！　見えないのですか、わたくしは今少しずつ、この上なく高き場所へ昇っていこうとしている。わたくしの凡庸なる精神と短い人生が許しうる限りの……（亭主に靴を片方投げつける）……最高点まで。

ゼルビネット　ブラボー、スカパン！

財布を投げ、それをスカパンが受け取る。

スカパン　（帽子を振りながら）　悪だくみの王、スカパン万歳！

ゼルビネット　（声を限りに）　悪だくみの王、スカパン万歳！

聴衆たちの合唱隊　（音楽に立ち上がり）

悪だくみの王、スカパン万歳
悪・だく・みの・王・スカ・パン・万・歳！
悪だくみの王、スカパン万歳！

スカパンが天井の上げ蓋から消えていく。もう片方の靴が落ちてくる。太鼓の音が、幕が降りるまで響き続ける。

幕

ブラングにて、一九四九年十月一日

［注］

（1）この戯曲には、モリエールの喜劇『スカパンの悪だくみ』からの改変を伴う借用が断片的に織り込まれている。同モリエール作品の訳書としては、鈴木力衛訳（岩波書店、二〇〇八年）および秋山伸子訳（『モリエール全集　第九巻』所収、ロジェ・ギシュメール、廣田昌義、秋山伸子共編、臨川書店、二〇〇二年）を参考にした。

（2）クローデルの台本による劇的オラトリオ。

（3）演劇界の迷信のひとつで、「綱 corde」という語は災いをもたらすため口にしてはならないというものがある。

（4）国立劇場コメディー・フランセーズの別名。

（5）それぞれのイニシャルは、名を持たない役を示す。演出家がエキストラの中から自分で俳優を選ぶこと。（原注）

（6）かつてテアトル・フランセの広場に置かれていた、ミュッセの石像のこと。胸に手を当てた像だった。

（7）悲劇作家クレビヨンの名前にかけている。

（8）ドン・ディエーグは、実際はモリエールの戯曲ではなく、コルネイユ『ル・シッド』の登場人物。

（9）イピゲネイアは、やはりモリエールでなく、ラシーヌ『イピゲネイア』（イフィジェニー）の登場人物。また、夫の帰りを待つのは、イピゲネイアではなくその母クリュタイムネストラ。

（10）ラシーヌ『アンドロマック』の台詞。渡辺守章訳（『ラシーヌ戯曲全集I』所収、伊吹武彦、佐藤朔編集、人文書院、一九七六年、一六五頁）から引用した。

（11）「ルドゥスー Ledessous」という名は「裏側 le dessous」を意味し、« connaître le dessous des cartes »（内幕を知っている）などの慣用句を思わせる。

（12）デカルトは、ドイツの村で炉部屋にこもって思索にふけるうち、『方法序説』の執筆に至る啓示を得たとされている。

（13）パスカル、『パンセ』の一節。塩川徹也訳（岩波書店、二〇一五年、上巻、一六二頁）から引用し、中断とト書きを挿入した。

（14）同じく『パンセ』の一節より。

（15）デカルト『方法序説』の一節の歪曲。同作品の訳書としては、谷川多佳子訳（岩波書店、一九九七年、九―一〇頁）を参考にした。

(16) イギリス童話『ジャックと豆の木』の巨人などに見られる、獲物を探し求める時の掛け声。
(17) 「ジェロント」の間違いと思われる。
(18) ボワロー『詩法』における、『スカパンの悪だくみ』を批判した以下の言葉を下敷きにしている。「スカパンが身を包むあの袋の中に／私はもはや『人間嫌い』の作者の姿を認めることはできない。」
(19) 芝居の始まりを告げる合図として、監督が舞台の床を叩く際に用いる棒。
(20) 古くから騎士称号の叙任式においては、新騎士が甲冑に身を固め、主君や先人から剣で肩を触れてもらうという習わしがあった。そこからの派生で、この「一座」では、仲間に入る際に棒で尻を叩かれることになっているらしい。

解題

岡村正太郎

ポール・クローデル（一八六八―一九五五年）は、フランスを代表する詩人、劇作家である。マラルメの弟子として象徴主義から出発し、旺盛な詩作、劇作を行なった。かつ彼は通商分野に才を発揮した外交官――一九二一年から一九二七年にかけては大使として日本に滞在した――であり、敬虔なカトリック信者でもあった。これだけでも、クローデルの多様な側面がうかがえよう。

そんな彼の想像力の基底には、青年期におけるランボーの『イリュミナシオン』との出会いと、キリスト教カトリックへの「回心（conversion）」、さらにはマラルメからの「これは何を言わんとしているのか？（Qu'est-ce que ça veut dire ?）」という形而上学的な問いかけがあった。これらの経験はクローデルに極度の知的・精神的緊張を強いつつも折り重なりながら、神の被造物である万物の背景としての「超自然的なるもの（surnaturel）」を、言葉によって表現するという詩人の「召命＝使命（vocation）」を、彼に与えたのだった。その結果クローデルは、従来のフランス語韻文の韻律法にとらわれない、発話のリズムを重視した「クローデル律」という長短を自由に構成する独自の詩形を確立した。今回の訳出においても、クローデル流の台詞のリズムや、文の途中での改行等を日本語で出来得る限り表現することが目指されている。

彼の演劇の構造は、三一致の法則を規範とするフランス古典主義演劇や、いわゆるボックスシステムで上演されるようなヨーロッパの近代演劇の形式にとらわれるものではない。アイスキュロス「オレステイア三部作」の翻訳、また駐在した中国や日本へのまなざし（特に能をはじめとする伝統演劇へのそれ）などは、ルネッサンス以来の近代西洋文明にたいする反発から起こる始原的なものへの憧憬であり、その苛烈な追究の結果、クローデルは、「クローデル律」をはじめ、バロック的ともいえる時間や空間を縦横に展開する独自のドラマツルギーを獲得したのだった。

クローデルとは、『繻子の靴』に代表される東西を問わぬ該博な知識を背景とした豊穣な想像力の世界において、重厚かつ長大な劇作を行なう、きわめて峻厳な作家であるとのイメージが長く支配的であったが、彼はまた、「笑い」に解放をみいだした稀代の喜劇作家であったことも忘れてはならない。彼は一九四三年の『繻子の靴』上演以来の共同制作者であったジャン＝ルイ・バローに、「笑おう、それは良いことだ」といい、さらに「笑劇(farce)は抒情(lyrisme)の高揚した形であり、生きる喜びの偉大なる表現なのだ」と続けたという。実際、フランス「六人組」の作曲家で生涯の創作上の盟友であったダリウス・ミヨーは、『新フランス評論』のクローデル追悼号（一九五五年九月）において、子どもたちに冗談を交えて語りかける陽気な父親としてのクローデルを回想している。

本書は、そんなクローデルの歓喜と哄笑とが渦巻くファンタスティックな喜劇の世界を、日本の読者にお届けするものである。

『眠れる女』

『眠れる女』は、一九二五年に、当時再発見された手稿がファクシミリ（複写）として三〇〇部限定で刊行されたほか、一九四七年に活字版としてクローデルのリセ時代のポートレートをつけて出版されている。また同じ一九四七年、プレイヤード版全集に収録された。

本作はクローデルの記念すべき処女作である。彼は本作をルイ＝ル＝グラン高校在学時の一八八二―一八八三年に執筆したと、後年の『自分を探すお月さま』の冒頭で主張しているが、作品内にランボーの影響がすでに見受けられることからも、実際には一八八六年以降に書いたというのが定説である。文壇デビューとなる『黄金の頭』の匿名出版が一八九〇年だが、執筆自体で考えれば本作がまごうことなき処女戯曲である。

本作には、後年の作品で本格的に登場するいくつかの特徴をすでにみることができる。まず一点目に、自然のモチーフが挙げられる。「月」のモチーフは、ト書きだけでなく登場人物のセリフによっても言及されるし、ほかにも「森」や「海」といった自然の描写が本作には散見される。これらはもはや登場人物のひとりであるかのごとき役割を担っており、物語を構成するうえで非常に重要な働きをしている。また作中に登場する《ファウヌス（＝牧神）》は、古代ギリシア・古代ローマに由来し、フランスにおいては十八世紀から十九世紀にかけてのサロン文化での人気を経て、高踏派の詩人や、当時のクローデルが熱心に読んだ象徴派の詩人たちによって、好んで用いられていた。クローデルは、一八八六年以降マラルメ主宰の「火曜会」に出席していたことから鑑みても、こういった豊かな自然描写や《ファウヌス》らが織りなす田園詩の想像力を、彼らと共有していたと考えられる。

二点目は、劇的機能としてのコロスの登場である。第一幕の冒頭、ファウヌスの群れが手を叩き歌いながら登場するシーンは、あきらかにギリシア劇のコロスの役割を担保している。そしてこれ以降のクローデルの作品において、コロスは発展を遂げることとなる。クローデルは、一九一〇年代に入ると、アイスキュロスの「オレステイア三部作」の翻訳作業の過程で、より一層コロスへの関心を深め、さらに一九二〇年代には能の地謡にその機能をみいだし、自身の作品に反映させていく。

一九八三年に当時アンジェを拠点にしていたアンヌ・デルベ劇団によって上演された記録が、フランス国立図書館のアーカイヴに残されている。

『プロテウス』

『プロテウス』にはふたつのバージョンが存在する。本戯曲集ではプレイヤード版全集（一九四七年初版）に収録された第二版を底本としている。

初版は、『新フランス評論』の一九一四年四月号・五月号に掲載されたのち、一九二〇年に出版されている。執筆は、アイスキュロスの「オレステイア三部作」をクローデルが翻訳したことに由来する。そもそも古代アテナイでは、悲劇とあわせてサテュロス劇という喜劇を上演していたが、そのテクストはほぼ現存しておらず、

「オレステイア三部作」とあわせて書かれた『プロテウス』も、また例外ではない。ところがクローデルは、この『プロテウス』という外題だけをたよりに、まるでアイスキュロスにみずからを重ねるかのように、このサテュロス劇を執筆したのだった。

そのさなかの一九一二年末には、リュニエ＝ポー演出によってはじめて自身の作品『マリアへのお告げ』が幕を開ける。その後、クローデルは『プロテウス』の上演にも意欲をみせ、ダリウス・ミヨーに作曲を依頼した。しかし、結局その実現には至らなかった。

第二版は、本文末尾にも記載されているように、一九二六年一月―二月に書かれ、翌一九二七年、『二編の叙情的ファルス』として『熊と月』とあわせて刊行されている。クローデルは当時の駐在先の日本から一九二五年の長期休暇でフランスへと戻り、翌年一月にふたたび日本に向けて出発した際、その道中で第二版の執筆に取りかかり、インド洋上で脱稿した。執筆の経緯としては、帰国中にジャック・コポーを中心としたパリの演劇界との交流を再度もったことや、マックス・ラインハルトから上演をもちかけられたことなどがあげられよう。しかしクローデルは、第二幕の冒頭（執事サテュロスによるヒヤシンスの名乗りやコヤナギとヘレネのパントマイム）および終わり（島の水没）にしか変更を加えておらず、大幅な改稿はしていない。

さて本作の想像の源泉についてだけふれておく。（クローデル流に換骨奪胎されているとはいえ）その筋や登場人物、あるいは醸成された雰囲気は、主にエウリピデスの『ヘレネ』と現存する唯一のサテュロス劇『キュクロプス』に由来している。さらにミシェル・オートラン（プレイヤード版全集「解題」）は、当時上演された幾つかの古代ギリシアを題材とした作品が影響を及ぼしているとも指摘する。

リュニエ＝ポーやジャック・コポーら、当時のフランスを代表する数多くの演出家が本作の上演を試みるも、クローデルの生前に（いくつかのアマチュア劇を除いて）実現することはなかった。一九五五年二月、レイモン・ジェローム演出、ミヨー作曲のもと、コメディー・ド・パリにおいて初演されたが、それはクローデルの死の数日後であった。コヤナギをジャニー・ホルト、プロテウスをアンリ・ナシエ、メネラオスをミシェル・ピコリが演じている。この公演の成功以降、『プロテウス』はフランスで頻繁にみられるようになり、フィリップ・アドリアン演出（二〇一一年、タンペット座）による上演が記憶に新しい。

『熊と月』

人形劇『熊と月』は、新フランス評論から一九一九年に出版されている（ミヨーの『熊と月の三重唱』の楽譜の複写三頁付）。また前記のとおり、一九二七年、『プロテウス』とともに『二編の叙情的ファルス』に収録、刊行された。

本作の構想は長期に及んだ。クローデルの日記には、すでに一九一一年六月の時点で、月の明かりを消す「絶縁体」のアイデアをみることができるが、彼が『熊と月』の物語の核心的な着想を得たのは一九一五年の夏に妻の故郷へ帰省したときである。八月の彼の日記には、登場人物の《月》や《熊》の描写である「白月のもとに、光と磁力を放つ宵闇の道」や「この片っぽだけのレンズ豆みたいな目」、「ガラス玉をモンキーレンチでビス留めして埋め込んだような代物」といった台詞につながる一節が書きつけられている。戯曲に登場する地名も端的にその事実を示しており、オスティアーズという地名は、妻の故郷オステルを想起させる。かつまた、一九一七年二月の日記における終幕近くの台詞を思わせる記述からは、クローデルが四月に脱稿する直前まで本戯曲の構想を練り続けていたことがうかがえる。

また本作は、クローデル自身が世界各地で観てきた様々な人形劇——十九世紀末の象徴派が熱狂したギャラリー・ヴィヴィエンヌなどの市《フォアール》の指人形劇《ギニョール》、中国福州の伝統的人形劇、ローマの糸操り人形劇団テアトロ・デイ・ピッコリ、ブラジル北東部の指人形劇マムレンゴなど——が影響しているだろうと、ラファエル・フルリーは『ポール・クローデルと大衆演芸』のなかで指摘している。

本作にそういったクローデルにおける人形劇の系譜を読むことも可能だが、この作品のもっとも大きな特徴は、劇の構造であろう。物語は一見支離滅裂なようだが、それはあくまで捕虜がみている夢を思わせる人形たちのいる空間でのことである。クローデルは、その夢世界の外側に、捕虜のいる現実の世界を設定し、本作をいわゆる入れ子構造の演劇としている。そうすることで、その支離滅裂さには、ある種の精密な組立てが付与されている。

本作は、一九四八年五月のアルジェでの上演、またセルジュ・リジエ劇団による一九五〇年と一九六一年、ドミニク・ウーダール主催のパリのサン゠ルイ島フェスティバルでの上演、ミレイユ・アントワーヌとジャン゠ポール・ルセによる一九八六年のリヨンでの上演、オレリア・ジレによる二〇〇〇年のパリでの上演がある。

『石の一投』

『石の一投』は、クローデルが外交官としての職務を終え、すでに老後の生活に入っていた一九三六年から一九三七年にかけて執筆された。

本作は、クローデルの戯曲群のなかでも特異な作品である。というのも、本作の登場人物《アリキ・ヴェレール》と《ナダ・ロドカナシ》は、クローデルの息子アンリが結婚したクリスティーヌにいた実在の姉妹であり、作品自体、彼女たちに「あて書き」されたものなのである。ちなみに、アリキの夫は航空機用のエンジンとオートバイのメーカーであるグノーム・エ・ローヌ社のディレクターであり、この会社には息子アンリも勤めており、クローデル自身、政務コンサルタントとして加わっている。つまりクローデルは、アリキとナダと公私ともに親密な関係にあったといえる。

本作は当初、アリキのためのダンス作品として構想された。アリキとナダはプロの俳優ではなかったが、彼女たちのために『石の一投』が執筆されたのは、第一にクローデルがアリキに舞踏の才を見出していたからである。一九三六年三月十四日の日記には、パリのヴェルサイユで、アリキといくつかの舞踊について計画を練ったとあり、実際、クローデルは彼女とともに稽古もおこない、作品を実演すべく盟友ダリウス・ミヨーに楽曲を依頼している。しかしその後、ミヨーに断られたことで、クローデルはそこに登場人物として妹のナダを加え、二人芝居へと設定を変更する。こうして『石の一投』は完成したのだった。

確かに、本作ではアリキが「おじい様」と「舞」の稽古をしたことや、ナダのアパルトマンがある通りの名が具体的に述べられていたり、そもそも舞台がクローデルの別荘であったブラングの古城であったりと、極めて「内輪色」の強い作品であることは否めない。しかしながら、本作にみられる「舞」は、『黄金の頭』のパントマイムや、ニジンスキーにむけて書かれたバレエ作品『男とその欲望』（一九一七年）などのダンス・舞踏作品の系譜に入れることが出来るだろう。また芝居の中盤以降に自身の詩作品である『三声のカンタータ』（一九一二年）が引用されるが、「クローデル律」とも呼ばれる独自の韻律法のリズムが、実際に朗唱されるだけではなく、ナダの「舞う」身体を通して表現されている点は注目に値する。即ち『石の一投』は家族的な作品である一方で、クローデルの詩学が色濃く表れてもおり、作品としての強度を十分に保持していよう。

かようにクローデルが情熱をもってとりくんだにもかかわらず、アリキがアンリの家族とともにアメリカに渡ってしまったため、本作は家族内でも演じられることがなかった。その後本作は、家族的な側面が強いことに加え、「十二の舞」の振付譜も存在していないからか、長い間上演の機会に恵まれてこなかった。しかしながら、遂に一九九〇年、リヨンのジャニーヌ・ベルタン・ポケット小劇場で、クリスティアン・ナダン演出、アンヌ＝マリー・ケール、マブ・リムスキ主演で上演されている。

『自分を探すお月さま』

一九四七年、スイス人編集者リシャール・ハイドから処女作『眠れる女』の出版依頼をうけ、清書に着手するが、苦慮の末、結局全面的に改稿し、この『自分を探すお月さま――ラジオのためのエクストラバガンザ』を書きあげた。『眠れる女』の登場人物である《詩人》、《ヴォルピヤ》、《夜踊》、《ストロンボー》に加え、《ト書き担当係》や《コロス》を出現させることで新たな作品として生まれ変わっている。

「ラジオのためのエクストラバガンザ」という副題からもわかるように、本作を特徴づけているのは、そもそもラジオ放送を目的として執筆されたということである。クローデルはラジオという科学技術の当時の使われ方には必ずしも肯定的ではなかった。しかし、文字は声のたんなる記録にすぎず、詩情は本来口述に依拠すべきと考えていた彼にとって、リズムや音色、つまり発話の音響的要素に聴き手の注意を向けさせるラジオは、クローデルの詩の理想とてらして、非常に魅力的な媒体でもあったのである。そうした彼独自の問題設定を有した本作は、舞台美術などの空間的な構成を俳優から発される言葉だけで描写し表現せざるをえないがゆえに、きわめて特徴的な《コロス》の登場を促し、登場人物たちは、聴取者の感性に声だけで訴えかけることで、それぞれの想像上に演劇空間や俳優の身体をたちあがらせることを可能にしている。

また『自分を探すお月さま』は、クローデル作品に頻繁に登場する「月」を主題に扱っていることからも、彼の劇的想像力を代表する作品といえる。本書では、他にも『眠れる女』や『熊と月』にも「月」が象徴的に出現している。また本書収録以外でも特に戯曲では『繻子の靴』二日目や『真昼に分かつ』、詩作品では『三声のカンタータ』などにみることができる。クローデルにとって月、ひいては満月の夜の高揚は、本作のコロスも述べるように「厳かで崇高な何か」であり、彼の詩的な霊感の源泉となっている。

さて、この戯曲集にはクローデル本人を思わせる登場人物である、『眠れる女』の《詩人》、『プロテウス』の《プロテウス》、『熊と月』の《足のない飛行士》、『石の一投』の「おじい様」らが登場してきた。そのなかでも本作は、老境に達したクローデルが、パリで創作をはじめた青年時代の自作品をユーモラスに思い起こしている、間テクスト的かつオートポイエティックな作品といえよう。

ラジオ放送を含め本作の上演の記録はみつかっていない。

『スカパンのはめはずし』

『スカパンのはめはずし』は、一九四九年というクローデルの晩年に執筆されている。当初のタイトルは、題材としているモリエールの『スカパンの悪だくみ』のままだったが、作家協会からその著作権侵害を指摘されたため、一九五二年一月、本タイトルに改めたうえで『オペラ』誌に掲載された。また本作は他の作品と異なり、一九四七年のプレイヤード版全集の出版後に書かれたものであるため、一九五六年の全集再版の際に収録されている。

執筆のきっかけは、バロー（スカパン役）とルイ・ジューヴェ（演出）による『悪だくみ』の上演（一九四九年二月、マリニー座）が、モリエール本来の魅力を引きだすには上品すぎると彼が感じたことだった。クローデルは、二月の日記に、別の演出プランとして、アマチュアたちが汚らしい居酒屋の酒臭く紫煙のたちこめる舞台空間で、パントマイムを用いたり、その場で衣装に着替えたりしながら演じるという構想を記している。

このときクローデルは、俳優による即興的な演技に関心をもっており、その偶発性に依拠した上演を考えていた。翌一九五〇年九月二日のバローへの書簡で、クローデルは、自分の長年温めてきたアイデアで『悪だくみ』を上演したく、またそれは観客の目の前で生み出されていく演劇であると記している。そのようにして、作品それ自体が即興的かつ自発的に行なわれていると観客に感じさせ、あたかもその場で初めて成立しているかのようにみせる演劇の構想が示された。クローデルはこれを「発生状態における演劇（le théâtre à l'état naissant）」と名付けている。

『はめはずし』では、右の構想そのままに、俳優たちは舞台上で衣装に着替え、即興的に役になり演技をするよう指示されており、そうすることで舞台の生成過程が露呈している。クローデルは演劇の約束事をあえて観客に意識させ——この手法をブレヒトは異化効果と呼んだが——、そのうえで楽しむように導くのである。この方法は、本戯曲集に収められた『熊と月』のコロスや、『繻子の靴』の口上役などにもみられるが、特に本作では、台詞や身振りによって、そのメタ性を過剰なまでに強調することで、作品の喜劇的側面をより際立たせている。

また、登場人物たちの知識の不正確さ、他作品からの引用、役柄の性別・世代の逆転、アナクロニスム（十七世紀の舞台に電話が登場する）といった演劇の常識を攪乱するような仕掛けや、A、B、C、Y1、Y2といった肩書のない登場人物たちは、一九五〇年代以降のヌーヴォー・テアトル（新しい演劇）の時代、さらには現代の世界演劇の潮流に照らしても、十分先鋭的であったといえよう。

フランスでの上演は、リヨンのドミニク・ウーダール劇団による一九六七年の一月と、十月のサン＝ルイ島フェスティバルでのものがあった。

［参考文献］

Paul Claudel, *Théâtre I-II*, édition revue et augmentée, textes et notices établis par Jacques Madaule et Jacques Petit, Gallimard, « Bibliothèque de la Pléiade », (t. I : 1967, t. II : 1965).
—— *Théâtre I-II*, dirigé par Didier Alexandre et Michel Autrand, collaboré avec Pascale Alexandre-Bergues, Shinobu Chujo, Jacques Houriez, Pascal Lécroart, Michel Lioure, Catherine Mayaux et Hélène de Saint-Aubert, Gallimard, « Bibliothèque de la Pléiade », 2011.
—— *Journal I-II*, texte établi et annoté par François Varillon et Jacques Petit, Paris, Gallimard, « Bibliothèque de la Pléiade », (t. I : 1968, t. II : 1969).

Paul Claudel et Jean-Louis Barrault, *Correspondance Paul Claudel – Jean-Louis Barrault*, établie par Michel Lioure, Cahiers Paul Claudel, Gallimard, 1974.

Jean-Louis Barrault, *Souvenirs pour demain*, Seuil, 1972.（邦訳：ジャン＝ルイ・バロー『ジャン＝ルイ・バロー自伝　明日への贈物』石沢秀二訳、新潮社、一九七五年。）

Raphaèle Fleury, *Paul Claudel et les spectacles popuraires Le paradoxe du pantin*, Classiques Garnier, 2013.

Yehuda Moraly, *Claudel metteur en scène*, Presses universitaires franc-comtoises, 1998.

渡邊守章「解題」ポール・クローデル『繻子の靴（上）』渡辺守章訳、岩波文庫、二〇〇五年。

――『ポール・クローデル 劇的想像力の世界』中央公論社、一九七五年。

日仏演劇協会編『今日のフランス演劇』五巻、白水社、一九六七年。

編者あとがき

ティエリ・マレ

ポール・クローデルの作品のなかで、おそらく現在もっとも知られているのは戯曲であろう。クローデルの詩は時折難しく、精神をあやふやにするような逆説的な霊性に満ちており、その神学的思考も歴史観も今日の世論にはきわめて逆らっている。それに反して演劇の人気は衰えず、フランスだけでも毎年、戯曲が何編かパリまたは地方の劇場で新たに上演されている。クローデルの詩的言語が日常の言葉を超越し、昇華させると同様に、その芝居《ドラーム》が時代の論争と宗教的葛藤《かっとう》を優越している証拠と言えるのではないだろうか。

クローデルの膨大な言葉は心を揺さぶり、目もくらむような渦巻にしばしば例えられるが、ひょっとしたら、その強さにばかり気をとられ、それを支えて和らげる根本的なユーモアが見逃されているかもしれない。確かに、『都市』（一八九五年）、『マリアへのお告げ』（一九一二年）や『辱しめられた神父』（一九一六年）のような戯曲には冗談の分け前が限られていると思われるが、他の作品では事情が違う。全体的に陰気でバロックなデビュー時の傑作『黄金の頭』（一八八九年）のなかでも、参考にしたエリザベス朝様式演劇の誇張自体によって、悲劇だけには還元されえない場面もみられる。考えてみると、キリスト教の熱情的な信仰が沁み込んだクローデルのような作家は、人間のすべての行動が神の計画に応じていることを確信しながらも、悲劇の一義性に満足できなかったのは当然であろう。初期の作品から、一八九四年の『交換』でも、そして『真昼に分かつ』（一九〇五年）、『人質』（一九一〇年）や『堅いパン』（一九一五年）においてはいちだんと、喜劇的要素が増えていく傾向がある。『繻子の靴』（一九一八―一九二五年）には滑稽な場面がさらに多くなり、その「第四日」はほぼ純粋な笑劇と考えても良いほどである。その後の演劇作品にもまた、深大な精神闘争に混ざって笑いを呼び起こす部分がほぼ必ず含まれている。作られた逸話にすぎないかもしれないが、地方の町を（リヨンだっただろうか）を訪れたクローデルが、本屋のショーウィンドウに貼ってあった「偉大な滑稽詩人クローデル」というノボリをちらっと見て大いに喜んだという。「やっとわかってもらえた」と思ったらしいが、残念ながら単なる見間違いであった。実際には「滑稽詩人」（poète comique）ではなく「宇宙的詩人」（poète cosmique）と書いてあったのだ。

明らかにクローデルは、神学者たちのピエール・ニコールやモーの司教ボシュエとは異なって、「イエズスは笑ったことがない」と言い張るような厳格なキリスト教徒ではなかった。ボードレールのように笑いを原罪や堕落の遺憾な結果とみなすことにも程遠い。彼にとっては、笑うことはむしろ恩寵からながれてくる恵みである。揶揄と嘲弄の笑いに違反して（そういった悪ふざけもクローデルの作品において見られないわけではないのだが）、それは歓喜から生じた笑いであり、万物の存在、創造物全体の壮麗を認める表現である。歓喜こそ神の恩寵で、まさにキリスト教の最大の美徳である。祈ることが神様の礼賛を繰り返して歌いつくすことであるのなら、子供たちが信頼とともにこの世にいる幸福を現わす笑顔に優る祈りの仕方はありえない。

すなわちクローデルの多くのドラームには笑いが立ち入り禁止ではないだけではなく、古来の喜劇形式を思い出させる、笑劇、市場の見世物、人形劇も歓迎されている。最初に書き下ろした戯曲『眠れる女』はおそらく十八歳の若者に作られ（クローデル自身は十四歳と言っていたが、それは記憶違いあるいは、作家の気取りであろう）、『自分を探すお月さま』というタイトルで七十九歳の老クローデルに完全に書き直された。何年にもわたって完成されたアイスキュロスの『オレステイア』の翻訳には、サテュロス劇も三部作に加えられた。サテュロス劇とは古代アテナイでは、悲劇の一日の雰囲気を軽くするよう最後に演じられていたものであり、ディオニュソス祭に欠かせない酒好きの半人半獣である大自然の神パンの従妹たちの可笑しな振舞いをえがく小芝居で、能の間に行われる狂言にある程度似た機能を果たしていた。アイスキュロスの『オレステイア』に附随していたサテュロス劇は『プロテウス』という題名だったことが記録にあるのだが、戯曲自体は失われている。クローデルはその失われた作品を書き埋めてくれたのだ。『眠れる女』が若者の小手調べだったとすれば、あふれ出るほどの葡萄酒や駄洒落の詰まった『プロテウス』は円熟した劇作家が試みた笑劇として成功したと言える。その後、年を重ねるにつれて、さらに、クローデルの戯曲のなかには笑いがあらわになっていく。晩年の『熊と月』には無論のこと、やや死の影を漂わせた『石の一投』にもユーモアがあふれている。しばしば、著者自身、またその代理の人物（『眠れる女』と『自分を探すお月さま』の若い詩人として、『石の一投』の老いぼれた「中国の賢人」として）も冗談の対象になる。クローデルの最後の喜劇となった『スカパンのはめはずし』はモリエールに捧げたオマージュであるとともに、デカルトなどのような理性主義者と古典の「偉い」作家に対する皮肉が繰り返されている。

というのも、この小喜劇集ではクローデルの重要な特徴がもう一つうかがえるからだ。確かにクローデルは若い頃から演劇の実践的な側面に魅かれており、ジャック＝ダルクローズ、コポー、ピトエフなど、当時の活躍的演劇人に協力をしたが、とりわけジャン＝ルイ・バローに出会ってから実際の演劇性に対する情熱が増したようである。以降、クローデルの戯曲には実験的な要素がますます増えていき、その要素には喜劇が、とりわけラジオのためにつくられた『熊と月』や『スカパン』の場合、比較的に自由で、新しい表現に開かれた枠を与えていた。その結果、次第に、詩人が演出家に変身して、ト書きの中で自分の独特な舞台創造を遠慮なく描いてくれる。自分の作品の演出にとどまらず、モリエールの作品まで自分のものにしようと考えたかのように。『スカパンのはめはずし』は明らかに『スカパンの悪巧み』に登場人物を何人か（何人も！）付け加えたり、全体の設定を変えたり、何カ所かの場面を削ったりして作られた脚本であるというだけではなく、その本格的な演出となっている。しかしこの「演出」は書物を通してしか現われていない。そのため、はるか前からクローデルにおけるユーモアの特権的な領域であったト書きが主要な役割を果たしている。モリエールが書いたセリフに伴うそれぞれの身振りを詳細に描き、時にはセリフをト書きに変換してしまうことによって、クローデルは最後の笑劇を書くと同時に、言葉のレヴェルでだけといえども、真の演出家になるという夢を叶えたと言えるかもしれない。

三十年前に私が日本に来た頃すでに、クローデルの戯曲は言うまでもなく数多く翻訳されていた。渡邊守章先生はまだ『繻子の靴』の素晴らしい翻訳を発表されていなかったが、他の作品としては『真昼に分かつ』などがあり、当時『マリアへのお告げ』を日本の舞台で観たこともある。しかしクローデルの喜劇はあまり世に知られていず、クローデルの作家像としては全体的に陰気で厳しい、という方向に傾いているという印象を受けた。その時代に（私はまだ若く、すべては簡単だろうと思いがちだったが）『プロテウス』を日本の読者と演劇人に紹介しようと決心したが、何十年も経てようやくこの「クローデル小喜劇集」翻訳プロジェクトを企画することができた。この選集には他の戯曲を入れることもできたが、私が選んだ作品は純粋喜劇のジャンルに属していて、何よりも観客を笑わせるつもりで書かれたことに間違いないものである。ここでは六編の戯曲が時代順に提示されている。翻訳を実行するためには教え子の若手同僚たちを集めて、まず『プロテウス』の翻訳を共同作業で行い、戯曲を何人か（石井咲、岡村正太郎、永田翔希、中山慎太郎、前山悠、宮脇永吏、八木雅子）に分担した後、宮脇永吏がそれぞれの翻訳を統一させて全体的に書き直した。他の戯曲はそれぞれの翻訳者に配り、『眠れる女』は石井咲に、『自分を探すお月さま』は宮脇永吏に、『熊と月』と『スカパンのはめはずし』は前山悠に、『石の一投』は中山慎太郎によって訳された。岡村正太郎は戯曲に関する情報を収集してそれぞれの解説を書いた。私は必要に応じて指摘や助言を与えながら、全体の方針を決めてすべての翻訳に目を通した。考えてみると、私の役割も俳優に指導をいれる演出家に近いものであった。若くて才能にあふれる翻訳者の友人達は私のうるさい「ダメ出し」（のようなものだろうか）を聞いて、俳優のように自分なりの感受性に応じて作業を実現させた。翻訳家であると同時に偉大な演出家でもあり、クローデルの作品を何度も上演したアントワーヌ・ヴィテーズが言っていたように、「翻訳とは演出の一種に他ならない」のである。

＊

本書の刊行には、令和元年度学習院大学研究成果刊行助成金による支援を受けた。助成申請に際して推薦の労をお取り下さったフランス語圏文化学科教授鈴木雅生先生、書類提出の際に数々の助力を頂いた同助教土橋友梨子先生、同事務室の平山詩子さん、棚橋まり子さん、学習院大学文学部長室の山田陽花さんに心より御礼申しあげたい。

また、翻訳のみならず、レイアウトなど、全体の構成作業に尽力していただいた石井咲、そして、本書の企画を軌道に乗せ、完成まで協力を惜しまなかった中山慎太郎にも、この場を借りて感謝を捧げたい。

最後に、水声社の井戸亮さんには、助成金申請段階から編集まで担当していただき、本訳書に関して様々な助言を頂いた。この場を借りて深い敬意と御礼を申し上げる。

著者・編者・訳者について——

ポール・クローデル（Paul Claudel）　一八六八年、ヴィルヌーヴ＝シュル＝フェールで生まれる。一九五五年、パリに没する。詩人、劇作家、外交官。ランボー、マラルメの影響を受け詩作、劇作を開始。外交官として勤務するかたわら、旺盛な執筆活動を行う。主な作品に、『繻子の靴』などがある。

＊

ティエリ・マレ（Thierry Maré）　高等師範学校卒業。作家、学習院大学教授。専門は、演劇全般。小説に、*L'Heure sainte*（Gallimard, 1991）, *La Rencontre aux enfers*（Gallimard, 1992）, *L'Amour de loin*（Gallimard, 1994）、エセーに、*Lettres édifiantes et curieuses du Japon*（ELYTIS, 2019）、訳書に、ヴァレール・ノヴァリナ『紅の起源』（れんが書房新社、二〇一三年）などがある。

＊

石井咲（いしいさき）　学習院大学大学院人文科学研究科フランス文学専攻博士前期課程在籍。専門は、ロラン・バルト。

岡村正太郎（おかむらしょうたろう）　学習院大学大学院人文科学研究科身体表象文化学専攻博士後期課程在籍。専門は、ポール・クローデル。論文に、「ポール・クローデルの劇作品についての試論」（『学習院大学　人文科学論集』二四号、学習院大学大学院人文科学研究科、二〇一五年）などがある。

永田翔希（ながたしょうき）　学習院大学人文科学研究科フランス文学専攻博士前期課程在籍。山手調理製菓専門学校非常勤講師。専門は、十八世紀フランス文学・思想（カザノヴァ、リベルタン文学）。

中山慎太郎（なかやましんたろう）　学習院大学ほか非常勤講師。専門は、フランス近現代詩。訳書に、イト・ナガ『私は知っている』（水声社、二〇一九年）などがある。

前山悠（まえやまゆう）　学習院大学ほか非常勤講師。専門は、ジョルジュ・ペレック。訳書に、アレクサンドル・デュマ『千霊一霊物語』（光文社古典新訳文庫、二〇一九年）などがある。

宮脇永吏（みやわきえり）　学習院大学ほか非常勤講師。専門は、サミュエル・ベケット。著書に、*La Violence dans l'œuvre de Samuel Beckett: entre langage et corps*（collectif, Classiques Garnier, 2017）などがある。

八木雅子（やぎまさこ）　演劇・俳優の社会的認知と地位の変遷を主に研究。訳書に、コフィ・クワユレ『ザット・オールド・ブラック・マジック／ブルー・ス・キャット』（れんが書房新社、二〇一二年）などがある。

装幀――西山孝司

クローデル小喜劇集

二〇一九年一二月二五日第一版第一刷印刷　二〇二〇年一月一〇日第一版第一刷発行

著者――ポール・クローデル

編者――ティエリ・マレ

訳者――石井咲・岡村正太郎・永田翔希・中山慎太郎・前山悠・宮脇永吏・八木雅子

発行者――鈴木宏

発行所――株式会社水声社

東京都文京区小石川二―七―五　郵便番号一一二―〇〇〇二
電話〇三―三八一八―六〇四〇　FAX〇三―三八一八―二四三七
［**編集部**］横浜市港北区新吉田東一―七七―一七　郵便番号二二三―〇〇五八
電話〇四五―七一七―五三五六　FAX〇四五―七一七―五三五七
郵便振替〇〇一八〇―四―六五四一〇〇
URL : http://www.suiseisha.net

印刷・製本――モリモト印刷

ISBN978-4-8010-0466-5